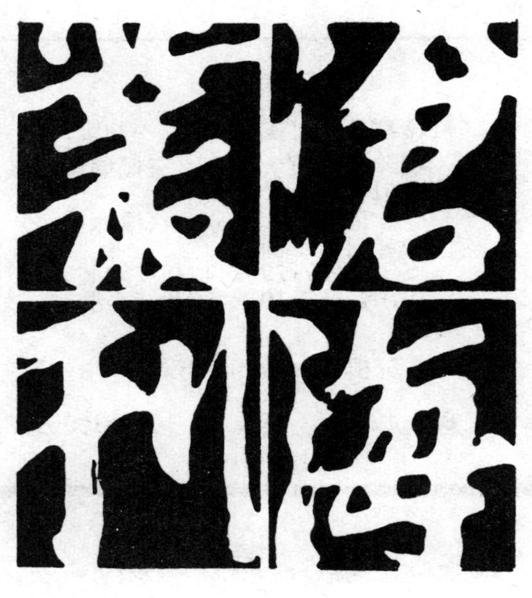

紅樓夢研究

王關仕 著

東大圖書公司 印行

國立中央圖書館出版品預行編目資料

紅樓夢研究／王關仕著.--初版.--
臺北市：東大出版：三民總經銷，
民81
面；　公分--（滄海叢刊）
參考書目：面
ISBN 957-19-1449-5（精裝）
ISBN 957-19-1450-9（平裝）

1.紅樓夢─批評，解釋等

857.49　　81006103

著者　王關仕
發行人　劉仲文
著作財產權人　東大圖書股份有限公司
總經銷　三民書局股份有限公司
印刷者　東大圖書股份有限公司
地址／臺北市重慶南路一段
六十一號二樓
郵撥／〇一〇七一七五──〇號
初版　中華民國八十一年十二月
編號　E 82064
基本定價　陸元陸角柒分
行政院新聞局登記證局版臺業字第〇二〇〇號

ISBN 957-19-1450-9（平裝）

修訂版序

王關仕

《紅樓夢研究》為民國六十八年春出版的拙著，以印量有限，十餘年來時有海內外函電索書，久已無書以饗。迨國立臺灣師範大學國文學系計畫將於八十一學年度，開設《紅樓夢》課程，本人承乏講授，乃思重印。遂略事校理，稍加修葺，並商請東大圖書公司付排問世。

藉著海峽兩岸文化交流的熱潮，得以讀到大陸當代紅學者的部分作品，從花繁果碩中，發現其中有與拙作雷同或相近的意見，更加深了重印本書的信心。祈望能對讀者起一點拋磚引玉的作用，則不僅是我個人的榮幸，也是紅學界、學術界、出版界所樂見的吧。爰序數語，敬請指正。

序

本書計有兩個部分。前者是單篇的論證；後者則屬整體的類比，而或可作為前者的佐證。第一部分是我對《紅樓夢》的作者的一些淺見，以及對紅學家們於作者的說法，提出一些支持的，反對的，或補充、修正的一點論辯和新的證明。還有就是我讀《紅樓夢》本文的一點心得；其中也有些和前修時彥不同的意見。

第二部分是我對乾隆甲戌本脂硯齋評語的研究。到目前為止，我還未能看到研究脂硯齋評語的整個內容的論文，雖然有俞平伯、陳慶浩二位先生曾做過各本脂評的校勘工作，但多數學者都把脂評運用在對《紅樓夢》的作者及其本事的考證方面。也由於讀到幾種脂評本，乃興起將脂評的內容作一個系統性的分析研究的念頭。因仍有少數脂評本尚未能謀面，暫時取乾隆甲戌本中，可確認非劉銓福輩的筆跡，而出諸一人（抄錄者）的那些硃批，作一整體的研究，佐以庚辰，有正和全抄本，而寫成了這一部分。其中的名目，多數是根據原文，然而「脂評」是一個籠統的名詞，實際上並不止是脂硯齋一人的手筆，見仁見智，是以分類上便有困難，何況古人評文又並無

紅樓夢研究

目次

甲戌本脂硯齋評語研究

紅樓夢研究

《紅樓夢》的作者與曹姓

《紅樓夢》是一部「將眞事隱去」❶了的文學巨構。作者姓名、時代、地點，都在隱藏之列。甲戌本卷一第一回說：「然朝代年紀、輿地邦國，卻反失落無考。」夾行硃批：「據余說卻大有考證。」這是作者將眞事隱去的「此地無銀三百兩」聲明，而爲批者點明之一例，這條批，很可能是出於脂硯齋。

甲戌本第一回：

空空道人遂向石頭說道：「石兄，你這一段故事，據你自己說有些趣味，故編寫在此，意欲問世傳奇。」……空空道人聽如此說，思忖半晌，將這《石頭記》再檢閱一遍，因空見色，由色生情，傳情入色，自色悟空，遂易名爲情僧，改《石頭記》爲《情僧錄》。」❷

很顯然，作者改《石頭記》爲《情僧錄》是有深意的。石頭便是情僧，記就是錄；「石頭」自己「編寫」「親自經歷的一段陳跡故事」，故本名❸爲「石頭記」以表示其著作權。易名爲「情僧錄」，是「隱」中之「現」法，除了保有著作權外，還暗示出作者的姓氏。

道原《景德傳燈錄・一四》：

石頭希遷大師，端州高要人也，姓陳氏。……後直造曹溪，六祖大師度爲弟子。未具戒，屬祖師圓寂，稟遺命謁於廬陵青原山思禪師，乃攝衣從之。……師於唐天寶初薦之衡山南寺，寺之東有石，狀如臺，乃結庵其上。時號石頭和尚。……時門人道悟問：「曹谿意旨誰人得？師曰：會佛法人得。」

曾普信《中國禪祖師傳》頁六三：

行思問：「你從那裏來？」希遷：「從曹溪來。」行思：「拿什麼來？」希遷：「未到曹溪，亦未曾失。」

這是「石頭」與「曹溪」的淵源。

法海《六祖大師法寶壇經略序》：

（惠能）師至曹溪寶林，觀堂宇湫隘，不足容衆，欲廣之，……遂成蘭若一十三所，今日花果院，隸籍寺門，其寶林道場，亦先是西國智藥三藏，自南海經曹溪口，掬水而飲，香美，異之。謂其徒曰：此水與西天之水無別，溪源上必有勝地，堪爲蘭若。隨流至源上，四顧山水回環，峯巒奇秀，歎曰：宛如西天寶林山也。乃謂曹侯村居民曰：可以此山建一梵刹，一百七十年後，當有無上法寶於此演化，得道者如林，宜號寶林。

德異《六祖壇經・序》：

大師始於五羊，終至曹溪，說法三十七年，……惟南嶽青原執侍最久，盡得無巴鼻故。出馬祖、石頭。

尤侗《西堂雜俎》卷下〈曹溪五世頌〉石頭希遷禪師：

碌磚是禪，木頭是道，問取露柱，西來意了。石顚路滑，把人蹉倒，我問石頭，點頭更好。（廣文書局版）

曹溪寶林寺是六祖惠能弘法授衣之所，石頭希遷本親身隨侍他，而從青原悟道，仍是曹溪一脈。《佩文韻府》引《曹溪舊志》：「曹溪故爲曹侯村，乃魏武玄孫曹叔良里也。」丁福保《六祖壇經箋註》引《大清一統志・三四一》：「曹溪在曲江縣東南五十里，源出縣界狗耳嶺，西流三十里，合溱水。以土人曹叔良捨宅爲寺，故名。」曹溪本名當爲曹侯溪，簡稱曹溪，因曹叔良而得名，那末和曹寅、雪芹的血緣更明白了。

《紅樓夢》第五回：「此香乃係諸名山勝境內初生異卉之精，合各種寶林珠樹之油所製。」（甲戌本）「寶林」一詞之所自亦源於曹溪寶林寺。

《紅樓夢新證》第三章〈籍貫出身〉：

李恩篤《受祺堂文集・二》頁二二曹使君淡齋初度序說：公（曹鼎望）嫡系上溯濟陽王（按指宋曹彬，忠勳炳然，具載宋紀），厥后諱佾亮者，永樂中從豫章北渡，占籍漁陽之金縣，世擅儒宗。……

周氏考出雪芹是曹彬的後裔，並指出：「曹彬周歲時家人給他『試晬』時，他唯取一戈一印。而曹雪芹寫寶玉『抓周』時，則唯取簪環脂粉，大概是有意對比罷？」

敦誠〈寄懷曹雪芹霑〉：

少陵昔贈曹將軍，曾曰魏武之子孫。君又無乃將軍後，於今環堵蓬蒿屯。……（《紅樓夢研究．一》）

曹雪芹的世系，總是可上溯到曹操，所以曹寅作〈續琵琶〉一劇，以表揚先德。

劉廷璣《在園雜志．三》頁二一：

曹銀臺子清寅……復撰《后琵琶》一種，用證前琵琶之不經，故題詞云：「琵琶不是那琵琶」，以便觀者著眼。大意以蔡文姬之配偶爲離合，備寫中郎之應征而出，惊傷董死，并文姬被擄，作〈胡笳十八拍〉，及曹孟德追念中郎，義敦友道，命曹彰以兵臨塞外，脇贖而歸：……乃用外扮孟德，不塗粉墨。說者以銀臺同姓，故爲遮飾，……實寓勸懲微旨，雖惡如阿瞞，而一善猶足改頭換面，人胡不勉而爲善哉。」（《紅樓夢新證》，頁三五五）

周氏云：「曹寅之涉想及于〈續琵琶〉，使曹操仗義，文姬歸來，蔡董重逢，中間也有文姬弔青塚以及十八拍等情節，很難說二人無所影響。」（同書，頁八一二）

《紅樓夢》第五十四回：

（賈母）指湘雲道，我像他這麼大的時節，他爺爺有一班小戲，偏有一個彈琴的湊了來，

即如《西廂記》的〈聽琴〉，《玉簪記》的〈琴挑〉，《續琵琶》的〈胡笳十八拍〉，竟成了眞的了。（庚辰本）

是《續琵琶》出現在《紅樓夢》書中的情形，作者不會不知道他的祖先是曹操的吧！

《紅樓夢》第二十二回：

寶玉細想這句趣味，不禁大哭起來，翻身起來至案，遂提筆立占一偈云：你證我證，心證意證，是無有證，斯可云證，無可云證，是立足境。……南宗六祖惠能，初尋師至韶州。……五祖便將衣鉢傳他，今兒這偈語亦同此意了。（庚辰本）

可見作者對語錄的熟悉了。

永忠〈因墨香得觀紅樓夢小說弔雪芹三絕句姓曹〉：

傳神文筆足千秋，不是情人不淚流。可恨同時不相識，幾回掩卷哭曹侯。（《紅樓夢研究》，頁一〇）

稱雪芹爲曹侯，當然是尊敬之詞及押韻而然。但在禪宗史上以曹溪代六祖惠能其人，是習慣的用法。《紅樓夢》第一回有曹雪芹的一首詩：

滿紙荒唐言，一把辛酸淚。都云作者癡，誰解其中味？

眉批：「能解者方有辛酸之淚，哭成此書。壬午除夕，書未成，芹爲淚盡而逝。余嘗哭芹，淚亦待盡。每意覓青埂峯再問石兄，余（奈）不遇獺（癩）頭和尚何？悵悵！」（甲

戌本，卷一）❹

石兄卽癩頭和尙。作者諳悉禪宗史，乃借石頭希遷爲曹溪一脈，以表示他是姓曹，而達到他「把眞事隱去」的效果。所以我認爲《石頭記》是以著作權爲其第一義的；至於「石頭記」是記金陵（石頭城）所發生的故事，當是第二義❺，曹雪芹是主張強調第二義的，甲戌本第一回：

後因曹雪芹于悼紅軒中，披閱十載，增删五次，纂成目錄，分出章回，則題曰金陵十二釵。

命名的意義，自較《石頭記》爲狹。所以甲戌本「凡例」說：「然通部細搜檢去，上中下女子豈止十二人哉。」而其中閨閣以外的事也有，所以還是原名較周延而恰當。

注釋：

❶甲戌本「凡例」「《紅樓夢》旨義」：

此書開卷第一回也，作者自云因曾歷過一番夢幻之後，故將真事隱去，而撰此《石頭記》一書也，故曰「甄士隱夢幻識通靈」。

按：這段話應屬「《紅樓夢》旨義」，非「凡例」。庚辰本則似第一回正文前的楔子，而以「此回中（全抄本改為「更于篇中」）凡用夢幻等字，是提醒閱者眼目，亦是此書立意（全抄本劃去立意二字）本旨。」

大某（梅）山民加評本《紅樓夢》：「姓甄名費，字士隱」，雙行批注：「隱語亦是顯語，全書作如是觀。」（頁一五七，廣文書局影印本）

❷《紅樓夢》的題名，伊藤漱平（李映荻譯）有關《紅樓夢》的題名問題說：「（石頭記）其所意味的是『石頭』——頑石上自刻著的記錄故事，內容係『石頭所記之往來』的石頭下界的始末記。這如『凡例』所說，係作者『自譬石頭所記之事』。」

「『石頭記』題名除根據石上所記故事外，如下述，亦非不能解，即《水滸傳》係集中於水滸——梁山泊的豪傑們的故事，反之，《石頭記》則是石頭所引起的佳人們的故事。……倘『石頭城』係指六朝時之金陵即今之南京而言，則不能說它和作品中的重要人物『金陵十二釵』——有金陵籍貫的女性——沒有關係吧！……周春《閱紅樓夢隨筆》……有謂：開卷之說此《石頭記》一書者，蓋金陵城吳名石頭城，兩字雙關。」

❸甲戌本卷一楔子：「將這《石頭記》再檢閱一遍」，夾批：「本名」。

❹此批應在雪芹絕句上，因已有上文之眉批佔去，乃批在此面之末眉。

靖應鵾藏本作：「此是第一首標題詩。能解者方有辛酸之淚，哭成此書。壬午除夕，書未成，芹為淚盡而逝，……奈不遇癩頭和尚何？悵悵！今而後，願造化主再出一脂一芹，是書有□（成），余二人亦大快遂心於九原矣。甲申八月淚筆。」（陳慶浩《新編紅樓夢脂硯齋評語輯校》）

我認為甲戌本分成三條是對的。「此是第一首標題詩」是最早的評語。「能解者……悵悵！」是後來脂硯齋的評語。「甲午八月淚筆」一條是脂硯齋死後，批者之一的評語。

❺顧頡剛《告又找得許多考證紅樓夢的材料書》：「我疑心《紅樓夢》所以借著『石頭』說話，又名作《石頭記》，都因南京城為石頭城，小倉山又與石頭城有關係的緣故。又疑《紅樓夢》上的『東府』、『西府』，便是織造署和隨園。織造署是他們的公廳，小倉山是他們的私園。」（《考證紅樓夢三家書簡》，《學術界》第一卷）又有《告疑大觀園非隨園書》（同上）

曹雪芹與「將軍後」

李先生辰冬在其《紅樓夢研究》一書中說：

> 第一，如「嘆君或亦將軍後，於今環堵蓬蒿屯」[1]，可知曹雪芹是將軍的後代。雪芹為旗人，而旗人均係軍人，故曹家受封，當為軍馬之勞。《紅樓夢》第七回尤氏對鳳姐介紹焦大道：「（上略）因他從小兒跟著太爺出過三四回兵，從死人堆裏，把太爺背了出來，得了命。」又焦大罵賈蓉道：「蓉哥兒，你別在焦大跟前使主子性兒，別說你這樣兒的，就是你爹，你爺爺，也不敢和焦大挺腰子呢！不是焦大一個人，你們作官兒，享榮華，受富貴，你祖宗九死一生，掙下這個家業，到如今不報我的恩，反和我充起主子來了。」這明明講賈府是將軍後。（《紅樓夢研究》，頁二〇，正中書局）

周氏在其「遼陽俘虜」節對李先生的看法提出批評。他說李先生的「意見，很新穎。」卻又說：

> 這個想法，也是「自傳說」的方法。即依此而論，李氏也并不清楚曹家世代。寧府中人所

謂的「太爺」，輩數不過相當于曹爾正，爾正的祖父世選，才是曹家始祖，已是隔了兩代了。(中略)但是焦大所跟的「太爺」決不是更上代的人，這與曹家上世以軍功歸旗一節，毫無干涉，更談不到什麼「受封」的問題。

又說：

曹世選還并無官秩可言，兒子振彥開始作官，絕不是如李辰冬所設想的什麼「將軍」。(《紅樓夢新證》，頁一二三、一二五)

現在發現了新的資料，可以證明李先生辰冬早年的設想並不遠於事實，曹雪芹原是宋大將曹彬的後裔。

馮其庸〈曹雪芹家世史料的新發現〉一文說：「新發現的兩篇〈曹璽傳〉，其一，見康熙二十三年未刊稿本《江寧府志・一七》『宦迹』，現略加標點，全文轉錄如下」：

曹璽，字完璧，宋樞密武惠王裔也。及王父寶宦瀋陽，遂家焉。父振彥，從入關，仕至浙江鹽法道，著惠政。公承其家學，讀書洞徹古今，負經濟才，兼藝能，射必貫扎，補侍衛之秩，隨王師征山右建績，世祖章皇帝拔入內廷二等侍衛，管鑾儀事，升內工部。……

另一篇〈曹璽傳〉，則見於唐開陶等纂修的康熙六十年刊《上元縣志・一六》「人物傳」，

曹璽，字完璧，其先出自宋樞密武惠王彬，後著籍襄平。大父世選，令瀋陽有聲。世選生

……

振彥，初，扈從入關，累遷浙江鹽法參議使，遂生璽。璽少好學，深沉有大志，及壯補侍衞，隨王師征山右有功，康熙二年，特簡督理江寧織造。（《曹雪芹與紅樓夢》，頁一三、一四、一五）

周氏等據：《清太宗實錄・一八》，天聰八年甲戌(明崇禎七年，公元一六四三年)條說：

墨爾根戴青貝勒多爾袞屬下，旗鼓牛錄章京曹振彥，因有功，加半個前程。（《曹雪芹與紅樓夢》，頁三七）

在這條天聰八年的材料裡，曹振彥已經是牛錄章京（清入關後改稱爲佐領）了。按清太祖努爾哈赤於明萬曆二十九年規定每三百人中設一牛錄鉅眞（後改爲牛錄章京），則此時（天聰八年）曹振彥已經是帶領三百人的隊伍的首領了。並且又立了功，升了級。（《曹雪芹與紅樓夢》，頁三七——三八）

按：《清史稿・諸王（代善）傳》：「（天命）四年，命代善率諸將十六，兵五千，守札喀關備明。」（頁八九七三）則其時一將領兵三百。則曹振彥爲將軍無容置疑。

以曹振彥天聰八年從佐領又升級的情形看來，確是以軍功起家的；曹璽出征立功，升爲二等侍衞，詩人美稱爲將軍，則曹雪芹爲將軍後，亦無不可。若以「嗟君無乃將軍後」的「將軍」指「曹霸」而言，曹霸是曹操的後裔，曹雪芹是曹彬的後裔，更是「將軍」後了，甚至可上溯爲曹操之後裔❷。周氏「遼陽俘虜」一文的「附記三」便是明證：

曹家很可能是曹操之後。閻若璩贈曹寅詩：「漢代數元功，平陽十八中，傳來凡幾葉，……」成德爲楝亭題詞，也說：「藉甚平陽，羨奕葉，流傳芳譽。」都明說他本是曹參之裔（操即參后），這樣措詞，決不同于普通用個「姓氏典」。敦誠詩：「（杜甫贈曹霸）曾曰魏武之子孫，君又毋乃將軍後，……」亦隱言乃魏武后人。劉廷璣說寅撰劇本表彰曹操是因「同姓」之故；同姓云者，爲婉詞見意，曹操久爲儒家汚蔑歪曲，所以一般人不便明說，只能嫁轉其詞。豐潤曹譜始祖彬，靈壽人。按魏志文帝卽位，諸王皆「就國」，武帝子孫有中山王袞、常山眞定王嘉，其後人散居封邑，靈壽正其地也。（《紅樓夢新證》，頁一四〇）

《曹璽傳》中，更明白說出他是曹彬之後裔，《宋史・曹彬傳》：「曹彬，字國華，眞定靈壽人。」（商務印書館影元至正刊本）而《三國志・二〇・魏書・武文世王公傳》：「楚王彪，字朱虎，……其封彪世子嘉爲常山眞定王。」（鼎文書局版）則曹雪芹是魏武的後裔了。

敦誠的《寄懷曹雪芹霑》詩「君又無乃將軍後」句，有二種義蘊以承上啓下。「將軍」指曹霸（周汝昌解）是其承上之義，因下句是「於今環堵蓬蒿屯（邨）」，如果意止限於曹霸，則與下句不連貫。細推敦誠的意思，實兼指曹雪芹的曾祖、祖父，言其爲以軍功起家，至顯榮富貴的後人，今竟貧居如此，所以下文「揚州舊夢久已覺」卽承「君又無乃將軍後」而來的；「且著臨邛犢鼻褌」卽是解決「於今環堵蓬蒿屯」的建議。這樣總比「彈食客鋏」、「叩富兒門」，受

「殘盃冷炙」，看人家的「德色」好得多。否則，如「君又無乃將軍後」單指曹霸之後人解，「於今環堵蓬蒿屯」句便接不上了。

至於焦大一段，說寧府以將軍受封，本是小說；如果拿來對照曹家的世系，即以曹爾正當寧國公，亦不甚遠：

《八旗通志・五・旗分志》：

正白旗包衣第五參領所屬四佐領一管領，第三旗鼓佐領，亦係國初編立，始以高國元管理，高國元故，以曹爾正管理。（《八旗通志》初集）

小說與事實總是有誇大的出入，何況《紅樓夢》明明白白說將「眞事隱去」，用「賈雨村言」寫成。那麼「村言」者眼中的「佐領」，稱爲「將軍」，也就不太離譜了❸。

注釋：

❶李先生辰冬《紅樓夢研究》所引敦誠詩，可能是鐵保《熙朝雅頌集》首集卷二〇所收錄者，唯「嘆」字作「嗟」。《四松堂集》抄本，詩集卷上，作「君又無乃將軍後」。（《紅樓夢研究》，成偉出版社）

❷尤侗《艮齋倦稿・五》頁一：棟亭賦：「誰其種之？有曰司空，平陽苗裔，譙國英雄；承天子命，作服江東。」尤侗與曹寅相交頗深，於曹家上代有所詳，或自曹寅自己口中。

❸《八旗氏族通譜》：「曹錫遠，正白旗包衣人，世居瀋陽地方，來路（歸）年分無考。其子曹振彥，原任浙江鹽法道。孫：曹璽，原任工部尚書；曹爾正，原任佐領。曾孫：曹寅，原任通政使司通政使；曹宜，原任護軍參領兼佐領；曹荃，原任司庫。元孫：曹顒，原任郎中；曹頫，原任員外郎；曹頎，原任二等侍衛兼佐領；曹天祜（祐？）現任州同。」（顧氏按：鈔本雍正十三年修《八旗滿洲氏族通譜》卷七十四附載〈滿洲旗分內之尼堪姓氏〉）（〈考證紅樓夢三家書簡〉，《學術界》第一卷第二期）

賈復與曹操

曹寅是曹操的後裔，已見上文。《紅樓夢》第二回：

雨村笑道：原來是他家。若論起來，寒族人丁卻不少。自東漢賈復以來，支派繁盛，各省皆有，誰能逐細考查。若論榮國一支，卻是同譜。（甲戌本）

《後漢書‧賈復傳》：

賈復字君文，南陽冠軍人也。少好學，習尚書，事舞陰李生，李生奇之，謂門人曰：「賈君之容貌志氣如此，而勤於學，將相之器也。」（鼎文書局版）

賈復以軍功封膠東侯，三子，後裔並不算多，封地皆在今之山東境內。如果以名氣來說，應數西漢的賈誼❶。《紅樓夢》的作者，所以用賈復，似重東漢二個字，曹操是東漢人，也是以軍功開基，和賈復有類似之處，所以捨賈誼。

《紅樓夢》的作者取賈復以代曹操，用的還是曹操本身的事。

《三國志‧魏書‧武帝紀》：

七年春正月，公（曹操）軍譙，……遂至浚儀，治睢陽渠，遣使以太牢祀橋玄，進軍官渡。

裴松之注：

褒賞令載公祀文曰：「故太尉橋公，誕敷明德，汎愛博容。國念明訓，士思令謨，靈幽體翳，邈哉晞矣！吾以幼年，逮升堂室，特以頑鄙之姿，爲大君子所納，增榮益觀，皆由獎助，猶仲尼稱不如顏淵，李生之厚歎賈復。……」（國史研究室版）

這是曹操以賈復自況，紅樓夢的作者「隱」眞事的手法實在很高妙。曹操的子孫當然是多，從曹丕即位後，諸王、侯皆就國，後來散居流遷各地，才當得起「支派繁盛，各省皆有」的話吧。廣東曲江的曹叔良即其後裔。

注釋：

❶《三國志・魏書・文帝紀》，裴松之注：「魏書曰：帝初在東宮，……與素所敬者大理王朗書曰：……或以為孝文雖賢，其於聰明，通達國體，不如賈誼，……若賈誼之才敏，籌畫國政，特賢臣之器，管晏之姿，豈若孝文大人之量哉？」

孔梅溪應是曹棠村

以孔梅溪爲曹雪芹的弟弟棠村，最早見於胡適先生的〈考證紅樓夢的新材料〉一文。他說：

《風月寶鑑》乃是雪芹作《紅樓夢》的初稿[1]，有其弟棠村作序。此處不說曹棠村而用「東魯孔梅溪」之名，不過是故意作狡獪。梅溪似是棠村的別號，此有二層根據：第一，雪芹號芹溪，脂本屢稱芹溪，與梅溪正同行列。第二，第十三回「三春去後諸芳盡，各自須尋各自門」二句上，脂本有一條眉評云：「不必看完，見此二句，卽欲墮淚。梅溪。」顧頡剛先生疑此卽是所謂「東魯孔梅溪」。我以爲此卽是雪芹之弟棠村。（《胡適文存》第三集，頁三七七）

近年張欣伯先生則做翻案文章，他說「孔梅溪不是曹棠村」：

綜合胡、顧二氏的看法，獲得一項結論，卽「孔梅溪」與「梅溪」二者，皆雪芹之弟棠村的化名，換言之，「孔梅溪」卽曹棠村。此說既有批語爲證，所以數十年來，無人異議，幾已成爲一種定論。但在此時我們看來，覺得這一結論，尙有重新加以檢討的必要。（《出

版與研究》半月刊，第三期）

張氏的理由是：「一般《紅樓夢》的研究者，只重考證，不重鑑賞，每置正文於不顧，反而聽信批書人之言，主客不分，最易犯錯。」他反對胡、顧二氏的論據也是從鑑賞得來：

作者之所以將「情僧錄」、「風月寶鑑」、「金陵十二釵」等三種題名，楔入首回正文中，用意在於藉書名以說明或暗示某些意義。就「風月寶鑑」而言，旨在告訴讀者這是一部富有教育意義的描寫風月的小說。也許雪芹覺得這還不夠，乃又假捏一個「東魯孔梅溪」來，作爲孔聖家族的代表，由他題曰「風月寶鑑」，以肯定此書的教育意義，如此而已。雪芹祖籍「遼東」，迥非「東魯」；又雪芹姓「曹」，更不姓「孔」；做哥哥的，焉能開弟弟的玩笑，指其爲「東魯」人？爲「孔」姓？此理甚明，實不必多說。所以在我看來，「孔梅溪」徒具虛名，并無其人，而「孔梅溪即曹棠村」之說，應不值識者一笑。胡、顧二氏……對於甲戌本的主人畸笏，也嫌了解不夠，以至誤信畸笏的謊言，誤入畸笏的圈套而不自知。……畸笏陰謀竊佔脂硯的批語，陰謀篡奪脂硯批書人的地位，俾自己成爲石頭記惟一的大批家。……

畸笏深盼讀者將「吳玉峯」猜到他的頭上去，乃是產生「孔梅溪即曹棠村」問題的主要根源。在一般的本子中，此處只有「空空道人」的「情僧錄」，「孔梅溪」的「風月寶鑑」、「曹雪芹」的「金陵十二釵」等三種題名和三位題名人，但畸笏在其重訂的甲戌本中，則又加入「至吳玉峯題曰紅樓夢」、「至脂硯齋甲戌抄閱再評仍用石頭記」二語，亦卽加入了「吳玉峯」的「紅樓夢」和「脂硯齋」的「石頭記」，共爲五種題名和五位題名人。……

……畸笏必須明告讀者「孔梅溪」是誰，而保留「吳玉峯」一人供讀者猜射。一旦坐實「孔梅溪」以後，則曹雪芹是「金陵十二釵」的題名人，脂硯齋是「石頭記」的題名人（畸笏所以加入「至脂硯齋甲戌抄閱再評仍用石頭記」之句，用意卽在暗示讀者吳玉峯與脂硯齋無關。）而畸笏與紅樓夢的關係，僅次於雪芹、脂硯，讀者自將猜「吳玉峯」是他了。前引甲戌本此處一眉批云：「雪芹舊有風月寶鑑之書，乃其弟棠村序也……」卽是畸笏在必須坐實「孔梅溪」不可的情形下寫的。（《出版與研究》半月刊，第三期）

我覺得張欣伯先生這種鑑賞，有厚誣畸笏之嫌。張先生說主客要分，要重正文，是對的。庚辰本第一回（未經畸笏動過手腳的）：「故將眞事隱去」。是作者晦藏「曹棠村」而用「孔梅溪」的原則。批書人也不直接說「孔梅溪便是曹棠村」，而用「乃其弟棠村序也」一點而已。此其一。

如果畸笏刪去脂硯的批，竊爲己有，便不會加上「至脂硯齋甲戌抄閱再評仍用石頭記」那句話。這明明說出脂硯齋不止一次有評語呀！畸笏難道自掌嘴巴不成？何況甲戌本的中縫明標著「脂硯齋」。此其二。

張先生說：「『紅樓夢』乃此書原名，乃雪芹所題，後因政治上的顧慮而改題爲石頭記的。

畸笏或係曹家親友之一，深知其中原委，此時雪芹、脂硯既皆去世，『紅樓夢』這一題名，亦未正式使用過，乃心懷不軌，意欲佔爲己有，亦卽謊稱是他題的。」（同上）試問如果「紅樓夢」是原名，爲了政治原因而不用，則畸笏敢用嗎？還敢讓人家一定猜到自己頭上嗎？如畸笏已佔有甲戌本的發行權，他敢在書前標明「紅夢夢」旨義嗎？在文網時代的人不會笨到這種程度的吧。

我們試從「考證」的途徑，便可發現「孔梅溪」和「曹棠村」的關係，雖然不是鐵證，但不致會像張先生所得的結論。

甲戌本第一回的楔子：

東魯孔梅溪則題曰風月寶鑑。

眉批：「雪芹舊有風月寶鑑之書，乃其弟棠村序也。今棠村已逝，余覩新懷舊，故仍因之。」

首先，我們可以確定，「棠村」不是名，可能是雪芹此弟的號，或者是字；它跟雪芹的號「芹圃」是一致的。「梅溪」當是其弟的又號，相當於雪芹的「芹溪」。雪芹號「芹溪居士」。《山海經》：「岷山，其上多金玉，其下多白珉，其木多梅棠。」這是梅、棠二字一同出現之例。

《說文》：「棠，牡曰棠，牝曰杜。」段玉裁注：「陸機（璣）詩疏曰：赤棠與白棠同耳，但子有赤白美惡。子白色爲白棠、甘棠（也），少酢滑美。赤棠子澀而酢，無味。」《爾雅・釋木》：「杜，赤棠；白者棠。」《廣韻》：「棠，棠棃。」《正字通》：「棠，甘棠。」是棠、甘棠、棠梨爲一物的異名。

《本草綱目》：「時珍曰：棠梨，野棠也，處處山林有之，樹似梨而小，葉似蒼朮葉，亦有團者、三叉者，葉邊皆有鋸齒，色頗黲白，二月開白花，結實如小楝子大，有甘酢赤白二種。……又楊愼《丹鉛錄》言尹伯奇采楟花以濟飢，註者言楟卽山梨，乃今棠梨也，未知是否。」（光緒十一年張彤紹棠重訂本，國立中國醫藥研究所出版）

《史記．司馬相如傳．上林賦》：「楟柰厚朴，」《集解》：「徐廣曰：『楟音亭，山梨。』索隱：『張揖云：楟柰，山梨也。司馬彪曰：上黨謂之楟柰。』」

曹棠村取這個號，似乎與《本草綱目》李時珍這段注解有些淵源。注文中「楝」「楟」二字的出現❷，也許就是棠村紀念其祖❸或從祖的靈感吧。

江寧織造署，不但有曹璽手植的楝樹，而且有梅花。

毛奇齡《西河合集．七言律詩．一〇》頁一一：

〈楝亭詩和荔軒曹使君作〉有序

曹使君典織造，其尊人舊任時手植楝樹，蔽芾成蔭，使君因慨然登亭而歌，屬予和之。

多官相繼使江鄉，父子同披錦綉裳。官閣依然梅樹在，丹陽重見柳條長。牆西紫朶迎朝雨，苑角紅亭對夕陽。每遇晚春花信滿，風前涕泪一銜觴。（《紅樓夢新證》引）

《揚州畫舫錄・二》：「曹寅，字子清，號楝亭，」其題漸江梅花軸：

逸氣雲林遜作家，老凭閑手種梅花。吉光片羽休輕覷，曾敵梁園玉畫叉。周櫟園藏畫以缺漸江者爲恨，漸江老喜種梅，號梅花和尚。楝亭曹寅。（同上）

這是曹寅織造署有梅，及其以「楝亭」爲號後所題畫的詩❹。曹寅早年號荔軒。亭、軒、村、莊，古人多以爲號。陳乃乾「別號索隱」：「沈赤然，字韞山，號梅村，」吳偉業晚自號梅村❺，高士奇號江村，李煦因御書「修竹清風」額，而自號「竹村」（張雲章，《樸村文集》卷一一，《紅樓夢新證》引），是清人喜以村爲號之例。《紅樓夢》第一回：「忽見隔壁（壁）葫蘆廟內寄居的一個窮儒，姓賈名化，字表時飛，別號雨村者走了出來，」（甲戌本）所以「棠村」與「梅溪」有以上繫聯，說是曹寅的後代之號，是不牽強的。現在再來看看曹與孔姓的關係。

《紅樓夢》的作者曾經靈活地引用到「三字經」這本書，庚辰本第十七回至十八回：

（寶釵）笑道：虧你今夜不過如此，將來金殿對策，你大約連趙、錢、孫、李都忘了呢。

賈政的姨太太爲「趙姨娘」、「周姨娘」，是百家姓一、二兩組的首姓。第二十八回，馮紫英和蔣玉函同時出現。百家姓：「馮陳褚衞，蔣沈韓楊，」與趙、周的取法相同。第十六回：「周貴人的父親，……又有吳貴妃的父親吳天祐家。」賈蓉的妻秦可卿，塡房許氏，賈珍塡房尤氏，百家姓：「朱秦尤許」是一組。又：「孔曹嚴華」是一組。《紅樓夢》的作者，爲了要隱藏

「曹棠村」，就取曹上的孔姓爲姓，易以「梅溪」的號罷了，如此亦可知《紅樓夢》的作者，在小地方的處理是一點不馬虎，大體有脈絡可尋的。所以說「曹棠村」是「孔梅溪」是站得住的。

沈括《夢溪筆談・二三》：「吳人多謂梅子爲曹公，以其嘗望梅止渴也。」（商務印書館排印本）此則或可爲棠村號梅村而暗示其爲曹姓之一助吧。

注釋：

❶周春閱《紅樓夢隨筆》：「又將孔梅溪題曰風月寶鑑，陪出曹雪芹，乃烏有先生也。其曰東魯孔梅溪者，不過言山東孔聖人之後，北省人口語如此。」（《紅樓夢研究》，頁六八）為張欣伯先生所本。

❷《廣韻》青韻：楟，特丁切，山梨，木名。與亭同音切。

❸趙岡先生的鈔本八十回之研究：「棠村一名具有深刻的紀念性。」（《紅樓夢新探》，頁二七）

❹顧湛露皇清揀授文林郎顧公培山府君行略：「去止金陵，晤銀臺曹公，注：諱寅，字子清，號茘軒，別號〇亭。」

❺陳廷敬「吳梅村先生墓表」：「先生諱偉業，字駿公，晚自號梅村。」（《吳梅村詩箋注》故「棠村」為號。）

「石頭」與范成大詩

《紅樓夢》第十七至十八回：「衆人笑道，此處若懸匾待題，則田舍佳風，一洗盡矣。立此一碣，又覺生色許多，非范石湖田家之詠，不足以盡其妙。」（庚辰本，頁三二六）可見《紅樓夢》作者嫻熟范成大詩。

范成大〈春晚卽事，留游子明、王仲顯〉詩：

繡地紅千點，平橋綠一篙。楝花來石首，穀雨熟櫻桃。笑我生塵甑，慚君有意袍。故人能少駐，門徑久蓬蒿。（《范石湖集》，頁三六八，河洛圖書出版社）

又：〈晚春田園雜興十二絕〉（之十一）：

海雨江風浪作堆，時新魚菜逐春回。荻芽抽筍河魨上，楝子開花石首來。（同上，頁三七四）

兩首詩都提到「楝花」「石首」。石首是魚名。

《本草綱目．四四》，石首魚：

《釋名》：石頭魚嶺表錄，鮸魚音免，〈拾遺〉，江魚浙志，黃花魚臨海志，乾者名鯗魚音想，赤作鱶。〈集解〉：志曰：石首魚出水能鳴，夜視有光，頭中有石如碁子。一種野鴨頭中有石，云是此魚所化。時珍曰：生東南海中，其形如白魚，扁身，弱骨細鱗，黃色如金，首有白石二枚，瑩潔如玉。至秋化爲冠鳧，卽野鴨有冠者也。(國立中國醫藥研究所出版，頁一三六六)

原來臺灣市場上賣的「黃魚」就是「石首魚」，也叫「石頭魚」。晚春楝花開時，也是石頭魚出現的時節，那是江浙一帶的景象。

任昉《述異記》卷下：「吳郡魚城，城下水中有石首魚，至秋化爲鳧，鳧項中尙有石。」(《說庫》，頁九五，新興書局版)

原來《紅樓夢》的作者，取名爲「石頭」，或本范石湖「楝子開花石首來」、「楝花來石首」的「石首」，「石首」卽「石頭」。曹寅號楝亭，楝樹等於江寧織造曹府的標幟。對曹寅的兒孫來說，讀到這兩句，眞有無限的孝思，而「楝子」不啻指他而言，所以取名「石頭」。(請參看上文〈紅樓夢的作者與曹姓〉)

在《紅樓夢》裏，「石頭」就是「寶玉」。「楝子」這暗示了「石頭」不但姓曹，而且是曹楝亭的兒子或孫子。

《本草綱目・三五》：「楝實，……其花落子，謂之石茱萸，不入藥用。嘉謨曰：石茱萸亦入外科用。」是「棟子」也稱「石茱萸」，處處與此「石」關照。試看《紅樓夢》那塊「石頭」幻相的「寶玉」：

《紅樓夢》第三回：

（寶玉）項上金螭瓔，又有一根五色絲絛繫著一塊美玉。（甲戌本）

第八回：

項上掛著長命鎖、記名符，另外有那一塊落草時啣下來的寶玉。（甲戌本、有正本同。庚辰本無「那」字。）……從項上摘了下來，遞與寶釵手內。（甲戌本）（庚辰本「頂上」作「項上」，有正本作「頭上」。）

第十五回：

（水溶）因問：啣的那寶貝在那裏？寶玉見問，連忙從衣內取了，遞與過去。

第二十五回：

賈政聽說，便向寶玉頂上取下那玉來。（甲戌、庚辰、有正本皆作「頂上」，全抄本作「項上」，是。）

第二十九回：

（寶玉）便賭氣向頸上抓下通靈玉來，咬牙恨命往地下一摔。（庚辰、有正本作「頸上」；全抄本作「頭上」。）

寶玉的通靈玉，繫在項上是對的，「頂」爲「項」之誤，「頭」當爲「頸」，總之這塊玉是繫在近頭的部位❶，與一般珮玦等佩帶的部位不同。佩帶在「項」上，和任昉《述異記》「梟項中尙有石」，及「石頭魚」石的部位是一致的。

楝亭圖，徐秉義跋詩：

……日日公餘惟雒誦，縹囊緗袠充梁棟；每到葑溪石首來注：范石湖詩，楝子花開石首來❷，苦憶當時石城種；詞客休爲楝樹吟，召南自有甘棠頌。（《紅樓夢新證》，頁三四八引）

徐秉義用了范石湖句以跋楝亭圖，因葑溪石頭魚來，而憶當時石頭城？所種者（楝樹），可見《紅樓夢》的作者「石頭」取名的典故，深晦而切當。

注釋：

❶甲戌本卷八頁五甲面硃注：「按瓔珞者，頭飾也，想近俗卽呼為項圈者是矣。」大概此塊通靈寶玉繫位近項圈。

❷范石湖詩「花開」作「開花」，未知徐秉義誤記，或所見本異。按上句「荻芽抽筍河魨上」，則作「開花」為是。

襲人兄妹與范成大詩

俞平伯先生曾指出，「襲人」之名，出自陸游《劍南詩稿・五〇・村居書喜》：

紅橋梅市曉山横，白塔樊江春水生。花氣襲人知驟暖，鵲聲穿樹喜新晴。坊場酒賤貧猶醉，原野泥深老亦耕。最喜先期官賦足，經年無吏叩柴荆。

並指出：

《紅樓夢》第二十三回：「因素日讀詩，曾記古人有句詩云：『花氣襲人知晝暖』，因這丫頭姓花，便隨意起的。」「『誤驟爲晝』，以二字音近容易搞錯之故，且『晝暖』的意境亦復甚佳，不減於『驟暖』。無意誤記麼，有意改字麼，亦不得而知。」（〈讀紅樓夢隨筆〉，《紅樓夢研究專刊》第二輯，頁一二六、一二七）

我以爲原詩以不改動爲佳。此詩寫春景，寒意仍在，忽聞花香頓濃，乃「驟暖」所致，且與「新晴」對仗工穩；若作「晝暖」，便與「新晴」意略有重複了，晴當然是晝。何以「驟暖」？因久雨春寒，忽然「新晴」的緣故也。《紅樓夢》作者當是記錯或音誤。第二十八回蔣玉菡見的對聯上也作「晝暖」，恐怕是音誤的可能大些。

《紅樓夢》第二十八回：

（琪官）說着將繫小衣兒一條大紅汗巾子解下來，遞與寶玉，……二爺請把自己繫的給我繫着。寶玉聽說，喜不自禁，連忙接了，將自己一條松花汗巾解了下來，遞與琪官。……襲人聽了，點頭嘆道，我就知道又幹這些事。也不該拿着我的東西給那起混帳人去，……襲人低頭一看，只見昨日寶玉繫的那條汗巾子繫在自己腰裏，……襲人無法，只得繫上。（甲戌本）

這段奇緣與范成大詩有點淵源。

〈續長恨歌七首〉之二：

紫薇金屋閉春陽，石竹山花卻自芳。莫道故情無覓處，領巾猶有隔生香。（《范石湖集》，頁四，河洛圖書出版社）

襲人之兄名「花自芳」，見有正本第十九回：

茗烟先進去，叫襲人之兄花自芳。

雙行批：「隨姓成名，隨手成文。」（庚辰本同）

這是批者瞞人處。「花自芳」當從范石湖詩「石竹山花卻自芳」來。蔣玉菡和襲人因汗巾結合，在日後的寶玉想來，難免有「莫道故情無覓處，『汗巾』猶有隔生香」之感。

林黛玉的字與范成大詩

《紅樓夢》第三回：

寶玉又問表字。黛玉道：「無字。」寶玉笑道：「我送妹妹一個妙字，莫若顰顰二字極好。」探春便問：「何出？」寶玉道：「《古今人物通考》上說：『西方有石名黛，可代畫眉之墨。』況這林妹妹眉尖若蹙，用取這兩個字，豈不兩妙。」探春笑道：「只恐又是你的肚（杜）撰。」寶玉笑道：「除四書外，肚撰的太多，偏只我是肚撰不成。」（甲戌本）脂夾行批：「如此等語，焉得怪彼世人謂之怪；只瞞不過批書者。」（甲戌本）

黛用以畫眉，跟「眉尖若蹙」無必然的關係。從唐代的仕女畫來看，有的眉畫成點狀，如周昉「簪花仕女圖」（《中華名畫輯覽》，圖五四、五五），所以黛只是用來畫眉的東西，不能代表眉的形狀，但有關係，是以爲字。

寶玉替黛玉取「顰顰」爲字，一般人以爲怪，認爲是他的杜撰，但是批書的人是瞞不過的。原來也是有出處的。

范成大〈次胡經仲知丞贈別韻〉：

先生有道抗浮雲，拄頰看山意最眞。霜鬢不堪痟首疾，翠蛾常作捧心顰。官如斯立藍田小，家似淵明栗里貧。俯仰別來蓂莢換，祇今誰與話情親？經仲與侍兒皆多病，又不樂贊邑，賦歸去來詞。（《范石湖集》，頁九六）

《紅樓夢》的作者，蓋以胡經仲的身體、志趣頗類寶玉；侍兒又多病，與黛玉「嬌襲一身之病」「病如西子勝三分」（同回）不差，特取「翠蛾常作捧心顰」意，神、態兩傳，眞是妙手，故有「妙字」。

吳梅村是《紅樓夢》的作者辨

杜世傑先生提出吳梅村是《紅樓夢》的作者一說，引起了費海璣先生和余英時先生的注意❶。杜作〈吳梅村與紅樓夢〉是他的《紅樓夢考釋》的第八篇，文很長，這裏摘錄其文要點如下：

一、梅村臨終遺言死後「葬靈巖相近，墓前立一圓石，題曰：詩人吳梅村之墓」。頑石拋在無稽崖的青埂峰，而梅村卻葬身靈巖，不立碑而立碣，又不曰碣而曰圓石，若用諧韻又成了頑石，這也可能是巧合，但曹雪芹卻沒有立圓石之記載。

二、情僧：緣起說：首先主張在石頭上鐫字的是情僧，可見情僧也是作者之一。情僧指因情而僧者，根本不是眞心信佛而削髮爲僧的。曹雪芹既非眞僧亦非情僧。梅村遺命「吾死後，歛以僧裝，葬吾於鄧尉靈巖相近。」（見梅村行狀）梅村不是和尚，他爲何要僧裝入歛，死後爲僧呢？……因縈情故國，不願做僞民，可見梅村是因情而僧。

三、《紅樓夢》是用「假語村言敷衍出來」。……梅村因與馬、阮不和，棄官歸里，逢順治起復舊官，才入僞朝任祭酒，這一段經歷雨村都具備，尤其起復舊員一詞，絕不是起復因犯罪而免職之徒，而是指故明舊員，足證假語村言指故明在野遺老之言。

賈雨村生在末世，末指明末，梅村正是生在明末，所以身歷兩朝，曹雪芹何嘗生在末世了呢？縱然生在曹家沒落時期，也不能稱爲末世。

四、吳梅村的巧合：原作者爲了眞事隱才化名賈雨村，而後繼人爲什麼要用吳玉峰、孔梅溪呢？把吳玉峰、孔梅溪、賈雨村，三個名字細看，內中隱吳梅村三字。再把梅村加上對看，有雨村、玉峰、梅溪、梅村。紅樓上說「雨」讀「語」，那「玉」也應該可以讀「語」，如此便成了「語村、語峰」。眞事隱藏在假雨村言中，假語村言根本就是謎。謎梅同音。那梅村梅溪又成了「謎村謎溪」與語村語峰對看。……玉峰、梅溪可能與梅村一樣，是地名也是地主之號。（《紅樓夢考釋》，頁三六一——三七一）

附杜書四二四頁郁增偉「玉峰梅溪釋義」：

由于世傑先生考證紅樓夢，原始作者是吳梅村，頓使奇峯突起，牖啓我感，深覺此三句亦示明吳梅村所住地名。吳梅村世居崑山，祖議始遷太倉。蓋，吳，是江南地方總稱，昔吳所轄，具稱吳郡；玉峰是崑山縣，馬鞍山之山峯名。梅溪，是梅村溪流之總稱，當時梅村建有樂志堂……蒼溪亭、梅花庵、鹿樵溪舍，各溪交織其間，富水樹之勝，故溪流總稱梅溪。以此可說著者，居吳郡、玉峰之麓，梅溪之濱，村舍之語。上列地名，《太倉衞

志》、《崑山縣志》，均有記載可考。（《紅樓夢考釋》，頁四二三）

杜氏把吳梅村看成賈雨村，「四近樓」先生已經駁明了。杜書附錄：

> 杜世傑只把吳梅村比作《紅樓夢》裏的第五六等的貪贓枉法，爲《紅樓夢》所痛貶的祿蠹小人，卻說他必須兼作者，那就等於極力貶斥吳梅村，同時卻暗認他爲《紅樓夢》的作者，這是什麼鬼話。（《紅樓夢考釋》，頁四二五）

四近樓先生辨得很好。像賈雨村的造型，死時會出現和尚姿態，以示情縈故國嗎？雨村除名利外，並無情字。現在試略辨如後：

1.《紅樓夢》中的石頭、寶玉是一人在貧富二種環境的代稱，性堅則一。寶玉是極端厭惡賈雨村的，二人的性格、志趣有如冰炭。「圓（頑）石」自銘的吳梅村如爲賈雨村，則吳梅村豈非雙重人格了。梅村辭官是不與奸臣同流合汚的表現，雨村革退是因貪墨枉法；梅村仕順治朝是不得已，雨村起復是請托。《紅樓夢》以春秋之筆來褒寶玉、貶雨村。杜氏竟將此二人捏合成一個吳梅村，眞會使人入「謎」不解。因此可見，研究文學，意識、思想是首應重視的必要條件。

2.顧湄的吳梅村先生行狀說：

> 先生生於明萬曆己酉五月二十日，卒於今康熙辛亥十二月二十四日。（《吳梅村詩集箋注》，河洛圖書出版社）

卽生於萬曆三十七年（一六〇九），卒於康熙十年（一六七一），但《紅樓夢》第二十一回：

無端弄筆是何人，作踐南華《莊子因》，不悔自己無見識，卻將醜語怪他人。（庚辰本）

《莊子因》是林雲銘著以解《莊》。林氏《增注莊子因・序》：

余註《莊》二十有七年矣，鐫木之後，分貺良友，即携歸里，貯建溪別墅，……原不斷於問世。寅卯閩變，……賴有鋟版獨存。……康熙戊辰季秋望日，三山林雲銘西仲氏題於西湖畫舫。（《莊子集成》，藝文印書館）

毛際可〈吳山鷇音序〉：

憶與林子同以戊戌舉進士，余甫踰弱冠，林子長余數歲。（《古文析義》，廣文書局）

戊戌年是順治十五年（一六五八），時毛際可二十一歲，則林雲銘亦二十多歲，前此致力於舉業，注《莊子》當後於此年。則康熙十年，林雲銘亦不過四十光景。而注《莊》用了二十七年功夫，其鋟版後分贈良友，最早也應是康熙十年以後的事，則吳梅村是未及見《莊子因》一書便早已去世了。

3.《紅樓夢》第五十四回：「續琵琶的胡笳十八拍」（庚辰本）〈續琵琶記〉是曹寅作的戲曲，蕭一山《清代通史》的「學者著述表」第六：「曹寅，生順治十五年（一六五八），卒康熙五十一年（一七一二）。」

劉廷璣《在園雜志・三》頁二一：

商丘宋公記任丘邊長白爲米脂令時，……而曹銀臺子淸寅演爲塡詞五十餘出，……復撰後琵琶一種，用證前琵琶之不經，故題詞云：「琵琶不是那琵琶。」以便觀者著眼。大意以蔡文姬之配偶爲離合，備寫中郎之應徵而出，并文姬被擄，作胡笳十八拍，及曹孟德追念中郎，義及友道，命曹彰兵臨塞外，……仍以文姬原配團圓，皆眞實典故；駕出中郎女之上。（《紅樓夢新證》，頁三五四——三五五）

《紅樓夢》第六回：

遂將岳母劉姥姥接來一處過活。

雙行夾注：「音老，出偕聲字箋，稱呼畢肖。」（甲戌本）

同回：

聽見帶他進城徃去。

雙夾行注：「音光去聲，遊也。出偕聲字箋。」（同上）

《四庫全書·總目提要·經部·小學類存目二》：

諧聲品字箋，無卷數，內府藏本，國朝虞德升撰，德升字聞子，錢塘人，……蓋本其父咸熙草創之本，而復爲續成之者也。（商務印書館版）

4.《偕聲品字箋》，周氏《紅樓夢新證》，據潘先生重規說，即虞德升撰的《諧聲品字箋》，周氏云：「是年（一六七七，康熙十六年丁巳）刊刻《諧聲品字箋》。」（《紅樓夢新證》，頁二八九）。那麼吳梅村在康熙十年已死，顯然未及見此書，更看不到曹寅的續琵琶了。〈續琵琶〉的撰成，周氏繫在康熙三十一年壬申（一六九二）年。

5.《紅樓夢》第五十三回：

門下庄頭烏進孝，叩請爺奶奶萬福金安，……上面寫着大鹿三十隻，……御（御）田胭脂米二石。（庚辰本）

雙行批注：《在園雜字（志）》曾有此說❷。

趙岡〈康熙與江南雙季稻之種植〉文中考證說：

試種雙季稻是在康熙五十四年（一七一五年）開始，康熙是責令蘇州織造李煦及江寧織造曹頫負責推行，由康熙親自指導。李煦在五十四年五月十六日奏摺提及此新品種：

臣煦蒙萬歲天恩，特賜御種稻子，臣已欽遵浸秧插蒔訖。

李煦同年八月二十日奏摺中說明更詳細。他一共接到康熙交來一石新米種，其中四斗奏（奉？）旨分給總河趙世顯、兩江總督赫壽、江寧織造曹頫等六人。……（《紅樓夢論集》，頁九八）

由以上五個證據看來，杜世傑先生所提出的吳梅村是《紅樓夢》的作者一說，是不能成立的。

注釋：

❶余英時《紅樓夢的兩個世界》頁八三：「最近收到杜世傑先生寄贈《紅樓夢原理》一書（臺北，一九七二）。其中第六篇〈吳梅村與紅樓夢〉，謂《紅樓夢》作者卽吳梅村（當作村），因為就吳玉峯、孔梅溪、賈雨村三人之名字、論序各就本數取一字便是「吳梅村」三字。（頁七一）此說雖有趣，但距離證實之境尚遠。不過可以看到「索隱派」現在也在積極地要想解決作者問題了。

費海璣〈評介三種新書「紅樓夢研究」〉，原載中華民國六十二年七月十二日《中華日報》：「杜先生（世傑）沒有詆誣前賢，故是很有修養的人。杜先生的見解頗近於蔡元培的見解。其獨到之見解有不少可圈可點！我很喜歡他說《紅樓夢》和吳梅村的關係。」

❷劉廷璣《在園雜志．一》：

浙閩總督范公時崇隨駕熱河，每賜御用食饌，內有硃紅色大米飯一鐥。傳旨云：此本無種，其先特產上苑，只一兩根苗，穗迥異他種，及登，剖子，粒如丹砂，遂收其種，種於御園。今茲廣穫其米，一歲兩熟，只供御膳。

康熙《御製文集》四集卷三〇頁一〇：

豐澤園中有水田數區，布玉田穀種……四十餘年以來，內膳所進，皆此米也。其米色微紅而粒長，氣首而味腴，以其生自（上字疑脫）苑田，故名御稻米……曾頒其種與江浙督撫織造，令民間種之。聞兩省頗有此米，惜未廣也。朕每飯時，嘗願與天下羣黎共此嘉穀也。（趙岡先生《紅樓夢論集》，頁九七、九八）

硃批「棠村序」條中的誤字

甲戌本第一回的「楔子」：

東魯孔梅溪則題曰風月寶鑑。

眉上有一條硃批：雪芹舊有風月寶鑑之書，乃其弟棠村序也。今棠村已逝，余覩新懷舊，故仍因之。

這條硃批引起很多人的議論❶。最可商榷的一點，是有人把「棠村序」看作「大序」「小序」：

此外還有人把「仍因之」的「之」字釋作前文的「序」字。然而這篇「序」並非全書之序，乃係棠村給舊稿「風月寶鑑」各回所作的「小序」，脂硯認爲這「小序」具有紀念的意義，所以把它保存在「新」稿中。

脂批對於這個問題所要說的是否具有下列意義？那就是說在「今」的時點上，以前的「風月寶鑑」因爲改稿的結果，使其內容起了很大變化，以致棠村之序對全書來說無甚意義，但在「寶鑑」的題名上與我們手抄本的中間，仍有備爲異名之一的價值而保留下來，所以說「仍因之」，我是這樣認爲的。（伊籐漱平〈有關紅樓夢的題名問題〉，《紅樓夢研究彙編》㈠，頁一九五）

提到這條批的「序」，都認爲棠村作有「風月寶鑑」的「序文」，不管是全書前的「序」也好，各回前的「小序」也好，總之棠村是替「風月寶鑑」寫過序的。其實並不是如此，這條批只是說紅樓夢異名之一「風月寶鑑」是曹棠村（孔梅溪）題的，主持整理「楔子」的人把它保留下來而已。問題的癥結，在這條批的一個錯字上。

試看「雪芹舊有風月寶鑑之書」「乃其弟棠村序也」，語意上連不起來；如果棠村曾爲「風月寶鑑」作序，則當批爲：「雪芹舊有風月寶鑑之書」，「其弟棠村序焉」或「其弟棠村爲之序」。「乃」字不是這樣用法，否則「書」便等於「序」了。

再看這條批，是針對「東魯孔梅溪則題曰風月寶鑑」一句發的，與「風月寶鑑」有無「序文」無涉。批語的重點不在「雪芹」的「風月寶鑑」之書的本身，而在「棠村」的「序？」，所以有「覩新懷舊，故仍因之」的話。

顯然，「序」的是一個誤字，它本來當是「署」字。批書人原書可能是行草，抄書人把它看成「序」字；或者抄書人口語中，「署」字讀如「序」，他可能竟是長江一帶長大的人吧。

注釋：

❶見伊籐漱平〈有關紅樓夢的題名問題〉。（《紅樓夢研究彙編》㈠，頁一九三——一九五）

見余英時先生《紅樓夢的兩個世界》，頁一八六——一九〇。

《紅樓夢》裏的假

一、

《紅樓夢》第二十三回：

林黛玉見寶玉去了，又聽見衆姊妹也不在房，自己悶悶的，正欲回房。剛走到梨香院墻角上，只聽牆內笛韻悠揚，歌聲婉轉，林黛玉便知是那十二個女孩子演習戲文呢。只是林黛玉素習不大喜看戲文，便不留心，只管往前走。偶然兩句吹到耳內，明明白白，一字不落，唱道是：「原來姹紫嫣紅開遍，似這般，都付與斷井頹垣。」林黛玉聽了，到也十分感慨纏綿，便止住步，側耳細聽。又唱道是：「良辰美景奈何天，賞心樂事誰家院。」聽了這兩句，不覺點頭自嘆，心下自思道：原來戲上也有好文章，可惜世人只知看戲，未必能領略這其中的趣味。想畢，又後悔不該胡思亂想，躭悞了聽曲子。又側耳時，只聽唱道：「則爲你，如花美眷，似水流年。」林黛玉聽了這兩句上，不覺心動神搖。又聽道：

「你在幽閨自憐」等句，亦發如醉如癡。（庚辰本，頁四八七——四八八）

這一段描寫得很精彩，但卻是作者的神思巧運，並非事實，也就是說爲《紅樓夢》書中的「假」。這段文字顯示的主要樂器是笛子，曲是《牡丹亭》的「遊園」、「驚夢」二折，我推測是崑腔。現在把清代和現代的《牡丹亭》崑曲〈皂羅袍〉工尺譜列舉比較如次：

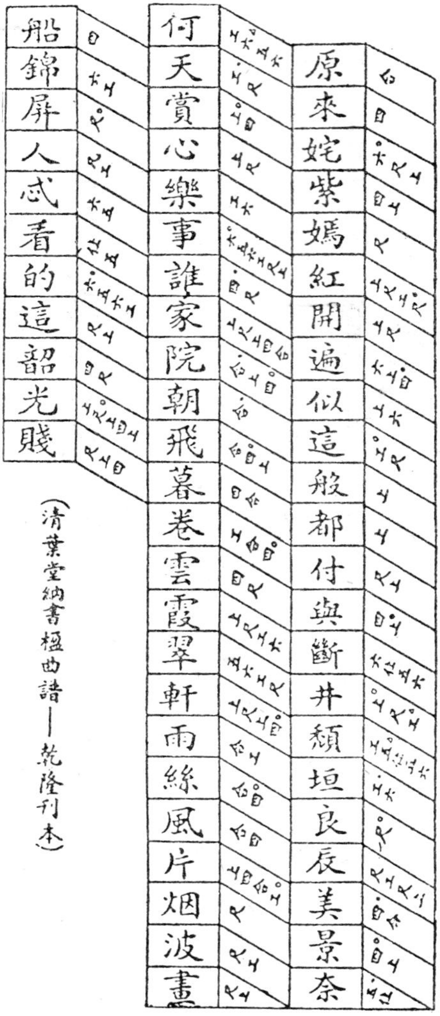

原來姹紫嫣紅開遍似這般都付與斷井頹垣良辰美景奈
何天賞心樂事誰家院朝飛暮卷雲霞翠軒雨絲風片烟波畫
船錦屏人忒看的這韶光賤

（清葉堂納書楹曲譜——乾隆刊本）

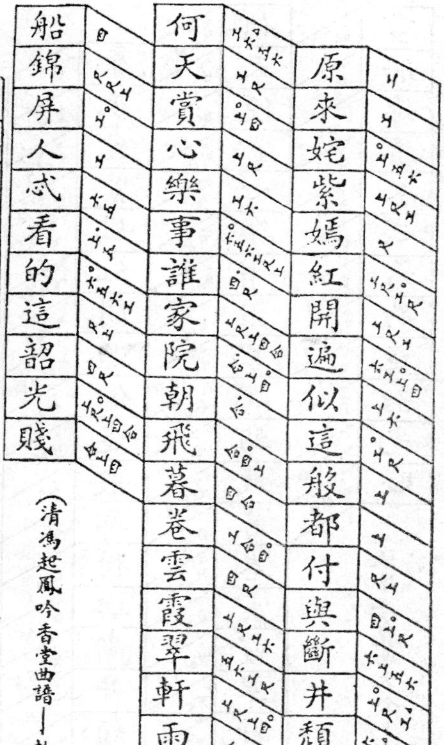

原來姹紫嫣紅開遍似這般都付與斷井頹垣良辰美景奈何天賞心樂事誰家院朝飛暮卷雲霞翠軒雨絲風片烟波畫船錦屏人忒看的這韶光賤

（清馮起鳳吟香堂曲譜——乾隆刊本）

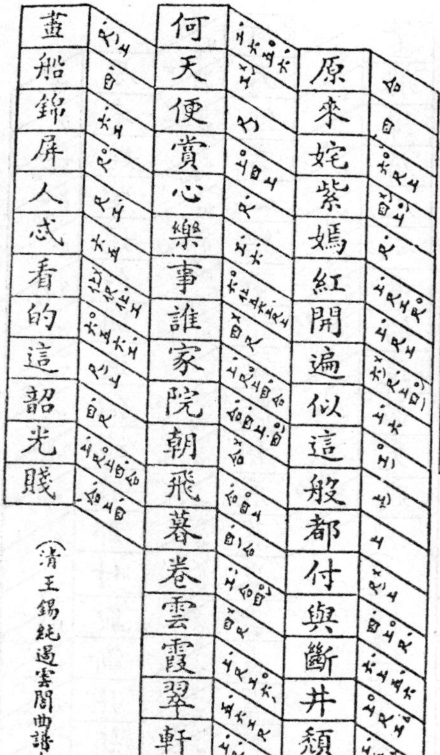

原來姹紫嫣紅開遍似這般都付與斷井頹垣良辰美景奈何天便賞心樂事誰家院朝飛暮卷雲霞翠軒雨絲風片烟波畫船錦屏人忒看的這韶光賤

（清王錫純遏雲閣曲譜——同治刊本）

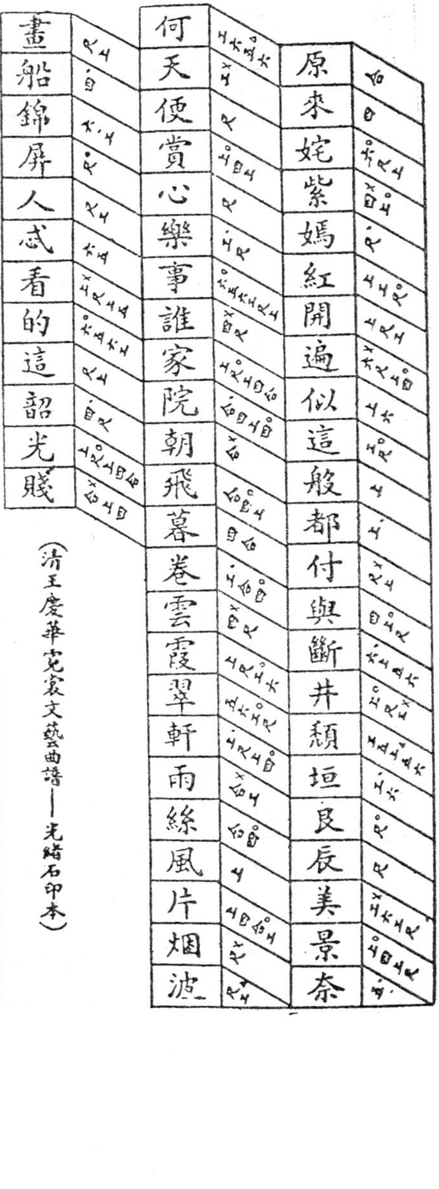

原來姹紫嫣紅開遍似這般都付與斷井頹垣良辰美景奈
何天便賞心樂事誰家院朝飛暮卷雲霞翠軒雨絲風片烟波
畫船錦屏人忒看的這韶光賤

（清王慶華崑曲文藝曲譜——光緒石印本）

原來姹紫嫣紅開遍似這般都付與斷井頹垣良辰美景奈
何天便賞心樂事誰家院朝飛暮卷雲霞翠軒雨絲風片烟波
畫船錦屏人忒看的這韶光賤

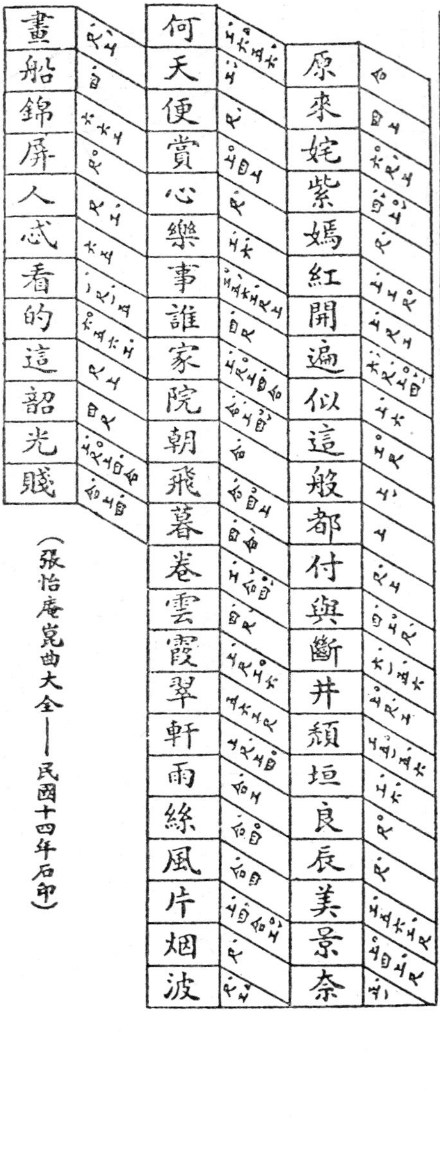

（張怡庵崑曲大全——民國十四年石印）

林怎知春
色如許(貼)
便是(合唱)(皂羅袍)原來姹紫嫣紅開遍似這般都付與斷井
頹垣良辰美景奈何天便賞心樂事誰家院朝飛暮捲雲
(貼介)
這是
霞翠軒雨絲風片烟波畫船錦屏人忒看的這韶光賤 青山
(貼介)那 (貼介)這
是杜鵑 是荼蘼
(好姐姐)遍青山 花 啼紅了杜鵑 架 那荼蘼外煙
(貼介)那 (貼介)小姐你
牡丹花 看鶯燕叫得
絲醉輭 還早哩 那牡丹雖好他春歸怎占的先 好聽吓

(壬子曲譜)

可見自乾隆到現在，崑曲「遊園」一折的曲譜，變化並不大，其中的字音多拉得很長，婉轉低昂，對一個未曾知曉及聽過此二折的人來說，必然不知所云。林黛玉素來不喜看戲；第一次聽到遊園的唱詞，不可能明白唱的是什麼，更遑論詞章的好壞。這種情形，《紅樓夢》第五回便道出：

若非個中人，不知其中之妙，料爾亦未必深明此調。若不先閱其稿，後聽其歌，翻成嚼蠟矣。說畢，回頭命小嬛取了《紅樓夢》的原稿來，遞與寶玉。寶玉揭開，一面目視其文，一面耳聆其歌。

眉批：警幻是個極會看戲人，近之大老觀戲，必先翻閱角本，目覩其詞，彼聽彼歌，卻從警幻處學來。（卷五，頁一一，乙面）

不但崑曲如此，就以我們現在看平劇，對第一次的人來說，如果手上沒有唱本，臺上不打字幕，唱詞必定聽不出是什麼，即使是對白也未必能全懂。

《紅樓夢》的作者，對純文學及戲劇，有突破傳統的評價，所以借一個像《牡丹亭》中的杜麗娘那樣情癡的林黛玉，道出他自己對文學佳作的贊嘆，同時也是藉《牡丹亭》中的詞，寫出林黛玉心中的情思，以及暗示林黛玉將和杜麗娘同一命運（因情而病），這種一筆三彩的文學技巧，眞是高妙極了。

二、

《紅樓夢》第四十回：

西牆上當中掛着一大幅米襄陽烟雨圖，左右掛着一付對聯，乃是顏魯公墨跡，其詞云：

烟霞閒骨格　泉石野生涯（庚辰本）

五代末始有對聯，所以顏魯公時或不會有這副對聯的。《舊唐書‧隱逸傳》：（高宗）謂曰：「先生（田遊巖）養道山中，比得佳否？」遊巖曰：「臣泉石膏肓，煙霞痼疾，既逢聖代，幸得逍遙。」可能是此聯的前身，十足的隱逸韻味，不合顏魯公這樣忠烈名臣的氣象。所以說顏眞卿的墨跡，自然非眞。也許是後人寫的顏體對聯，假託眞卿亦有可能。或根本都是作者爲表現他厭「祿蠹」的意識，所以在《紅樓夢》的大觀園中，凡女子住的地方的聯語，幾乎都是表現著山林田家風味，此恐怕是作者虛擬的吧。

林黛玉的出生地

甲戌本第一回：「此係身前身後事」又：

只因西方靈河岸上，三生石畔，有絳珠草一株。時有赤瑕宮神瑛侍者，日以甘露灌溉這絳珠草，……得換人形，僅修成箇女體，終日遊于離恨天外，飢則食密青果爲膳，渴則飲灌愁海水爲湯。

夾批：妙！所謂三生石上舊精魂也。

（絳珠）點紅字。細思絳珠二字，豈非血淚乎。飲食之名奇甚，出身履歷更奇甚。寫黛玉來歷，自與別個不同。

這一段隱藏著黛玉的出生地。其故事乃從唐袁郊所撰的〈甘澤謠〉而來：「圓觀」：

圓觀者，大歷末，洛陽惠林寺僧，能事田園，富有粟帛。梵學之外，音律貫通，……李諫議源，公卿之子，以遊宴歌酒爲務，……唯與圓觀爲忘言交，……（圓觀）曰：請假以符咒，遣某速生。少駐行舟，葬某山下，浴兒三日亦訪臨。若相顧一笑，卽其認公也。更後十二年中秋月夜，杭州天竺寺外，與相見公之期也。……是夕圓觀亡而孕婦產矣。……後十二年秋八月，直詣餘杭，赴其所約。時天竺寺，山雨初晴，……有牧豎歌竹枝詞者，乘牛叱角，雙髻短衣，俄至寺前，乃圓觀也。李公就謁曰：「觀公健否？」卻問李公曰：「眞信士矣，與公殊途，愼勿相近，……」……歌曰：「三生石上舊精魂，賞月吟風不要論，慚愧情人遠相訪，此身雖異性長存。」又歌曰：「身前身後事茫茫，欲話因緣恐斷腸，吳越溪山尋已遍，卻廻煙棹上瞿塘。」（《唐人傳奇小說》，頁二五八——二五九）

《紅樓夢》第一回的正文，以及脂硯齋批語都引用了「圓觀」一文中的詩句，足以表現作者是有意取來隱藏其本事的。試作如下的推測：

「西方靈河岸上三生石畔」，或隱西湖杭州，言黛玉出生的地方。

絳珠，脂批爲「血淚」；則「圓觀」可釋爲「淚眼」。

榮國府收養林黛玉，是有惠於林；圓觀本「惠林寺」僧。

牧豎現天竺寺，歌竹枝詞；黛玉喜竹，住瀟湘館。

黛玉通禪宗語錄，曉音律，與圓觀合。

《紅樓夢》第十六回：

往蘇杭走了一淌回來，也該見些世面了。（甲戌本）

賈璉帶黛玉送林如海靈櫬，回的是蘇州原籍，此回特帶上杭州，也許是二字常連用；但也可以看作是有意指出眞正地點是杭州吧。

「脂硯」齋解

脂硯齋以得明名妓素卿的一塊硯石，而取以爲其齋名，這是近年有些人一致的解釋❶。但吳恩裕目驗的情形是：

> 硯極小，長約二寸五，寬二寸許，厚約三分，端石，粗邊，不甚精。（《有關曹雪芹十種》，頁一六八）

可是周汝昌說：

> 小歙石硯一件，「脂硯齋」遺物。……青灰色。（餘同吳記）（《紅樓夢新證》，頁七九五）

由周氏所目驗，硯是青灰色，則「脂硯齋」不是以硯色來取名的，只是因硯上署刻「素卿脂硯」。他收藏了這塊命名爲「脂硯」的硯而起❷。

我認爲，薛素卿的年代離「脂硯齋」並不很遠，硯石也不算很名貴，居然拿一妓的「脂硯」來做齋名，恐怕還有其他義蘊。

《紅樓夢》第一回：

只因西方靈河岸上，三生石畔有絳珠草一株。

甲戌本夾批：點紅字。細思絳珠二字，豈非血淚乎？

可知脂、絳都表紅義；玉石是相通的，是以頑石變爲寶玉。《紅樓夢》因「一脂一芹」所成，在當事人看來，「字字」「皆是血」，則「脂硯」豈不是盛着血的硯嗎？它象徵著寶玉回返青埂峯，復爲石頭後，記下所歷的一段血淚故事在石頭上吧？

其次是書中主人「寶玉」，極喜女兒，尤其對能文擅詩的女性，更是欽羡愛慕。脂硯齋或以脂表女性，以硯表知識，此取爲齋名的原因之二吧。

注釋：

❶見吳恩裕《有關曹雪芹十種》，頁一六八。

見周汝昌《紅樓夢新證》，頁七九五——七九七。

❷見周汝昌《紅樓夢新證》，頁七九六。

曹霑的字與號

敦誠《四松堂集》抄本詩集卷上：

寄懷曹雪芹霑。（《紅樓夢研究》卷一，頁一〇，成偉出版社）

敦敏《懋齋詩鈔》抄本：

芹圃曹君霑，別來已一載餘矣。（同上，頁六）

張宜泉《春柳堂詩稿》刊本：

題芹溪居士姓曹名霑，字夢阮，號芹溪居士，其人工詩善畫。（同上，頁八）

《北大學生》第一卷第四期，頁八五——九三，奉寬著〈蘭墅文存與石頭記〉，頁九一，注十三，引英浩《長白藝文志》初稿：

紅樓夢，曹霑。曹字雪亭。（《紅樓夢新證》引）

吳恩裕〈曹雪芹的佚著和傳記材料的發現〉：

曹雪芹的黃蠟石筆山的底面，刻句曰：「高山流水詩千首，明月清風酒一船。曹霑。」

（《紅樓夢研究專刊》第十輯，頁一四七）

由以上資料顯示，曹雪芹名霑是無庸置疑的了，可是他的字號，則有五個之多。

裕瑞《棗窗閒筆》稿本「後紅樓夢書後」：

雪芹二字，想係其字與號耳。其名不得而知。曹姓。（《紅樓夢研究》卷一，頁一四）

一、以「雪芹」爲號

李放《八旗畫錄》：

曹霑，號雪芹，宜從孫。〈繪境軒讀畫記〉云：工詩畫，爲荔軒通政文孫，所著《紅樓夢》小說，稱古今平話第一。（同上，頁二六）

胡適先生〈跋紅樓夢考證〉：

這詩❶使我們知道曹雪芹又號芹圃。（《胡適文存》第二集卷二，頁四三六）

《中國小說史略》：

雪芹名霑，字芹溪，一字芹圃。（頁二五〇）

周汝昌〈人物考〉：

雪芹姓曹氏，名霑，字芹圃，號雪芹、芹溪居士，又號夢阮。貢生。（《紅樓夢新證》，頁三九）

裕瑞不敢肯定說「雪芹」究竟是其號抑是字。李、胡、周等皆以「雪芹」爲號。

二、以「雪芹」爲字

恩華《八旗藝文編目》：

> 曹霑，字雪芹，又字芹圃。（《紅樓夢新證》，頁三九引）

《辭海》：

> 曹雪芹，清漢軍正白旗人，名霑，以字行。

則以「雪芹」爲字。我以爲「雪芹」爲字是可從的。

周汝昌〈人物考〉對曹霑自號有一段分析：

> 曹雪芹的長輩，貼切「霑」字給他取字爲「芹圃」的意義，不外是「泮水」「采芹」那一套科名念頭；而雪芹自己不喜歡這個利祿味的字，所以另擬「雪芹」二字，不獨措詞富有詩意，涵義也就離開了「采芹」「采藻」的俗套了。（《紅樓夢新證》，頁三九）

這是擺脫不了雪芹卽寶玉的影子這一成見所衍生的推論。試問「雪芹」有詩意，「芹圃」又何嘗無？「芹圃」有科名念頭，則「雪芹」也可視爲有「採芹」的意思。如果嫌「芹圃」爲字不好，則自取號時，便會捨去「芹」這個帶有科名氣的字。所以周氏的說法很站不住。

我認爲曹雪芹的名霑與字「雪芹」，似乎出自《詩經》。

《詩・小雅・信南山》：

上天同雲，雨雪雰雰。益之以霢霂，既優既渥，既霑既足，生我百穀。

此「霑」字與「雪」字的關連。芹屬蔬，勉強與穀同一大類（植物）吧。

范成大〈四時田園雜興〉六十首之十三：

紫青蓴菜卷荷香，玉雪芹芽拔薤長，自擷溪毛充晚供，短篷風雨宿橫塘。（《范石湖集》，頁三七三）

蘇轍〈三日上辛祈穀除日宿齋戶部右曹元日賦二絕句寄呈子瞻兄〉詩：

今歲初辛日正三，明朝春氣漸東南。還家強作銀幡會，雪底蒿芹欲滿籃。《欒城集・一五）

又，〈同外孫文九新春五絕句〉之一：

佳人旋貼釵頭勝，園父初挑雪底芹；欲得春來怕春晚，春來會似出山雲。（《欒城集》，三集卷二）

蘇轍〈新春〉詩與范石湖詩可能是「雪芹」的出處，周氏曾舉出，但看成「號」，未說出與雪芹的關係。我想，蘇轍詩〈祈穀〉，與《詩・小雅・信南山》的意境相類，纔是曹霑取字的來歷吧。

注釋：

❶贈曹芹圃（注）即雪芹：「滿徑蓬蒿老不華，舉家食粥酒常賒。衡門僻巷愁今雨，廢館頹樓夢舊家。司業青錢留客醉，步兵白眼向人斜。阿誰買與豬肝食，日望西山餐落霞。」（《胡適文存》第二集卷二引）

❷《鷦鷯庵雜記》「阿誰買」作「何人肯」（《紅樓夢研究》卷一輯）

「曹雪芹對《紅樓夢》的最後構想」商榷

高陽先生〈曹雪芹對紅樓夢的構想〉一文說，寶釵的結局，不是寶玉的妻，而史湘雲則是「金玉姻緣」的「金」。其證據有二點，一是回目「因麒麟伏白首雙星」的伏線，一則爲「終身誤」、「枉凝眉」二曲[1]。

我以爲這說法有待商榷。

史湘雲與金麒麟的一段，很容易引起人誤入「金玉姻緣」，所以庚辰本第三十一回脂批語：

後數十回，若蘭在射圃所佩之麒麟，正此麒麟也。提綱伏于此回中，所謂草蛇灰線在千里之外。(古本《紅樓夢》，頁六七七)

回前脂批：金玉姻緣已定，又寫一金麒麟，是間色法也，何顰兒爲其所感，故顰兒謂情情。(頁六五六)

這是看過後數十回原稿的人所點明的話，而且書中屢次提到史湘雲有婆家，不容發生誤解。「白首」二字，僅代表夫妻的意義，不保證眞的白首到老，而且《紅樓夢》後面只有三十回[2]文字，依前八十回只寫十來年的事看來，也寫不到幾年。即使湘雲後歸寶玉，恐怕不會在書中出現。所以回目的伏線是寫湘雲和衞若蘭結成夫婦，不是湘雲和寶玉成爲「金玉姻緣」。紫易奪朱，脂硯齋特爲批出，是有先見之明。

高陽先生對「終身誤」、「枉凝眉」二支曲文中的文義的解釋，和我的解釋不同。

高陽先生說：

「終身誤」第三句，「空對著山中高士晶瑩雪（薛）」的「空」字，不是輕易可下，如果「寶姐姐」變了「寶二奶奶」，那麼日侍妝臺，眼皮兒供養，心坎兒溫存，還有什麼「空對」之可嘆？下面「舉案齊眉」，非指寶釵而是湘雲，「樂中悲」一曲中，有「斷配得才貌仙郎，博得箇地久天長」的話，可以證明寶玉、湘雲夫婦，感情極好，否則「雲散高唐，水涸湘江」，就不成其爲「『樂』中悲」了。

現分三點來辨：

1.「空對著山中高士晶瑩雪」的「空」字，是當「白」字講，意爲「徒然」。寶釵爲妻，實非寶玉所願；成婚後，夢魂在黛玉，只不過「身」對寶釵而已。所以下個「空」字，這正與下文「美中不足」，「縱然是」相呼應。

2.「舉案齊眉」是寫出寶釵婚後對寶玉盡責，但在寶玉心中是「到底意難平」。

3.湘雲在《紅樓夢》十二支曲中，算是不錯的，所以「斷配得才貌仙郎，博得箇地久天長」

❸並非指與寶玉成婚，而指的是嫁給衞若蘭。「終久是雲散高唐，水涸湘江」，那是指與衞若蘭後來的分離，「這是塵寰中消長數應當」。我以爲，湘雲和若蘭可能和樂相處有十多年之久，所以曲中有「準折得幼年時坎坷形狀」的話，後來緣分盡了，也就無可奈何也。如果湘雲在黛玉一死，即嫁給寶玉，那麼和衞若蘭的婚事如何解決？且湘雲必定會像書中的寶釵一樣的命運，怎可「折得幼年時坎坷形狀」？八十回後的寶玉，當是黛玉一死，勉強成婚，空對寶釵，終念黛玉而出家爲僧。所以高陽先生的解釋是站不住的。「終身誤」曲中，只有寶玉、寶釵、黛玉三人，而主要的是在寶玉、寶釵；根本沒有湘雲插足的影子。黛玉也只在寶玉心中而已，所以實際是寶釵的主題曲。

高陽先生說：

> 在「枉凝眉」中，說得更明白：「一個枉自嗟呀，一個空勞牽掛；一個是水中月，一個是鏡中花」，連著這四個「一個」，不但明指黛玉寶釵在寶玉都是「鏡花」「水月」，而且也可看出，寶玉雖祇念著「木石前盟」，但另一方面又深深地愛慕著寶釵（這並不構成爲矛盾，因爲寶玉本是個「汎愛主義」者），所以良緣不諧的原因，決非寶玉不願，而是寶釵不肯。

對「枉凝眉」，高陽先生也看走了眼。這支曲中，只有寶玉和黛玉二人；寶釵並不在其中。「一箇是閬苑仙葩」指黛玉；「一箇是美玉無瑕」指寶二爺；「若說」兩句正指寶玉、黛玉的關係。「一箇枉自嗟呀，一個空勞牽掛」也是寫寶玉、黛玉二人平素的實景。「一箇是水中月」、「一箇是鏡中花」喻二人的一段遇聚，雖然是美，但竟成虛成幻。一年中黛玉的眼淚流了多少，作者在追寫前塵時，竟實在還給林黛玉的眼淚呢。

再從曲名來看，「凝眉」除了黛玉以外，還有誰？沒有緣分，一切是水月鏡花，所以空費心思，徒凝眉頭。黛玉憂則寶玉亦憂，黛玉喜則寶玉亦喜。常凝眉的、流淚的只有林黛玉一人。

高陽先生又說：

> 人人「都道金玉良緣」，寶釵卻從未重視過這一點，也就是說，寶釵並不太看重於成爲「寶二奶奶」。第二十八回「薛寶釵羞籠紅麝串」有一段說：
>
> 寶釵因往日母親對王夫人曾提過，金鎖是個和尚給的，等日後有玉的，方可結爲婚姻等語，所以總遠着寶玉。昨日見元春所賜的東西獨他與寶玉一樣，心裏越發沒意思起來。幸虧寶玉被一個黛玉纏綿住了，心心念念惦記著黛玉，並不理論這事。
>
> 這是一個潔身自好唯恐惹上嫌疑的人的心理。如說寶釵屬意於寶玉，那末「總遠著」，「越發沒意思」，「幸虧」等等，都得改用相反的字眼，成爲這個樣子：
>
> 寶釵因往日母親對王夫人曾提過，金鎖是個和尚給的，等日後有玉的，方可結爲婚姻等語，所以「總是有意無意親近著」寶玉；昨日見元春所賜的東西獨他與寶玉一樣，心裏越發「暗喜」。「無奈」寶玉被一個黛玉纏綿住了，心心念念祇惦記黛玉，並不理論這事。

原作「總遠著」，「越發沒意思」，「幸虧」，正好把寶釵的爲人寫出來了。如果像高陽先生所改，則寶釵便令人嘔心了，當不起書中寶釵的「隨分從時」「豁達」的考語。

庚辰本第二十八回回前總批：

茜香羅紅麝串寫于一回，蓋琪官雖係優人，後回與襲人供奉玉兄寶卿得同終始者，非泛泛之文也。（古本《紅樓夢》，頁五八三）

這是批者，看過「後回」，知道蔣玉菡、襲人夫妻曾「供奉」寶玉、寶釵夫婦，而下的評語。可見「金玉姻緣」指的是二寶成婚，不是湘雲嫁寶玉。再舉一證更可明白：

甲戌本第二十八回：

你的同寶姑娘的一樣。

夾批：「金姑玉郎是這樣寫法。」（卷二八，頁一七，乙面）

注釋：

❶ 見高陽《紅樓夢一家言》，頁三——一二。

❷ 第四十二回，庚辰本回前總批：「今書至三十八回時已過三分之一有餘，故寫是回，使二人合而為一。」（古本《紅樓夢》，頁八九〇）

則《紅樓夢》原本一百一十回，故三十八回卽過三分之一有餘（多四回）。

❸甲戌本「博得箇地久天長」，「博」作「愽」，誤。

「寧」、「榮」的來歷

《紅樓夢》第二回：

當日寧國公與榮國公是一母同胞弟兄兩個。

脂注：（寧國公）演，（榮國公）源。

寧、榮二名，蓋從《唐書》中取來。《舊唐書‧睿宗‧諸子列傳》：

讓皇帝憲，本名成器，睿宗長子也。……先天……四年，避昭成皇后尊號，改名憲，封爲寧王。……憲凡十子：璡、嗣莊、琳、璹、珣、瑀、珽、琯、璀等十人。

惠文太子範，睿宗第四子也，……睿宗踐祚，進封岐王，……範好學工書，雅愛文章之士，士無貴賤，皆盡禮接待，與閻朝隱、劉庭琦、張諤、鄭繇篇題唱和，又多聚書畫古跡，爲時所稱。……一子瑾，……贈太子少師，……又以惠宣太子男略陽公珍爲嗣岐王。

惠宣太子業。……睿宗卽位，進封薛王，……有子十一人。瑗，樂安郡王。瑒，宗正卿，滎陽郡王。琄封嗣薛王。珍，嗣岐王。（鼎文書局版）

玄宗諸子也是從玉，可見是玉字輩。《紅樓夢》取寧爲長房，而賈珍等皆玉字輩。岐王頗好書禮士，有點類似賈政。不用「岐」，而用「榮」，但字「存周」仍有「岐」意。

周德清《中原音韻》頁二二，庚青韻「……○榮○寧」（廣文書局影印本）二字同韻相次，只是次序顚倒而已。如果曹家人物在《紅樓夢》中賈府有故意顚倒的隱情❶，則這裏也是同此現象。

《漢書・曹參傳》：「參將兵守景陵，三秦使章平等攻參。參出擊，大破之，賜食邑於寧秦。」（《漢書・三九》）《紅樓夢》寧國府賈蓉妻秦氏的取名氏，或暗含其姓曹。

注釋：

❶顧頡剛〈告疑紅樓夢上有意將曹家世系弄亂書〉：「我所以說《紅樓夢》上有意將曹家世系弄錯亂了，有幾處證據。（——）寧國公名賈演，這明是標出『江寧』和『曹寅』的人地，但卻屬之敬、珍一宗。……」（〈考證紅樓夢三家書簡〉，《學術界》第一卷第五期）顧氏以「寧」代表地點「江寧」。

「甄士隱」、「賈政」與中庸

一、甄士隱

庚辰本第一回：

此開卷第一回也。作者自云因曾歷過一番夢幻之後，故將眞事隱去，而借通靈之說，撰此《石頭記》一書也，故曰甄士隱云云。（頁一，聯亞出版社）

這段話甲戌本入於凡例、《紅樓夢》旨義（按當爲旨義語）裏面。甲戌本第一回正文：

廟傍住著一家鄉宦，姓甄名費，字士隱。

「費」旁硃注「廢」，「士隱」旁硃注「託言將眞事隱去也。」（卷一，頁八，乙面）

《中庸》第十二章：

君子之道費而隱。（朱熹《四書集註·中庸》，頁七）

朱注：「費，用之廣也；隱，體之微也。」

這是「甄費」字「士隱」的來源。但《紅樓夢》的作者並不是用「費，用之廣也」的注解。《說文》：「費，散財用也。從貝，弗聲。」《論語・堯曰篇》：「君子惠而不費。」劉寶楠《正義》：「《廣雅・釋言》：費，耗也。費，損也。」爲《紅樓夢》作者取以爲義，作資財耗損講。似乎有意把「費」字看爲會意字，即「弗貝」，無錢的意思。乃以甄士隱遇火落貧，喻賈府之敗，眞的沒有錢了。且甄士隱爲「鄉宦」，則「廢」字有罷官的意義，象徵罷官後財盡家貧。

二、賈　政

《紅樓夢》第三回：

二內兄名政，字存周，現任工部員外郎，（甲戌本）

賈政的名字，也出自《中庸》，但更迴曲，賈敏也出於此處。

《中庸》第二十章：

哀公問政。子曰：文武之政，布在方策，其人存，則其政舉；其人亡，則其政息。人道敏政，地道敏樹，夫政也者，蒲盧也。（朱熹《四書集註》）

賈敏是林黛玉的生母，賈政的妹妹，兄妹二人取名同出一起，不是隨便命的。

賈政，字存周，取「文武之政，布在方策，其人存，則其政舉」之義。在《紅樓夢》裏（前八十回），對賈政有很好的考評。有人以爲《紅樓夢》中「樹倒猢猻散」語❶，樹是指賈母史太君而言；我卻以爲樹是指賈政。如果賈母死，賈家人未必會散；賈政一倒，經濟、權勢便息止了，這纔是散的主因。

又，《紅樓夢》第五十回：

昨兒老太太只叫作燈謎，回家和綺兒、紋兒睡不著，我就編了兩個《四書》的，……李紈又道：一池青草草何名？湘雲忙道：這一定是蒲盧（有正本盧作蘆）也；再不是不成？李紈笑道：這難爲你猜。（庚辰本）

用的也是朱注：

蒲盧，沈括以爲蒲葦是也。（《四書集註・中庸》）

謎面似乎以草生得其地，故青而盛滿。文承「夫政也者」下，在作者的心中，應有爲賈政命名的聯想。

注釋：

❶甲戌本卷一三，頁二，甲面：「若應了那句樹倒猢猻散的俗語，豈不虛稱了一世的詩書舊族了。」眉硃批：「樹倒猢猻散之語，全（疑為今字）猶在耳，曲指三十五年矣，傷哉，寧不慟殺。」

王熙鳳的冊畫和判詩

金陵十二釵的册畫，見《紅樓夢》第五回：

後面便是一片冰山，上有一隻雌鳳。

冰山一典，出自王仁裕《開元天寶遺事》「依冰山」條。

楊國忠權傾天下，四方之士爭詣其門，進士張彖者，陝州人也，力學有大名，志氣高大，未嘗低折於人。人有勸彖令脩謁國忠，可圖顯榮。彖曰：汝輩以謂楊公之勢，倚靠如泰山。以吾所見，乃冰山也；或皎日大明之際，則此山當誤人爾。後果如其言。（《說庫》，頁二四五）

從這圖看來，王熙鳳的背景是國戚，當爲元春的關係。元春早逝，靠山卽消，此前王熙鳳的弄權放利，到了「一從二令三人木」的時候，便「哭向金陵事更哀」了。

熙鳳的判詩：

凡鳥偏從末世來，都知愛慕此生（甲戌本作身）才；一從二令三人木，哭向金陵事更哀。

「一從二令三人木」下，甲戌本硃注：

折（有正本作拆，是。）字法。

周策縱先生論關於鳳姐的「一從二令三人木」，綜合歷來各說，如周春云：

蓋「二令」，冷也；「人木」，休也；「一從」，月（自）從也；「三」字借用成句而已。

張新之（太平閑人，妙復軒）云：

二令三人木，冷來也。

一九五四年，……趙常恂先生道：

愚意以爲「一從」，是□，□內加一令字是囹字。「三人木」是□內加人字木字，爲囚字困字，疑鳳姐結果或被罪困囚於囹圄。（按：此說見吳恩裕《有關曹雪芹十種》，頁一四九）

吳恩裕《有關曹雪芹八種》：

或解之曰：鳳姐對賈璉最初是言聽計從，繼則對賈璉發號施「令」，最後事敗不免於「休」。……

嚴明先生在《自由中國》半月刊發表〈鳳姐的結局〉：

「從」字是五個「人」字加一個「卜」字，五個人當然可說是衆（众）人，「卜」字加「一」字，成爲「上」或「下」字，「二令」是「冷」，「三人木」是「夫休」二字，合起來便是「上下衆人冷，夫休！」簡單點說就是「衆冷夫休」。

周氏對所臚列各說，很贊同嚴氏的解釋。而修正爲：

若猜成「人上人衆冷夫休」，……但仔細說來，這種猜法還不能算十分妥當。

周氏的新解答：

在第六十八回……奴家年輕，一從到了這裏之事，皆係家母和家姐商量主張。……

有正的戚序本和程甲、乙本都把「之」字改成了「諸」字，連下句讀，成了「一從到了這裏，諸事皆係家母和家姐商量主張。」……

有了這個指標（一從），所謂「二令」就迎刃而解了。同回寫尤二姐進園後，鳳姐……下了兩個命令，一面「命」旺兒暗地裏唆使張華去都察院控告賈璉，另一又「命」王信用錢去疏通察院反坐張華以誣告罪，原文在這裏用了兩個「命」字，……察院的裁決如下：

張華所欠賈宅之銀，令其限日按數交足；其所定之親，仍令其有力時娶回。

這判詞中連用兩個「令」字，和上回鳳姐的二「命」互相呼應，因爲有鳳姐「命」旺兒挑唆，故有察院「令」張華將尤二姐娶回；因爲有鳳姐「命」王信買通，故有察院「令」張華還債。册詞中的「二令」顯然就是這判詞中的二「令」。至於「三人木」，自然是「三個「休」字。第六十八回……如今指名提我，要休我，……給我休書，我就走路。……第六十九回：沒人要的，你揀了來。還不休了，再尋好的。……這兒說的第三個「休」

字，全部《紅樓夢》裏說到休的似乎只有這幾處地方❶。……

自從「二令三人木」那件事（指借劍殺人，鬧寧府，尤二姐吞金）發生，尤二姐死得當然哀慘，而鳳姐死前「哭向金陵」這事則更是可悲哀的結局呢！《紅樓夢研究專刊》第五輯，頁七五——八五）

我對周先生的看法卻不相同：

第一，自從兩地生枯木，硃注「拆字法」，是個「桂」字❷，指夏金桂；那末「一從」兩個字不計，「二令三人木」似該爲一個字❸。

第二，判語應與畫册的畫圖並看，不能分開。畫册所示是冰山。這句詩當爲指冰山解凍的事實或原因而言。

《紅樓夢》第十六回：

（鳳姐）便笑道：國舅老爺大喜！國舅老爺一路風塵辛苦。（甲戌本）

強調「國舅」，正是照應這冰山的典。

我以爲，這句詩仍只是一個字，硃注的「拆字法」也是指的拆一個字。循此指示，試猜如後：

「一從」計在筆劃內，寫成「一从」，

「二令」寫成「冂」，

「三」字不計，餘「人木」，

合起來是個「檢」字。也就是「抄檢大觀園」的檢字。冰山被消，賈府被抄，自然靠山失了，解回原籍的王熙鳳，還笑得出來嗎？

庚辰本回前總批：

此日阿鳳英氣，何如是也。他日之強，何身微運蹇，展眼何如彼耶。人世之變遷，如此光陰。」（古本《紅樓夢》，頁四二四）

這大概是日後抄家時的情況。

庚辰本第四十三回：

尤氏笑道；我看著你主子這麼細致，弄這些錢那裏使去；使不了，明兒帶了棺材裏使去。

庚辰本夾批：此言不假，伏下後文短命。尤氏亦能干（幹）事矣，惜不能勸夫治字（家），惜哉！痛哉！這便是熙鳳最後的下場吧。

注釋：

❶《紅樓夢》第五十回薛寶琴詩謎：

鍾山懷古

名利何曾伴汝身，無端被詔出凡塵。牽連大抵難休絕，莫怨他人嘲笑頻。

淮陰懷古

壯士須防惡犬欺，三齊位定蓋棺時。寄言世俗休輕鄙，一飯之恩死也知。（庚辰本）

又第六十回：

趙姨娘道，你快休管。（庚辰本）

皆是有「休」字。

❷胡適〈紅樓夢考證〉：兩地生孤木，合成「桂」字。（《紅樓夢》，頁二九，文源書局）

❸高陽先生解為「二令，閶令森嚴，三休，休回娘家，」（《紅樓夢一家言》，頁一四）

寶釵燈謎試猜

《紅樓夢》第五十回：

寶釵也有了一個（謎），念道：鏤檀鍥梓一層層，豈係良工堆砌成。雖是半天風雨過，何曾聞得梵鈴聲。——打一物。（庚辰本，頁一一〇二）

周春〈紅樓夢隨筆〉猜為紙鳶❶，似不妥。紙鳶必然是人工糊紮的，與「豈係良工堆砌成」衝突；如紙鳶過半天風雨必致損毀，且不是放紙鳶的時候，與聲音亦無關係。

我猜這詩謎的謎底是竹筍。半天風雨，竹子必有聲；因係竹筍，無葉故無風無聲，後二句是陪襯前二句的，有辨別竹與筍相異的作用。

注釋：

❶周春〈紅樓夢隨筆〉：「燈謎兒，寶釵『鏤檀鐫梓一層層』，余擬猜紙鳶，第三句『雖是半天風雨過』暗藏高字。」（《紅樓夢研究》，頁七四）

「玉兒」與「主兒」

余英時先生《紅樓夢的兩個世界》頁五八：

> 大觀園中的人物都愛乾淨，這是人所共知的。但是越是有潔癖的人，往往也就越招來骯髒。最顯著例子出在第四十回和四十一回。賈母帶著劉姥姥一羣在探春屋裏參觀。賈母笑道：「咱們走罷。他們姊妹們都不大喜歡人來坐著，怕髒了屋子。」探春笑留衆人之後，賈母又笑著補上一句道：「我的這三丫頭卻好。只有兩個玉兒可惡，回來吃醉了，咱們偏往他們屋裏鬧去。」這裏的「兩個玉兒」當然是指寶玉和黛玉。但作者忽然添寫此一段文字是有重要作用的，就是爲次一回「劉姥姥醉臥怡紅院」作伏筆。

我對於余先生的見解，卻有不同的看法。

按庚辰本，全抄本都作「只有兩個玉兒可惡」，而大某（梅）山人評本《紅樓夢》（廣文書局印行）則作「只有兩個主兒可惡」，眉評：「讀者試思之，謂何人耶？」

我認爲庚辰本、全抄本的「兩個玉兒」的「玉」字是錯字，大某山人評本是對的。當時賈母帶了黛玉、寶玉等在秋爽齋吃飯。說這話時，寶玉、黛玉都在場；且二人從小都跟賈母吃睡，自然不會有嫌髒不嫌髒的問題。再說賈母首先遊觀的便是瀟湘館。劉姥姥還說：「必定是那位哥兒的書房了。」黛玉何曾表示嫌髒之意；對劉姥姥如此，更何況是自己的親外祖母呢！方纔鴛鴦、王熙鳳戲弄劉姥姥，引得滿座大笑的時候，寶玉笑得「早滾到（庚辰本作「了」）賈母懷裏。」更說不上寶玉嫌祖母髒了。賈母口中，從不對寶玉、黛玉說「可惡」，卽使是玩笑話，也不是這樣個說法，所以「玉兒」是「主兒」的形誤可能最大。

賈母說這話，是因探春而起。「三丫頭」是個明理合度的小姐，雖是庶出，自賈母、王夫人以下無不愛重，這是自重人重的表徵；與其生母趙姨娘，胞弟賈環的狹鄙猥庸判若天壤。第二十五回害寶玉、熙鳳中邪，第三十三回寶玉挨打，第三十六回王熙鳳在廊簷上數趙姨娘扣裁了丫頭的月銀，到這裏賈母見了探春的朗潤氣象、大家閨範，不免有感於趙姨娘、賈環的下流，而「可惡」之言，脫口而出；索性去鬧他母子一趟，讓他們破費忙碌一場，也好出出氣兒。其實這也不過是一句氣話，自然賈母是不屑去的。

賈母所以說「怕髒了屋子」，只是要離開秋爽齋的藉詞而已，是玩笑之言，不可當眞；因爲賈母所帶的一羣人，除了劉姥姥和板兒，都是大觀園的「住戶」或「常客」，終日在一起玩鬧，是談不上「怕髒了屋子」的。

第二十八回：

鳳姐道：既這麼着，明兒我和寶玉說，叫他在（再）要人；叫這丫頭跟我去，可不知本人願意不願意？紅玉笑道：願意不願意我們不敢說。

甲戌本夾批：好答！可知兩處俱是主兒。（甲戌本卷二七，頁八，乙面）

稱鳳姐處與寶玉處同曰「主兒」，則趙姨娘、環兒亦可稱爲「主兒」。所以是兩個可惡的「主兒」，非玉兒。

「次年」與「後來」

甲戌本第二回：

第二胎生了一位小姐，生在大年初一，這就奇了。不想次年又生了一位公子，說來更奇。

庚辰、全抄、大某山人評本《紅樓夢》，蘇聯抄本同❶。

話石主人〈紅樓夢精義〉：「演說次年生一公子。非是，按元妃長寶玉十一歲。當云次後，次胎。」（《紅樓夢》卷一七，頁一七七）

我認為「次年」的錯誤，有二種情形：

1.有正本作「後來」是對的。「後」字的草書，極像「次」字。甲戌本和庚辰本的抄手，知識水準都平凡，錯別字很多❷，很可能過錄時把「後」的草書誤看成了「次」字。「年」字的情形也是如此。庚辰本，有正本第十八回：「後來添了寶玉」可證。

2.另有一種可能，「次」字是「晚」字之誤。「晚」字的草書，右邊很像「欠」字，左邊的「日」字如果不清楚，或原稿正巧有破損，抄手把它寫成「ン」，便認作「次」字，或涉於「寶二爺」是「次」子而誤書亦有可能，而以「後來」更合理。

注釋：

❶潘重規先生〈讀列寧格勒紅樓夢抄本記〉：「蘇聯抄本作『不想次年又生了一位公子』，正和甲戌本、庚辰本相同，可見蘇聯抄本是比較近真的抄本。」（《紅樓夢研究專刊》第十一輯，頁二九）

❷潘先生重規〈甲戌本的誤抄字〉（《紅樓夢新辨》，頁一〇八——一一五）

曹雪芹的筆山

近年發現了曹霑的筆山，紅學家們都認爲是曹雪芹的遺物。周汝昌〈曹雪芹筆山〉一文，曾對它作了考述：

這件筆山……據題記質地系黃蠟石，長五寸，有製作精美的舊紫檀座。筆山底面略呈新月形，刻有雙行十四字，竪讀，文云：

高山流水詩千首，

明月清風酒一船。

下刻一長方印記，文曰：「曹霑」……題記說：「一片通透晶瑩如凍石。」……羅忼烈記〈曹雪芹黃蠟石小筆山〉一文。羅氏目見何氏所藏的這件筆山，長三寸，又刻字的筆劃細節間，與我所得的照片有微異，因此提出大小二筆山之說。……在不能得見原件的條件下，我仍只作些初步揣測，以供參考。實物長三寸的問題，與照片題記「長五寸」不同。此或題記偶然失确，或所用尺度有異，不足據以論定筆山眞有兩枚。至於刻字筆劃，最近我得到羅氏所記筆山墨拓本，果然與照片有微異之點。我想這可能是製照片時，因底片字跡不夠淸晰的地方，曾加描版略有走失所致。照片題記原藏稱何氏，也和羅氏所記相合，因此覺得恐怕筆山實在只一是物，幷無兩件。（《紅樓夢新證》，頁八〇四——八〇八）

以上便是曹霑筆山的概況，和所引起的問題。至於長短和筆劃的不一，周氏的推測是可信的。如果筆山有二枚，應該會另有題記或比較的文章出現，不會不問；周氏得自羅氏的拓本，長約十一公分半，該是原物的長短；吳恩裕〈曹雪芹的佚著和傳記材料的發現〉一文（《紅樓夢研究專刊》第十輯）中附的影圖，則略短〇・五公分，二者卽係一物。如有二枚大小不同的筆山，題句應該有異，藏者自然會說明的。筆劃的微異，照片因爲光線、角度等因素，自然和拓本不能無差，如陽文「曹霑」方印的線條，拓本自然比目驗原字要粗些，比照片的亦然。

周氏在附記中說：

筆山所刻的聯語，實系黃周星的詩句。……循照他（上海某讀者）的指點，查閱《夏爲堂別集》，……有詩云：「高山流水詩千軸，明月淸風酒一船；借問阿誰堪作伴，美人才子與神仙。」

如此，則筆山所刻十四字實爲黃九烟之句，僅差一「軸」字。「軸」「船」爲對仗，甚爲工致，「首」字應屬誤記。兩句詩旣系黃作，問題便又複雜一些。此筆山之來歷，或本爲黃周星遺物，曹雪芹或其祖父得之，后來才加鐫名印；或系曹雪芹喜歡這兩句詩而銘鐫于自己的筆山。依十四字的篆法，接近明清之際的風格；而從誤「軸」字爲「首」字看，又似后一可能較大。（《紅樓夢新證》，頁八〇六——八〇七）

這是鐫聯和來歷的問題。

周氏引題記：「按此當是雪芹少年時文玩。」而以爲「可能是他生活較后期的一種遺迹。」一般來說，學詩多從唐人入手，《紅樓夢》中的香菱便是一例，其次宋詩；像明末詩如黃周星等不甚爲人所知的，當非少年讀物，則筆山當是他晚期的東西。如果筆山得自其祖父，則曹寅也可以加鐫，何以待至雪芹。詩聯和曹霑方印是同時刻的，刻工先把詩字與印文排算定準了再刻，所以兩端所留的空間相等；如果原物只有詩聯而沒有印文，則詩字還可以下挪一二字的距離，才不致頭重足輕；如果「曹霑」二字是補刻的，似當有「藏」「玩」一類一字樣；但鐫其姓名，則表示此物是他初有。

詩聯的「軸」與「首」字，是否爲誤記，仍不可必。我推測是他在尹繼善幕賓時得到這個筆山，此時的曹雪芹必有詩稿積存。軸是卷的意思，「詩千軸」也許嫌誇大了些，所以易爲「首」字；酒則不讓前人；而且「高山流水詩千首，明月清風酒一船」也不像少年在家攻讀的氣象，倒很類似謫遊赤壁的蘇東坡，和「落魄江湖載酒行」的杜牧。曹雪芹的詩發現不多，《紅樓夢》中的詩固不少，但和文比較起來，便很懸殊，八十回《紅樓夢》，用「雲山翰墨」來形容是當得起的；而「首」字也許表示詩還未成集帙吧。

總之，這個筆山，表現了曹雪芹嗜酒、喜石、愛詩的性情，而點化黃周星詩聯，寫自己的懷抱。也許曹雪芹因杜甫有「筆架霑窗雨」之詩句，而把自己的名字刻在筆山，亦有「妙手偶得之」的意味。

堇堇、蓮公與佛眉

潘先生石禪在〈乾隆抄本百廿回紅樓夢稿題簽商榷〉一文中，提出了和林語堂先生「說高鶚手定的紅樓夢稿」[1]對全抄本題簽「紅樓夢稿——己卯秋月堇堇重訂」不同的看法。

林語堂先生說：「我傾於相信，很可能是雪芹自己的手筆。……乙[2]（己）卯是庚辰前一年。『堇』字典解爲『土芹』，生於水者爲芹，生於土者爲堇。這個假定，關係太大了。筆跡與我們所知或是雪芹手跡的『空空道人』四字相似。」（潘重規先生《紅樓夢新辨》，頁三三引）《中文大辭典》「堇荼」條云：「旱芹與苦荼也。」「堇菜」條云：「（Viola Verecunda）植物名，野芹之別名，亦名堇堇菜。」不知是否爲林先生所本。

潘先生說：「號雪芹的人，卻輾轉找一個同義而又不完全同義的字來做別號，這也是很難令人相信的事。」「堇堇重訂，似乎是『蓮公重訂』。『蓮公』是楊繼振的號，乙卯是咸豐五年。」（《紅樓夢新辨》，頁三四）

田于編的《紅樓夢敍錄》云：「書皮題：『紅樓夢稿』，乙卯（咸豐五年，一八五五）秋月，

菫菫重訂。」（頁一六）

在以上三說中，我較贊同潘先生的意見。理由如下：

1. 從「紅樓夢稿」四字，及其下「乙卯秋月菫菫重訂」的書法來看，並不像「空空道人」的署筆。空空道人四字的筆勢飄逸嫵媚，而全抄本此題簽則較爲剛健雄渾。

曹雪芹《南鷂北鳶考工志・自序》雙鈎一頁的影圖中❸，正好有個「僅」字，且也是行草體，偏旁「菫」，大不類「菫菫重訂」的書法，其他的字也不像全抄本此題簽的筆跡。

2. 「空空道人」「空」字重文，與「菫」字重文的筆勢不同。「菫」下的較平而長，「空」下的略斜而短。

3. 「重訂」下緊接着鈐有「又雲考藏」一印，與于源所簽蓋一式。空空道人簽署也是如此。題簽者下鈐題簽人印是定式。若爲曹雪芹手題，爲何不蓋印記？而楊繼振必然會把印蓋在偏一點或他處。因此看來，「菫菫」是曹雪芹的說法不能成立。

「菫菫」的說法，我也不贊同。很明顯，下面「重訂」的「重」，正是上面「菫菫」的偏旁，而寫法不同。

我推測這個題簽，是楊又雲自己題的，時間在「蘭墅太史手定紅樓夢稾百廿卷內闕四十一至五十卷據擺字本抄足，繼振記。」之後。此是抄足，所以可稱爲初訂，後來又有所訂，故曰「重訂」，訂好了，于源題簽，自己也題簽。從楊繼振先後寫的兩個「稾」字幾全相同，就是證明。

所以「蓮公」一說最可從。

至於「佛眉」，我對潘先生的推測，便不贊同。

全抄本范寧跋：

秦次游在封面題簽上稱「佛眉尊兄藏」，楊繼振不聞有「佛眉」之說，或者這個抄本在流傳到楊繼振手中以前，曾經爲「佛眉」其人收藏過。（鼎文書局影印）

潘先生的意見是：

我的推測，「佛眉」是劉銓福的別號，據乾隆甲戌脂硯齋重評石頭記抄本卷一首頁有「劉銓福子重印」、「子重」、「髣眉」三印。……「子重」、「髣眉」兩印的篆體和刀法顯然出於一手，分明是同屬一人的三顆圖章。「子重」既是劉銓福的字，則「髣眉」當是他的別號。「髣眉」與「佛眉」同音，正如楊繼振字又雲，有時也寫作「幼雲」，絲毫不值得奇異。如果此一推測不錯，則這個抄本，傳到楊繼振手中之前，是曾經劉銓福收藏過的。（《紅樓夢新辨》，頁六）

我不贊同的理由是：

1. 如果劉銓福藏過，必定珍視，一定把他的圖章像在甲戌本上一例的多蓋幾個，且不止一處才是。

2. 劉銓福正求八十回的後半部而不得呢。如果得到百廿回的全部，他喜歡都來不及，必會大跋特跋。

我的推想，是楊繼振的又號。秦次游原是楊氏的幕客❹，對楊氏的又號更清楚。「蓮公」與「佛眉」，在意義上有相通處。

注釋：

❶林語堂先生〈說高鶚手定紅樓夢稿〉；見民國五十五年三月二十八日《中央日報》。

❷潘石禪先生按：此「乙」字林先生原文當作「己」，蓋手民之誤。（《紅樓夢新辨》，頁三三）

❸見《紅樓夢研究專刊》第十輯，頁一二六。

❹見全抄本范寧跋（鼎文書局影印）。

「董三服」解

胡適先生〈答顧頡剛書〉：

《有懷堂集》裏〈曹使君壽序〉稱及「董織造」，你以爲是曹寅的後任，但楝亭記中稱曹璽爲「其先人董三」，我至今不解。今見「董」字，頗引起前疑，似可注意，將來或可得確解。（趙肖甫輯〈考證紅樓夢三家書簡〉，《學術界》第一卷合訂本）

又：「『董』字在韓菼的壽文裏，確很像一個動詞[1]，但『董三』二字終不可解。」（同上）

韓菼《有懷堂文稿・八》頁七〈楝亭記〉：

荔軒曹使君性至孝，自其先公董三服官來江寧，于署中手植楝樹一株，絕愛之，爲亭其間。（《紅樓夢新證》，頁三六一引）

細推「董三服」應連下「官」字讀。「董」即韓菼「織造曹使君壽序」中的「會董織造」的「董」字。胡先生疑當動詞用是正確的。「三服官」即「織造官」的代詞，董是督理、任職的意思。

《漢書・元帝紀・九》：

五年，夏四月，有星孛于參，詔曰：「……罷角抵、上林宮館希御幸者、齊三服官、北假田官、鹽鐵官、常平倉。」

注：李斐曰：「齊國舊有三服之官。春獻冠幘縰為首服，紈素為冬服，輕綃為夏服，凡三。」

如淳曰：「〈地理志〉曰：齊冠帶天下。胡公曰服官主作文繡，以給袞龍之服。〈地理志〉襄邑亦有服官。」

（顏）師古曰：「齊三服官，李說是也。縰與纚同，音山爾反，即今之方目紗也。紈素，今之絹也。輕綃，今之輕紗也。襄邑自出文繡，非齊三服也。」（國史研究室版）

是韓菼所本，用以指曹寅之父曹璽任江寧織造之官。曹璽進物單中自稱「江寧織造理事官加四級」銜，及熊賜履《經義堂集．一八》頁八「挽曹督造」（《紅樓夢新證》，頁三〇〇—三〇四）稱「理事官」、「督造」，與韓菼稱「董三服官」，葉燮《已畦文集．五》頁一一〈楝亭記〉：「董治上方繪服之事」義皆無別，可見董三服官，僅為「督理織造」的意思。

注釋：

❶〈考證紅樓夢三家書簡〉：「《有懷堂集》的壽文裏所說『會董織造駐吾吳』莫非是個動詞，不是姓。」（顧頡剛〈告翻閱八旗氏族通譜等三書後所得書〉，《學術界》第一卷第二期）

甲戌本《紅樓夢》的凡例

一、凡例、旨義皆後增

甲戌（乾隆十九年，西元一七五四年）本《石頭記》，胡適先生曾認爲是最早的《紅樓夢》的本子❶。但很顯然，這個甲戌本是經過錄的本子，和庚辰本的情形一樣，都不是甲戌、庚辰年的原本。

甲戌本卷一，八—九頁有二條眉批：

> 能解者方有辛酸之淚，哭成此書。壬午除夕，書未成，芹爲淚盡而逝。余嘗哭芹，淚亦待盡。每意覓青埂峯再問石兄，余❷不遇獺（癩）頭和尚何？悵悵！
>
> 今而後惟愿造化主再出一芹一脂，是書何本（有成）❸，余二人亦大快遂心于九泉矣。甲午八日❹淚筆。

曹雪芹卒於乾隆壬午（公元一七六二年）或癸未（公元一七六三年）❺，則甲戌本上有甲午或甲申的批，且批者的筆跡與正文某些部分（第二十六回的正文及批注）出於一人，可見非甲戌年的原本。造成這個錯覺的原因，是甲戌本卷一頁八，有「至脂硯齋甲戌抄閱再評，仍用石頭記。」十五字。其實這與上下文並不相連貫，應是一條批注，過錄時被誤為正文❻。

甲戌本和庚辰、有正本最大的不同，是它標出了凡例和《紅樓夢》旨義，並附有一首七律。這是其他本子都沒有的現象。伊籐漱平先生〈有關紅樓夢的題名〉云：「『甲戌』殘本卷首，有諸本未曾見過的『凡例』（一名「紅樓夢旨義」）。」（吳宏一編《紅樓夢研究彙編》，頁一八三）此說是有商榷的餘地。凡例和旨義當有別。我認為甲戌年的本子還沒有作成「凡例」和「紅樓夢旨義」，而是後人所作，再增上去的，抄者又把「紅樓夢旨義」這個小題提到前面，誤混入「凡例」。

何以知為後人所增？看庚辰本第一回回目後，有一段短簡的敍文：

> 此開卷第一回也。作者自云，因曾歷過一番夢幻之後，……撰此石頭記一書也。故云甄士隱云云。但書中所記何事何人，……筆墨雖我未學，下筆無文，又何妨用假語村言，敷演出一段故事來，亦可使閨閣昭傳，復可悅世之目，破人愁悶，不亦宜乎，故曰賈雨村云云。

以下空白。表示上文與正文異。次行另起一段云：

> 此回中，凡用夢用幻等字，是提醒閱者眼目，亦是此書立意本旨。列位看官……

有正本沒有這二十五字。甲戌本把這段序文，和此二十五字增改獨立出來，作成了「凡例」

和「紅樓夢旨義」冠於全書之前，附以詩一首。

詩曰：

浮生著甚苦奔忙，盛席華筵終散場。悲喜千般同幻渺，古今一夢盡荒唐。謾言紅袖啼痕重，更有情癡抱恨長。字字看來皆是血，十年辛苦不尋常。

胡適之先生認爲是曹雪芹自題，他是否也意味著詩前的凡例和《紅樓夢》旨義也是曹雪芹自爲，則不得而知。

我以爲，凡例和《紅樓夢》旨義及詩是一人所作，即脂批者所爲，而且作的時間在曹雪芹「披閱十載」之後。理由是：

庚辰本第一回從「此開卷第一回也，」一至「故曰賈雨村云云。」一段，是原來作者的敍文，主旨僅有一項，即在貧困自悔中，要昭傳閨閣的行止見識。

可是到了甲戌本的旨義中，便加上了「並非怨世罵時之書矣，雖一時有涉于世態，然亦不得不敍者，但非其本旨耳，閱者切記之。」

既然是「旨義」，便不應有「此書開卷第一回也」的話，顯然是整個搬過來的，否則便應說「此書第一回，作者自云……」。甲戌本第一回中已無「此開卷第一回也，作者自云……」一段，則這句話便落空了。顯然庚辰本的第一回開始的一段敍文，是甲戌本「旨義」這句話的根據。

其次「凡例」特別聲明「不敢以寫兒女之筆，唐突朝廷之上也。」可見寫凡例及旨義時，《紅樓夢》一書的稿本已流行很廣了，恐怕涉及文網，所以才把原第一回開端的序文，改寫標出，以教「閱者切記」。因任何一部文藝作品，很不易把時代背景擺脫得乾乾淨淨。而在文網森嚴的乾隆時代，更是有此必要。

提出並改寫的時間，當在「紅樓夢」爲書名得勢的時期之初，所以它才標爲「紅樓夢旨義」，而不稱「石頭記旨義」。庚辰本「立意本旨」一句，該是甲戌本「旨義」二字的前身。全抄本同庚辰本，而「此回中」三字劃去，改爲「更於篇中」。「立意」被圈去。

旨義、凡例的作者，和脂批者有密切的關係，但脂批並不止脂硯齋一人（嚴格說應爲硃批，標明脂硯的才是脂批），我推測可能是題「石頭記」爲「紅樓夢」的吳玉峯，趙岡先生以曹頫爲畸笏叟，化名吳玉峯❼，大致可信。

至於這首詩，或許是曹雪芹「披閱十年」後所寫，作「旨義」者特別把它錄出，以冠於「十年辛苦」者作品的前面。庚辰本、有正本皆無此詩；如果甲戌本原稿有此詩，庚辰本也當有，可見詩是晚出。

另外也可解爲脂評者所作。其中「謾言紅袖啼痕重，更有情癡抱恨長。」一聯，指黛玉、寶玉而言。而「字字看來皆是血」不說「字字寫來皆是血」，似乎不是「石頭記」的執筆人的自嘆詩吧。

再從旨義的文筆上看，比庚辰本第一回的序文要遜色。這也是「旨義」不出於《紅樓夢》筆者之手的一個理由。

綜合以上的證據和推論，可看出甲戌本的「凡例」和「旨義」是晚出的。甲戌本第一回的現貌，沒有庚辰本那樣接近原稿❽。

二、「凡例」與「紅樓夢旨義」當分

甲戌本卷一第一頁甲面，首行是「脂硯齋重評石頭記」，乃書名。次行只有「凡例」二字，高出以後各行一格，表示以下的文字都是「凡例」。可是第三行便由「紅樓夢旨義」起句，「紅」字和第二行的「例」字平，好像「紅樓夢旨義」是屬於「凡例」，所以「義」字下空一格，即接凡例的正文，這是頗不合理的。「凡例」和「旨義」是有分別的。這可能是抄者把二個平立的標題誤合所致。

「凡例」共有四條，各條自成段落，玆說明如後：

㈠說明題名極多的原因。

㈡告閱者不必著跡書中地點。

㈢說明取材詳內略外。

㈣聲明不涉朝政；其不得已則一筆帶過。

「旨義」的文字，應從卷一第二頁甲面第五行算起，直到第三頁「但非其本旨耳，閱者切記。」止。「紅樓夢旨義」這標題，應該在第二頁甲面第五行之前。依「凡例」的文例，「紅樓夢旨義」的「紅」字，要高出「旨義」正文一格。

旨義的來源，是庚辰本、有正本第一回開頭的一小段序文。再配以硃批者的聲明。內容可分幾點：

㈠作者自寫其經歷，而文字上有所隱替。

㈡寫作時間是「夢幻」（事）後的追記。

㈢作者自名其書爲「石頭記」。

㈣在潦倒悔咎的心境中執筆。

㈤繁華事散而閨閣可昭傳。（以上與庚辰、有正本的序文略同。）

㈥聲明偶及時政非書之本旨。

作「旨義」者明白說（㈠至㈤項）是從第一回中取來，云：「乃是第一回題綱正義也。」但是文字比庚辰、有正本的略長，而且有點化的話。庚辰、有正本第一回：

> 此開卷第一回也，作者自云，因曾歷過一番夢幻之後，故將眞事隱去，而借通靈之說，撰此石頭記一書也。故曰甄士隱云云，……

分明是第一回的話，甲戌本移改成爲旨義（其原稿則仍是第一回開頭語），所以甲戌本第一回開頭便是「列位看官，你道此書從何而來……」，而沒有「作者自云……」一段了。

由上可見這個「甲戌脂硯齋再評石頭記」抄本，不是脂硯齋甲戌年抄閱再評的原物，而是後人根據脂硯齋甲戌再評本加以整理過錄後的本子❾。

注釋：

❶胡適先生〈跋乾隆甲戌脂硯齋重評石頭記影印本〉說：「我在民國十七年已有長文報告這個脂硯齋甲戌本是『海內最古的石頭記鈔本』了。今天我寫這篇介紹脂硯齋甲戌本影印本的跋文，我止想談三個問題，……第二，我要指出曹雪芹在乾隆甲戌年（一七五四）寫定的《石頭記》初稿本止有這十六回。」

❷陳慶浩《新編紅樓夢脂硯齋評語輯校》，頁九；余（奈）獺（瀨），據靖藏本正。

❸見陳輯校靖藏本，陳氏以「本」為「幸」。

❹甲午，靖藏作甲申。八日，靖藏作八月，胡適批「此是八月」。

❺吳恩裕《有關曹雪芹十種》，頁一〇二：「曾次亮先生就掌握了雪芹子殤於癸未的可能大的證據。……他考出癸未年夏秋之際，北京地區的痘疹流疫甚劇，小兒殄者幾半城，……加上代簡寫於癸未……那末雪芹不死於癸未死於哪年呢？」

❻庚辰本、有正本、全抄本皆無此十五字。

❼ 趙岡先生《紅樓夢新探》，頁一七七：「我們認為畸笏是曹頫，他號玉峯。」

❽ 陳慶浩《新編紅樓夢脂硯齋評語輯校》云：「己卯、庚辰6，有正1a，程乙1a此段（按即指甲戌本的旨義）混入正文，甲辰此段比正文低一格，仍作總批。都誤以甲戌本早於庚辰本所致。」

❾ 潘重規先生〈甲戌本石頭記覈論〉：

胡先生屢次撰文，一再指出甲戌本是「世間最古的《紅樓夢》寫本」，「海內最古的《石頭記》鈔本」，……。不過近年來反對的也頗有人。據我所知，海外第一個力持異議的是吳世昌先生，他在所著英文本《紅樓夢探源》中，稱甲戌本為Ⅵ，己卯本為Ⅶ，庚辰本為Ⅷ，中文譯為脂甲本、脂乙本、脂丙本。……他極力抨擊胡氏說……可知這個殘本的墨書正文部分，至早也在丁亥（一七六七）以後所過錄。（《紅樓夢新辨》，頁九八、九九）

趙岡、陳鍾毅〈鈔本八十回之研究〉：

換言之「庚辰本」和「甲戌本」，一個是舊的定本，一個是新的定本。如果我們仔細研究這些批語被改動的情形，就很容易看出庚辰本是老的定本，而甲戌本才是丁亥年以後的新「定本」。（《紅樓夢新探》，頁一二五）

脂硯齋、曹雪芹合作《紅樓夢》

《紅樓夢》的作者，被隱藏在書中，而未以眞面目出現過。從書中及硃批中，仍可找到他們的本人，與成書的情形。我的推論是：《紅樓夢》是脂硯齋和曹雪芹二人合作的傑構，脂硯齋草創和提供素材，曹雪芹潤色和補充詩文。試爲論證如後：

《紅樓夢》第一回：

誰知此石，自經煅煉之後，靈性已通，……俄見一僧一道遠遠而來，生得骨格不凡，丰神迥異。

有正本批：這是眞像，非幻像也。（卷一，頁二，乙面）

既批「眞像」當實有此二人。

同回：

那僧又道……我如今大施佛法，助你（一）助，待刼終之日，復還本質，以了此案，你道好否？石頭聽了，感謝不盡，那僧便念咒書符，大展幻術，將一塊大石登時變成一塊鮮明瑩潔的美玉……那僧托于掌上，笑道，形體到也是個寶物了。（甲戌本卷一，頁四——五）

甲戌本於「寶物」二字旁批：「自愧之語。」

這條夾批有二重示意：一是作者身分揭示，二是指僧自己口中所自評。則石頭便是此和尙亦卽作者。寶玉的結局，在前八十回中屢屢暗示出家做和尙，高鶚續的後四十回也是如此。

甲戌本第二回：

雨村……也曾遊過些名山大剎，到不曾見過這話頭，其中想必有個翻過筋斗來的也未可知……只有一個聾腫老僧在那裏煮粥，雨村見了便不在意，……那老僧既聾且昏，齒落舌鈍，所答非所問，雨村不耐煩，便仍出來。

甲戌本眉批：「畢竟雨村還是俗眼，只能識得阿鳳、寶玉、黛玉等未覺之先，卻不識得既證之後。」（卷二，頁五，乙面）

又夾批：「是翻過來的，是翻過來的。」

《紅樓夢》是回憶往日「我半世親覩親聞的這幾個女子」，以及對「離合悲歡，與衰際遇」作「追踪攝跡，不敢稍加穿鑿」的描述❶。可見寶玉應是前身，石頭應是翻過筋斗後的狀態，也就是先富貴榮華，後貧困潦倒的象徵。

同回：

石頭聽了，喜不能禁。乃問：不知賜了弟子那幾件奇處……那僧笑道，你且莫問，日後自然明白的。說著便袖了這石頭，同那道人飄然而去。……後來不知又過了幾世幾刼，因有個空空道人，訪道求仙，忽從這大荒山無稽崖青埂峯下經過，忽見一大石上，字跡分明，編述歷歷。空空道人乃從頭一看，原來就是無材補天，幻形入世，蒙茫茫大士，渺渺眞人携入紅塵，歷盡離合悲歡，炎涼世態的一段故事。……（卷一，頁五——六）

甲戌本夾批：「（無材補天幻形入世旁）八字便是作者一生慚恨。」（卷一，頁五——六）石自編述，當然是作者，而石頭的變玉，被袖走，都是此僧茫茫大士；而道人渺渺眞人只是陪從。空空道人似乎又是這道人的化身。

有正本寫石頭幻形：

來至石下，席地而坐，長談，見一塊鮮明晶瑩美玉，且又縮成扇墜大小的可佩可拿。那僧托於掌上……（卷一，頁二，乙面）

則寫成石頭自己變玉，可見無論如何石頭與此僧，都比道人來得密切。後來的空空道人與石頭的關係是：

甲戌本第一回：

空空道人遂向石頭說道：石兄，你這一段故事，據你自己說有些趣味，故編寫在此，意欲問世傳奇，據我看來，……我總抄去，恐世人不愛看呢。石頭笑答道，……若云無朝代可考，今我師竟假借漢唐等年紀添綴，又有何難。……空空道人聽如此說，……方從頭至尾抄錄回來，……遂易名爲情僧，改石頭記爲情僧錄。（卷一，頁六——八）

空空道人不僅是「抄錄」，還有些地方要他「添綴」。吳恩裕〈考稗小記〉云：得魏君藏「雲山翰墨冰雪聰明」八字篆文，謂爲雪芹所書。按篆文並不工，下署「空空道人」，有「松月山房」陰文小印一方，刻技尚佳，色淡朱。「翰」字稍損，「明」字月邊下首有描處。見之者，鄧之誠先生謂紙確爲乾隆紙，而印泥則不似乾隆時物，蓋乾隆時之印泥色稍黃云云。余謂倘能斷定爲乾隆紙，則印泥不成問題，……此十二字，果爲雪芹所書否，雖不可必，然一九六三年二月晤張伯駒先生，謂「空空道人」四字與其昔年所見雪芹題海客琴樽圖之字，「都是那個路子」云。（《有關曹雪芹十種》，頁一二九）

空空道人是曹雪芹，則「添綴」「抄錄」和「披閱十載」、「增刪五次」「纂成目錄」、「分出章回」相應了。

甲戌本第一回（曹雪芹詩）：

滿紙荒唐言，一把辛酸淚；都云作者癡，誰解其中味。

甲戌本行間雙行批：「此是第一首標題詩。」

甲戌本眉批：「能解者方有辛酸之淚，哭成此書。壬午除夕，書未成，芹爲淚盡而逝。余嘗哭芹，淚亦待盡。每意覓青埂峯再問石兄，余不遇獺頭和尚何，悵悵！今而後，惟願造化主再出一芹一脂，是書何本（幸），余二人亦大快遂心于九泉矣。甲午八日（月）淚筆。」（卷一，頁八——九）

靖藏本合上文為一條，並無錯字[2]。且「一芹一脂」作「一脂一芹」。

這條評語非常重要，尤其是靖藏本更具價值。它顯示出下列涵義：

㈠甲申八月是乾隆二十九年（公元一七六四年），此時脂硯齋、曹雪芹皆已死。

㈡曹雪芹卒於壬午除夕[3]，乾隆二十七年（公元一七六二年）。

㈢曹雪芹是此書的筆者，其死時書尚未完稿。

㈣石兄當是癩頭和尚。

㈤脂硯齋和曹雪芹共同作《紅樓夢》。

㈥批書時是二人在書前，批書人與脂硯齋、曹雪芹當為親戚。

據這條批語，「石兄」即「癩頭和尚」；而對曹雪芹則明寫「芹」，則與「石兄」非一人可知。因此，「石兄」當屬脂硯了。「石」與「硯」意義上關合，「芹」與「石兄」並舉，「一芹一脂」並舉，則「石兄」為「脂硯」便很明顯。靖本作「一脂一芹」，似乎是較「一芹一脂」為合原意。

脂硯批時，每將自己比作寶玉，每至淚下。這都可支持寶玉即脂硯的看法。（參見《甲戌本脂硯齋評語研究》「本事」節。）

從以上所舉的正文及批語看來，《紅樓夢》一開始的「一僧一道」，當是這部巨構的作者的隱身；也就是說，脂硯齋和曹雪芹二人共同寫作《紅樓夢》。

我猜測：石頭的故事，脂硯曾先寫了一部分稿，作了「紅樓夢曲」十二支，這是最先的情形。稍後把稿交給曹雪芹，重新大增補修。曹雪芹並補入很多的燈謎及大量的詩詞；在文句和情節上也多根據脂硯或親友口頭追述而使它完密生動。（參閱下文「本事」節）

以上只是根據《紅樓夢》的本文及其批語，試加推測，尚請方家學者指正爲幸。

注釋：

❶見甲戌本卷一，頁七，甲面。

❷靖藏本「何本」作「有成」，「佘不遇獺頭和尚何」「佘」作「奈」，「獺」作「癩」，「甲午」作「甲申」，「一芹一脂」作「一脂一芹」。見陳慶浩《新編紅樓夢脂硯齋評語輯校》，頁九。

❸曹雪芹的卒年有二說，一主壬午，一主癸未。吳恩裕主張後一說，見《有關曹雪芹十種》，頁一〇二——一〇三。

甲戌本脂硯齋評語研究

批者

一、脂硯齋與諸公

甲戌本第二回：我一一將原故回明。

眉批：

余批重出。余閱此書，偶有所得，卽筆錄之，非從首至尾閱過，復從首加批者，故偶有復處。且諸公之批，自是諸公眼界，脂齋之批，亦有脂齋取樂處。後每一閱，亦必有一語半言重加批評于側，故又有于前後照應之說等批。（卷二，頁二，乙面）

同回：身後有餘忘縮手，眼前無路想回頭。

夾批：

先爲寧榮諸人當頭一喝，卻是爲余一喝。（卷二，頁五，甲面）

甲戌本第三回：「熙鳳打扮」一段。

眉批：

試問諸公，從來小說中可有寫形追像至此者。（卷三，頁六，甲面）

同回：我已預備下了。

眉批：

余知此緞阿鳳並未拿出，此借王夫人之語機變欺人處耳；若信彼果拿出預備，不獨被阿鳳瞞過，亦且被石頭瞞過了。（卷三，頁七，乙面）

按：此似爲諸公之一所批。

同回：一時人來回說，老爺說了，連日身上不好。

眉批：

余久不作此語矣，見此語未免一醒。（卷三，頁八，甲面）

同回：丫嬛進來笑道：寶玉來了。

夾批：

余爲一樂。（卷三，頁一二，乙面）

同回：面若中秋之月，色如春曉之花。

眉批：

少年色嫩不堅勞（有正本作牢），以及非夭即貧之語，余猶在心。今閱至此，放聲一哭。

（卷三，頁一三，甲面）

同回：寄言紈褲與膏粱，莫效此兒形狀。

眉批：

末二語最要緊，只是紈褲膏粱亦未必不見笑我玉卿。可知能效一二者，亦必不是蠢然紈褲矣。（卷三，頁一四，甲面）

按：此條似爲諸公之一所批。

雙行批：

紈褲膏粱，此兒形狀。有意思，當設想其像合寶玉之來歷同看，方不被作者愚弄。（卷一，三回，頁一八）

按：亦似爲諸公之一所批。

甲戌本第五回：因此黛玉心中便有些悒鬱不忿之意。

夾批：

此一句是今古才人同病，如人人皆如我黛玉之爲人，方許他妬。（卷五，頁一，乙面）

按：此批用「我黛玉」，則批者與書中人關係可知。

同回：那寶玉剛合上眼，便惚惚睡去，猶似秦氏在前。

夾批：

此夢文情固佳，然必用秦氏引夢，又用秦氏出夢，竟不知立意何屬，惟批書人知之。（卷五，頁三，乙面）

甲戌本第七回：「平兒拿銅盆叫豐兒舀水」一段。

眉批：

余素所藏仇十洲幽窗聽鶯暗春圖，其心思筆墨已是無雙，今見此阿鳳一傳，則覺畫工太板。（卷七，頁六，乙面）

同回：就說纔從學裏來的，也著了些涼。

眉批：

余觀纔從學裏來幾句，忽追思昔日形景，可嘆。想紈褲小兒自開口云學裏，亦如市俗人開口便云有些小事，然何常眞有事哉；此掩飾推托之詞耳。寶玉若不云從學房裏來涼著，然則便云因憨頑時涼著者哉。寫來一笑，繼之一嘆。（卷七，頁八，甲——乙面）

甲戌本第八回：再或可巧遇見他父親，更爲不妥。

夾批：

本意正傳，實是曩時苦惱。嘆嘆。（卷八，頁一，乙面）

同回：「衆人請寶玉寫字賞貼」一段。

眉批：

余亦受過此騙，今閱至此赧然一笑。此時有三十年前向余作此語之人在側，觀其形已皓首駝腰矣。乃使彼亦細聽此數語，彼則潸然泣下，余亦爲之敗興。（卷八，頁二，乙面）

同回：今兒到要瞧瞧。

雙行批：

自首回至此，回回說有通靈玉一物。余亦未曾細細賞鑒，今亦欲一見。（卷八，頁四，甲面）

甲戌本第十三回：「鳳姐夢可卿囑早爲預置祖產」一段。

眉批：

語語見道，字字傷心，讀此一段，幾不知此身爲何物矣。——松齋。（卷一三，頁三，甲面）

同回：三春去後諸芳盡，各自須尋各自門。

眉批：

不必看完，見此二句卽欲墮淚。——梅溪。（同上）

按：此二署名之批，當爲「諸公」之二。

夾批：

此句令批書人哭死。（同上）

按：此批似爲脂硯所批，語氣皆較「諸公」痛切。

甲戌本第十四回：鳳姐卽命彩明定造簿册。

眉批：

寧府如此大家，阿鳳如此身分，豈有使貼身丫頭與家裏男人答話交事之理，此作者忽略之處。（卷一四，頁二，甲面）

按：此或諸公所批。

甲戌本第十六回：其山石樹木雖不敷用。

夾批：

余最鄙近之修造園亭者，徒以頑石土堆爲佳，不知引泉一道；甚至丹青，惟知亂作山石樹木，不知畫泉之法，亦是恨事。（卷一六，頁一四，甲面）

按：庚辰本此批署脂硯齋，是其人能知繪事。

同回：易簣多時矣，寶玉一見便不禁失聲。

夾批：

余亦欲哭。（卷一六，頁一五，乙面）

同回：記念着家中無人掌管家務。

夾批：

扯淡之極，令人發一大笑。

余謂諸公莫笑，且請再思。（卷一六，頁一五，乙面）

同回：又記掛著父母還留積下的三四千兩銀子。

雙行批：

更屬可笑，更可痛哭。（卷一六，頁一七，甲面）

按：此似爲二條批語，「更屬可笑」當卽前批「扯淡之極，令人發一大笑」者所批。「更可痛哭」卽前「余」所批。

甲戌本第二十五回：若好還罷了。

夾批：

不知好字是如何講？

答曰：在何等行爲四字上看便知。玉兄每情不情，況有情者乎。（卷二五，頁一，甲——乙面）

甲戌本第二十五回：便一頭滾在王夫人懷內。

夾批：

余幾幾失聲哭出。（卷二五，頁三，甲面）

按：此當爲脂硯所批。

同回：又向賈母道：祖宗老菩薩那裏知道……利害。

夾批：

一段無倫無理，信口開河的渾話，卻句句都是耳聞目覩者，並非杜撰而有。作者與余實實經過。（卷二五，頁五，乙面）

甲戌本第二十六回：寶玉穿著家常衣服，靸着鞋，倚在床上，拿著書本。

夾批：

這是等芸哥看，故作款式者；果眞看書，在隔紗窗子，說話時已放下了。玉兄若見此批，必云：老貨，他處處不放鬆我，可恨可恨。回思將余比作釵顰等，乃一知己，全（余）何幸也。一笑。（卷二六，頁五，甲——乙面）

同回：寶玉不解何意。

夾批：

余亦不解。（卷二六，頁七，乙面）

同回：我要自己吃恐怕折福……惟有你還配吃。

夾批：

獃兄亦有此語，批書人至此誦往生咒至恒河沙數也。（卷二六，頁一〇，乙面）

同回：不知是那一個來，且看下回。

雙行批：

每閱此本，掩卷者十有八九，不忍下閱看完。想作者此時淚下如豆矣。（卷二六，頁一五，甲面）

同回回末總批：

二玉這文字，作者亦在無意上寫來，所謂信手拈來無不是，是也。（卷二六，頁一五，乙面）

甲戌本第二十八回：「寶玉道：太太倒不糊塗，都是叫金剛菩薩支使糊塗了。」

夾批：

是語甚對。余幼時可（所）聞之語合符，哀哉傷哉。（卷二八，頁四，乙面）

按：庚辰本第二十二回：「代玉讓點戲」一段，眉批：「前批書者聊聊，今丁亥夏，只剩朽物一枚，寧不痛乎。」靖藏本作「前批知者聊聊（寥寥），不數年，芹溪、脂硯、杏齋諸子皆相繼別去，今丁亥夏只剩朽物一枚，寧不痛殺。」

按：庚辰本第二十二回：「鳳姐點戲」一段，眉批：「鳳姐點戲，脂硯執筆事，今知者聊聊（寥寥）矣，不怨（悲）夫。」則脂硯齋實爲書中人，或卽書中之寶玉。

二、曹雪芹

甲戌本第二回：就是後一帶花園子裏。

甲戌本夾批：

後字何不直用西字？

恐先生墮淚，故不敢用西字。（卷二，頁七，甲面）

按：前批或即後批中之「先生」所批，後批當爲執筆撰「石頭記」者（曹雪芹）所答。

作者

一、石頭、寶玉自述

甲戌本第一回：你道此書從何而來？說起根由，雖近荒唐。

夾批：

自占地步。自首荒唐，妙！（卷一，頁四，甲面）

同回：只單單的剩了這一塊未用，便棄在此山青埂峰下。

夾批：

剩了這一塊便生出這許多故事。使當日雖不以此補天，就該去補地之坑陷，使地平坦，而不得有此一部鬼話。（同上）

同回：便棄在此山青埂峯下。

眉批：

妙！自謂落墮情根，故無補天之用。（同上）

同回：那僧托于掌上，笑道：形體到也是個寶物了。

夾批：

自愧之語。（卷一，頁五，乙面）

同回：石頭聽了，喜不能禁。

眉批：

昔子房後謁黃石公，惟見一石。子房當時恨不隨此石去。余亦恨不能隨此石而去也。聊供閱者一笑。（同前）

同回：不知賜了弟子那幾件奇處？

夾批：

可知若果有奇貴之處，自己亦不知者；若自以奇貴而居，究竟是無眞奇貴之人。（同前）

同回：最是紅塵中一二等富貴風流之地。

夾批：

妙極！是石頭口氣。惜朱顛不遇此石。（卷一，頁八，乙面）

甲戌本第三回：我已預備下了。

眉批：

余知此緞阿鳳並未拿出，此借王夫人之語機變欺人處耳；若信彼果拿出預備，不獨被阿鳳瞞過，亦且被石頭瞞過了。（卷三，頁七，乙面）

甲戌本第五回：「襲人畫判詩」。

雙行批：

罵死寶玉，卻是自悔。（卷五，頁七，甲面）

同回：生於末世運偏消。

雙行批：

感嘆句，自寓。（卷五，頁八，甲面）

同回：誰爲情種。

夾批：

非作者爲誰？余又曰：亦非作者，乃石頭耳。（卷五，頁一二，甲面）

同回：寶玉聽了此曲，散漫無稽，不見得好處。

夾批：

自批駁，妙極。（卷五，頁一二，乙面）

甲戌本第六回：待蠢物。

雙行批：

妙謙，是石頭口角。（卷六，頁二，乙面）

甲戌本第七回：「焦大醉駡」一段。

眉批：

不如意事常八九，可與人言無二三。以二句批，是假聊慰石兄。（卷七，頁一五，甲面）

按：陳慶浩輯校斷句爲：「以二句批是假，聊慰石兄」。

二、作者自述

甲戌本第三回：我有一個孽根禍胎。

夾批：

四字是血淚盈面，不得已無奈何而下。四字是作者痛哭。（卷三，頁一〇，乙面）

甲戌本第五回：新塡「紅樓夢」仙曲十二支。

夾批：

點題。蓋作者自云，所歷不過紅樓一夢耳。（卷五，頁五，甲面）

同回：何故反引這濁物來汚染這淸淨女兒之境。

眉批：

奇筆攄奇文。作書者視女兒珍貴之至，不知今時女兒可知。余爲作者癡心一哭，又爲近之

自棄自敗之女兒一恨。（卷五，頁一〇，甲面）

同回：竟無一可以繼業。

夾批：

這是作者眞正一把眼淚。（同上）

甲戌本第八回：「衆人求寶玉寫字賞貼」一段。

眉批：

余亦受過此騙，今閱至此，赧然一笑。此時有三十年前向余作此語之人在側，觀其形已皓首駝腰矣。乃使彼亦細聽此數語，彼則潸然泣下，余亦爲之敗與。（卷八，頁二，乙面）

同回：賈母又與了一個荷包，並一個金魁星。

眉批：

作者今尙記金魁星之事乎，撫今思昔，腸斷心摧。（卷八，頁一三，乙面）

三、曹雪芹

第一回：後因曹雪芹于悼紅軒中，披閱十載，增刪五次，纂成目錄，分出章回，則題曰金陵十二釵，並題一絕云。

甲戌本眉批：

若云雪芹披閱增删，然後（疑當作則，草書似後字，致誤）開卷至此，這一篇楔子又係誰撰，足見作者之筆狡猾之甚。後文如此處者不少，這正是作者用畫家烟雲模糊處，觀者萬不可被作者瞞弊（蔽）了去，方是巨眼。（卷一，頁八，乙面）

同回：不免對月有懷，因而口占五言一律云。

雙行批：

這是第一首詩。後文香奩閨情皆不落空。余謂雪芹撰此書，中（甲辰本無中字）亦爲傳詩之意。（卷一，頁一三，乙面）

甲戌本第二回，回前總批：

其死板拮據之筆，豈作十二釵人手中之物也。（卷二，頁一，乙面）

按：第一回：（曹雪芹）「則題曰金陵十二釵」，此批當指曹雪芹爲作者。

同回：詩云。

雙行批：

只此一詩便妙極。此等才情，自是雪芹平生所長。余自謂評書，非關評詩也。（卷二，頁二，甲面）

甲戌本第十三回回末總批：

秦可卿淫喪天香樓，作者用史筆也，老朽因有魂托鳳姐賈家後事二件，嫡（豈）是安富尊榮坐享人能想得到處，其事雖未漏，其言其意則令人悲切感服，姑赦之，因命芹溪刪去。

（卷一三，頁一一，乙面）

四、脂硯、雪芹合著

甲戌本第一回：（雪芹）並題一絕云：滿紙荒唐言，一把辛酸淚，都云作者癡，誰解其中味。

眉批：

能解者方有辛酸之淚。哭成此書，壬午除夕，書未成，芹爲淚盡而逝。余嘗哭芹，淚亦待盡，每意覓青埂峯再問石兄，余❶不遇獺❷頭和尚何？悵悵！

今而後，惟願造化主再出一芹一脂❸。是書何本❹，余二人亦大快遂心于九泉矣。甲午八日淚筆❺。

五、作　者

甲戌本第一回：原來就是無材補天，幻形入世。

夾批：

八字便是作者一生慚恨。（卷一，頁六，甲面）

同回：但把我一生所有的眼淚還他。

眉批：

知眼淚還債，大都作者一人耳。余亦知此意，但不能說得出。（卷一，頁九，乙面）。

注釋：

❶靖藏本作「奈」，是。

❷靖藏本作「癩」，是。

❸靖藏本作「一脂一芹」，較甲戌本或更近原稿。

❹靖藏本作「有口」缺文為「戍」字。

❺靖藏本作「甲申八月淚筆」。（以上並見陳慶浩《新編紅樓夢脂硯齋評語輯校》第一回，頁九）

時代

甲戌本第一回，然朝代年紀、地輿邦國，反失落無考。

夾批：

若用此套者，胸中必無好文字，手中斷無新筆墨。據余說卻大有考證。（卷一，頁六，甲面）

同回：只因這甄士隱禀性恬淡，不以功名爲念。

夾批：

自是羲皇上人，便可作是書之朝代年紀矣。（卷一，頁八，乙面）

甲戌本第八回：多早晚賞我們幾張貼貼。

眉批：

余亦受過此騙，今閱至此，赧然一笑。此時有三十年前向余作此語之人在側，觀具形已皓首駝腰矣。乃使彼亦細聽此數語，彼則潸然泣下，余亦爲之敗興。（卷八，頁二，乙面）

甲戌本第十三回：若應了那句樹倒猢猻散的俗語。

眉批：

「樹倒猢猻散」之語全猶在耳，曲指三十五年矣，傷哉，寧不慟殺。（卷一三，頁二，甲面）

按：庚辰本「全」旁有「至今」二字。「曲」作「屈」，「慟」作「痛」。

按：「羲皇上人」，似諧音「熙皇上人」，可能指康熙朝之人而言。若以乾隆甲戌年推之，「屈指三十五年」正康熙時也。

地點

甲戌本第一回：然後好携你到那昌明隆盛之邦。

夾批：

伏長安大都。（卷一，頁五，乙面）

同回：詩禮簪□（纓）之族。

夾批：

伏榮國府。（同前）

同回：花柳繁華地，溫柔富貴鄉。

夾批：

伏大觀園。伏紫芸軒。（同前）

同回：然朝代年紀、地輿邦國，卻反失落無考。

夾批：

若用此套者，胸中必無好文字，手中斷無新筆墨。據余說卻大有考證。（卷一，頁六，甲面）

甲戌本第一回：這東南一隅，有處曰姑蘇。

夾批：

是金陵。（卷一，頁八，乙面）

同回：不想這日三月十五，葫蘆廟中炸供，那些和尚不加小心，致使油鍋火逸，便燒着窗紙。

眉批：

寫出南直召禍之實病。（卷一，頁一六，甲面）

同回：此方人家多用竹籬木壁（壁）者多。

夾批：

土俗人風。（同上）

同回：反認他鄉是故鄉。

夾批：

太虛幻境青埂峰一並結住。（卷一，頁一八，甲面）

甲戌本第二回：本貫姑蘇人氏。

夾批：

十二釵正出之地，故用眞。（卷二，頁四，甲面）

同回：那日進了石頭城。

夾批：

點睛，神妙！（卷二，頁六，乙面）

同回：門前雖冷落無人。

夾批：

好！寫出空宅。（同上）

同回：就是後一帶花園子里。

夾批：

後字何不直用西字？恐先生墮淚，故不敢用西字。（卷二，頁七，甲面）

同回：只金陵城內欽差金陵省體仁院總裁甄家。

眉批：

又一個眞正之家，持與假家遙對，故寫假則知眞。（卷二，頁一〇，乙面）

甲戌本第三回：且院中隨處之樹木山石皆有。

夾批：

試思榮府園今在西，後之大觀園偏寫在東，何不畏難之若此。（卷三，頁八，甲面）

同回：王夫人忙攜了黛玉從後房門。

夾批：

後房門。（卷三，頁一一，乙面）

按：此當爲後東房門。

同回：由後廊往西。

夾批：

是正房後廊也。（同上）

同回：出了角門。

夾批：

這是正房後西界牆角門。（同上）

同回：穿過一個東西穿堂便是賈母的後院了。

夾批：

寫得清，一絲不錯。（同上）

按：批云「點睛」即明指其地。「南直」「石頭城」，皆實指南京而言。

本事

甲戌本第一回：竟不如我半世親覩親聞的這幾個女子，雖不敢說強似前代書中所有之人，但事跡原委亦可消愁破悶；也有幾首歪詩熟話，可以噴飯供酒。至若離合悲歡，興衰際遇，則又追踪躡跡，不敢稍加穿鑿，徒爲供人之目而反失其眞傳者。

眉批：

事則實事。（卷一，頁七，甲面）

同回：但把我一生所有的眼淚還他。

眉批：

知眼泪還債，大都作者一人耳。余亦知此意，但不能說得出。（卷一，頁九，乙面）

同回：好防佳節元霄（宵）後。

夾批：

前後一樣，不直云前而云後，是諱知者。（卷一，頁一一，乙面）

甲戌本第二回：就是後一帶花園子里。

夾批：

後字何不直用西字？恐先生墮淚，故不敢用西字。（卷二，頁七，甲面）

按：此爲二人所批。問作者何不直用西字，蓋爲書中主人翁，卽答批中之「先生」。而寫答批者卽執筆作紅樓夢者。

同回：遂額外賜了這政老爹一個主事之銜。

夾批：

嫡眞實事，非妄擁（擬）也。（卷二，頁八，甲面）

同回：每打的喫疼不過時，他便姐姐妹妹亂叫起來。

眉批：

以自古未聞之奇語，故寫成自古未有之奇文，此是一部書大調侃寓意處。蓋作者實因鶺鴒之悲，棠棣之威，故撰此閨閣庭幃之傳。（卷二，頁一一，乙面）

同回：只可惜他家幾個好姊妹都是少有的。

夾批：

實點一筆。余謂作者必有。（同上）

甲戌本第三回：黛玉聽了，方洒淚拜別。

夾批：

實寫黛玉。（卷三，頁二，甲面）

同回：于是三四人爭着打起簾櫳。

夾批：

眞有是事，眞有是事。（卷三，頁四，甲面）

同回：到後樓上找緞子，找了這半日也並沒有見。

夾批：

卻是日用家常實事。（卷三，頁七，甲面）

同回：我已預備下了，等太太回去過了目好送來。

眉批：

余知此緞阿鳳並未拿出，此借王夫人之語機變欺人處耳；若信彼果拿出預備，不獨被阿鳳瞞過，亦且被石頭瞞過。（卷三，頁七，乙面）

同回：座上珠璣昭日月，堂前黼黻煥烟霞。

夾批：

實貼。（卷三，頁九，甲面）

同回：桌上磊着書籍茶具。

夾批：

傷心筆，墮淚筆。（卷三，頁一〇，甲面）

同回：色若春曉之花。

眉批：

少年色嫩不堅勞（有正本作牢），以及非夭即貧之語，余猶在心。今閱至此，放聲一哭。（卷三，頁一三，甲面）

同回：今日只作遠別重逢，未爲不可。

夾批：

作小兒語瞞過世人亦可。（卷三，頁一四，乙面）

按：此批當前移一行之行末。

同回：如此更相和睦了。

夾批：

亦是眞話。（同上）

同回：除《四書》外，肚（杜）撰的太多，偏只我是肚撰不成。

夾批：

如此等語，焉得怪彼世人謂之怪。只瞞不過批書者。（卷三，頁一五，甲面）

甲戌本第四回：也上過學，不過略識幾字。

夾批：

這句加于老兄，卻是實寫。（卷四，頁八，乙面）

甲戌本第五回：勢敗休云貴，家亡莫論親。

雙行批：

非經歷過者，此二句則云紙上談兵；過來人那得不哭。（卷五，頁九，甲面）

同回：枉與他人作笑談。

雙行批：

眞心實語。（同上）

同回：竟無一可以繼業。

夾批：

這是作者眞正一把眼淚。（卷五，頁一〇，甲面）

同回：氣質美如蘭，才華復比仙。

夾批：

妙卿實當得起。（卷五，頁一三，乙面）

甲戌本第六囘囘前題曰：

朝叩富兒門，富兒猶未足，雖無千金酬，嗟彼勝骨肉。（卷六，頁一，甲面）

同回：名喚平兒的。

雙行批：

名字眞極，文雅則假。（卷六，頁八，乙面）

同回：不可簡慢了他，便是有什麼說的，叫二奶奶裁度著就是了。

眉批：

王夫人數語，余幾（乎）哭出。（卷六，頁一四，乙面）

甲戌本第七回：問：奶奶叫我做什麼？

雙行批：

這是英蓮天生成的口氣，妙甚。（卷七，頁三，乙面）

同回：二人一樣的胡思亂想。

雙行批：

作者又欲瞞過中人。（卷七，頁一一，乙面）

有正本「中」作「衆」。

同回：「焦大罵賈蓉」一段。

夾批：

忽接此焦大一段，眞可驚心駭目，一字化一淚，一淚化一血珠。（卷七，頁一五，甲面）

甲戌本第八回：或再可巧遇見他父親，更爲不妥。

夾批：

本意正傳，實是曩時苦惱。嘆嘆。（卷八，頁一，乙面）

同回：「寶玉探寶釵病，路遇淸客」一段。

眉批：

一路用淡三色烘染，行雲流水之法，寫出貴公子家常不跡不離氣致，經過者則喜其寫眞；未經過者恐不免嫌繁。（卷八，頁二，甲面）

同回：二人點頭道：老爺在夢坡齋小書房裏歇中覺呢。

夾批：

使人遐思。（同上）

同回：多早晚賞我們幾張貼貼……還和我們尋呢。

眉批：

余亦受過此騙。今閱至此，赧然一笑。此時有三十年前向余作此語之人在側，觀其形已皓首駝腰矣。乃使彼亦細聽此數語，彼則潸然泣下，余亦爲之敗興。（卷八，頁二，乙面）

同回：好知運敗金無彩，堪嘆時乖玉不光。

夾批：

又夾入寶釵，不是虛圖對的工。

二語雖粗，本是眞情；然此等詩只宜如此。爲天下兒女一哭。（卷八，頁四，甲面）

同回：李奶子怎麼不見？衆人不敢直說家去了。

夾批：

有是事，大有是事。（卷八，頁一一，甲面）

同回：忽又想起早起茶來。

雙行批：

偏是醉人搜尋的出細事，亦是眞情。（卷八，頁一二，甲面）

同回：賈母又與了一個荷包，並一個金魁星。

眉批：

作者今尚記金魁星之事乎。撫今思昔，腸斷心摧。（卷八，頁一三，乙面）

甲戌本第十三回：若應了那句樹倒猢猻散的俗語。

眉批：

「樹倒猢猻散」之語全猶在耳，曲指三十五年矣，傷哉，寧不慟殺。（卷一三，頁二，甲面）

同回：「鳳姐夢可卿囑早預祖產」一段。

眉批：

語語見道，字字傷心，讀此一段，幾不知此身爲何物矣。——松齋。（卷一三，頁三，甲面）

同回：三春去後諸芳盡，各自須尋各自門。

眉批：

不必看完，見此二句卽欲墮淚。——梅溪。（同上）

夾批：

此句令批書人哭死。（同上）

按：此夾批當爲脂硯所批。

同回：什麼價不價。

夾批：

的是阿獃兄口氣。（卷一三，頁五，乙面）

甲戌本第十三回：「鳳姐想出理寧府事之法」一段。

眉批：

舊族後輩受此五病者頗多，余家更甚。三十年前事見書于三十年後，今余想慟血淚盈。

（卷一三，頁一一，乙面）

同回回末總批：

秦可卿淫喪天香樓，作者用史筆也。老朽因有魂托鳳姐賈家後事二件，嫡是（靖藏本作「豈是」，是。陳慶浩輯校引）安富尊榮坐享人能想得到處。其事雖未漏，其言其意則令人悲切感服，姑赦之，因命芹溪刪去。（同上）

甲戌本第十四回：再不要說你們這府裏。

夾批：

此話聽熟了。一嘆。（卷一四，頁二，乙面）

甲戌本第十五回：該死的，再胡說我就打了。

夾批：

的是寶玉性生之言。（卷一五，頁四，乙面）

甲戌本第十六回回前總批：

借省親事寫南巡，出脫心中多少憶惜（昔）感今。（卷一六，頁一，乙面）

同回：那一住是好纏的。

夾批：

獨這一句不假。（卷一六，頁五，乙面）

同回：奶奶自然不肯瞞二爺的。

夾批：

平姐看欺（欺看）書人了。（卷一六，頁七，乙面）

同回：賴爺爺說。

夾批：

此等稱呼，令人酸鼻。（卷一六，頁一三，甲面）

甲戌本第二十五回：便一頭滾在王夫人懷內。

夾批：

余幾幾失聲哭出。（卷二五，頁三，甲面）

同回：又向賈母道：祖宗老菩薩那裏知道。

夾批：

一段無倫無理信口開河的渾話，卻句句都是耳聞目覩者，並非杜撰而有。作者與余實實經過。（卷二五，頁五，乙面）

甲戌本第二十六回：寶玉穿著家常衣服，靸著鞋，倚在床上，拿着書本。

夾批：

這是等芸哥看，故作款式者；果眞看書，在隔紗窗子，說話時已放下了。玉兄若見此批，

必云：老貨，他處處不放鬆我，可恨可恨。回思將余比作釵顰等，乃一知己，全（余）何幸也。一笑。（卷二六，頁五，甲——乙面）

同回：我要自己吃，恐怕折福，……惟有你還配吃。

夾批：

獃兄亦有此語，批書人至此誦往生咒至恒河沙數也。此語令人哭不得，笑不得，亦眞心語也。（卷二六，頁一〇，乙面）

同回：若論銀錢喫穿等類的東西，究竟還不是我的。

夾批：

誰說得出。經過者方說得出。嘆嘆。（卷二六，頁一一，甲面）

甲戌本第二十七回：我成日家說……一雙天聾地啞。

夾批：

用得，是阿鳳口角。（卷二七，頁八，甲面）

同回：還認作是昨日中晌的事。

夾批：

畢眞，不錯。（卷二七，頁九，甲面）

同回：「葬花吟」一段。

傍批：

余讀「葬花吟」至再至三四，其淒楚感慨，令人身世兩忘，舉筆再四不下批。有客曰：「先生身非寶玉，何能下筆，卽字字雙圈，批詞通仙，料難遂顰兒之意。俟看完玉兄之後文再批。」噫唏！阻余者想亦《石頭記》來的，故停筆以待。（卷二七，頁一三，甲面）

按：庚辰本「阻余者想亦石頭記來的」作「客亦石頭記化來之人」。甲戌本第二十八回：「寶玉聽葬花吟」一段。

眉批：

不言鍊句鍊字，詞藻工拙，只想景想情想事想理，反復追求悲傷感慨，乃玉兄一生天性，眞顰兒不知已則實無再有者。昨阻余批「葬花吟」之客，嫡是玉兄之化身無疑。余幾點金成錢（鐵）之人，笨甚笨甚。（卷二八，頁一，甲面）

按：庚辰本「不知已」作「之知已」。

同回：寶玉道：太太到不糊塗，都是什麼金剛菩薩支使糊塗了。

夾批：

是語甚對。余幼時可（所）聞之語合符。哀哉傷哉。（卷二八，頁四，乙面）

同回：我老子再不爲這個捶我的。

夾批：

此語耳（亦）不假。（同上）

同回：連罰十大海，逐出席外與人斟酒。

夾批：

誰曾經過。嘆嘆。西堂故事。（卷二八，頁一〇，甲面）

同回：幸而席上還有這件東西。

夾批：

瞞至衆人。（卷二八，頁一四，乙面）

文評

子、綱目

甲戌本第一回：瞬息間則又樂極生悲，人非物換；究竟是到頭一夢，萬境歸空，到不如不去的好。

夾批：

四句乃一部之總綱。（卷一，頁五，甲面）

同回：所以我這一段事，也不願世人稱奇道妙。

眉批：

開卷一篇立意，眞打破歷來小說窠臼。閱其筆，則是《莊子》〈離騷〉之亞。（卷一，頁

七，乙面）

甲戌本第七回：方知他學名喚秦鐘。

雙行批：

設云秦鐘（有正本作情種）。古詩云：未嫁先名玉，來時本姓秦。二語便是此書大綱目，大比托，大諷刺處。（卷七，頁一〇，乙面）

丑、本　旨

甲戌本第一回：原來就是無材補天，幻形入世。

夾批：

八字便是作者一生慚恨。(卷一，頁六，甲面)

同回：後面又有一首偈云：無材可去補蒼天。

夾批：

書之本旨。(同上)

同回：枉入紅塵若許年。

夾批：

慚愧之言，嗚咽如聞。(同上)

同回：因見上面雖有些指奸責佞、貶惡誅邪之語。

夾批：

亦斷不可少。(卷一，頁八，甲面)

同回：亦非傷時罵世之旨。

夾批：

要緊句。（同上）

同回：又非假擬妄稱一味淫邀艷約……因毫不干涉時世。

夾批：

要緊句。要緊句。（同上）

同回：你把這有命無運，累及爹娘之物，抱在懷內作甚？

眉批：

八個字屈死多少英雄，屈死多少仁人志士，屈死多少詞客騷人。今被作者將此一把眼淚洒與閨閣之中，見得裙釵尚遭逢此數，況天下之男子乎。

看他所寫開卷之第一個女子便用此二語以訂終身，則知託言寓意之旨。誰謂獨寄興于一情字耶。

武侯之三分，武穆之二帝，二賢之恨，及今不盡，況今之草芥乎。

家國君父，事有大小之殊，其理其運其數則略無差異。知運知數者，則必諒而後嘆也。

（卷一，頁一一，乙面——頁一二，甲面）

同回：因他出于末世。

夾批：

又寫出一末世男子。（卷一，頁一二，甲面）

甲戌本第二回：文雖淺，其意則深。

夾批：

一部書之總批。（卷二，頁五，甲面）

甲戌本第五回：幽微靈秀地，無可奈何天。

雙行批：

兩句盡矣。撰通部大書不難，最難是此等處，可知皆從無可奈何而有。（卷五，頁一一，甲面）

同回：因此上演出這懷金悼玉的《紅樓夢》。

眉批：

懷金悼玉，大有深意。（卷五，頁一二，甲面）

同回：因此也不察其原委，問其來歷，就暫以此釋悶而已。

眉批：

妙。設言世人亦應如此看《紅樓夢》一書，更不必追究其隱寓。（卷五，頁一二，乙面）

同回：箕裘頹墮皆從敬。

寅、寫作態度

甲戌本第五回：宿孽總因情。

三行批：

是作者具菩薩之心，秉刀斧之筆，撰成此書，一字不可更，一語不可少。（卷五，頁一五，乙面）

卯、回數

甲戌本第二十六回：「紅玉佳蕙閒話」一段。

眉批：

獄神廟紅玉茜雪一大回文字，惜迷失無稿。（卷二六，頁三，甲面）

甲戌本第二十六回回末總批：

前回倪二、紫英、湘蓮、玉菡四樣俠文，皆得傳眞寫照之筆。惜衞若蘭射圃文字迷失無稿，嘆嘆。（卷二六，頁一五，乙面）

按：上述獄神廟及射圃二文，庚辰、有正諸本都不見，當爲八十回後的。

有正本第二回回前總評：

以百回之大文，先以此回作兩大筆以冒之，誠是大觀。世態人情，盡盤旋於其間，而一絲不亂，非具龍象力者，其孰能哉？

按：有正本的此條批者，實見一百回，或百一十回，擧成數說爲百回。

辰、筆法綜論

甲戌本第一回：至若離合悲歡，興衰際遇，則又追踪攝跡，不敢稍加穿鑿。

眉批：

事則事實，然亦敍得有間架，有曲折，有順逆，有暎帶，有隱有見（現），有正有閏；以至草蛇灰線，空谷傳聲，一擊兩鳴，明修棧道，暗度陳倉，雲龍霧雨，兩山對峙，烘雲托月，背面傳（傅）粉，千皴萬染，諸奇書中之秘法亦不復少。余亦于逐回中搜剔刳剖，明白注釋，以待高明再批示誤謬。（卷一，頁七，甲——乙面）

甲戌本第二十七回回末總批：

《石頭記》用截法，岔法，突然法，伏線法，由近漸遠法，將繁改儉法，重作輕抹法，虛稿實應法，種種諸法總在人意料之外，且不見一絲牽強，所謂「隨手拈來無不是」是也。（卷二七，頁一三，乙面）

點睛

甲戌本第二回：那些公人道，我們也不知什麼眞假。

夾批：

點睛妙筆。（卷二，頁二，甲面）

同回：那日進了石頭城。

夾批：

點睛，神妙。（卷二，頁六，乙面）

甲戌本第二十五回：可知原來匾上是恁樣四個字。

夾批：

是文若僧繇點睛之龍，破璧（壁）飛矣。焉得不拍案叫絕。（卷二六，頁五，甲面）

避諱

甲戌本第一回：好防佳節元霄（宵）後。

夾批：

前後一樣，不直云前而云後，是諱知者。（卷一，頁一一，乙面）

關鍵：

甲戌本第一回：已在警幻仙子案前掛了號。

夾批：

又出一警幻，皆大關鍵處。（卷一，頁九，乙面）

同回：乃對月寓懷，口號一絕云。

眉批：

這首詩非本旨，不過欲出雨村，不得不有者。用中秋詩起，用中秋詩收，又用起詩社於秋日，所嘆者三春也，卻用三秋作關鍵。（卷一，頁一四，乙面）

甲戌本第十六回回前總批：

大觀園用省親事出題，是大關鍵處，方見大手筆行文之立意。（卷一六，頁一，乙面）

同回：還有如今現在江南的甄家。

夾批：

甄家正是大關鍵，大節目，勿作泛泛口頭語看。（卷一六，頁一一，甲面）

指微

甲戌本第一回：那僧便念咒書符，大展幻術。

夾批：

明點幻術，好。（卷一，頁五，甲面）

同回：有絳珠草一株。

夾批：

點紅字。細思絳珠二字，豈非血淚乎。（卷一，頁九，乙面）

同回：時有赤瑕宮神瑛侍者。

夾批：

點紅字玉字二。（赤瑕）

單點玉字二。（神瑛）（同上）

眉批：

赤瑕，字本注：「玉小赤也；又，玉有病也。」以此命名恰極。（同上）

按：絳珠指黛玉多悲泣，赤瑕指寶玉愛紅而身有癡（疵）病。

同回：意欲下凡造歷幻緣。

夾批：

點幻字。（同上）

同回：那僧便說，已到幻境。

夾批：

又點幻字，云書已入幻境矣。（卷一，頁一一，甲面）

同回：那牌坊上大書四字，乃是「太虛幻境」。

夾批：

四字可思。（同上）

同回：那僧癩頭跣足，那道跛足蓬頭。

夾批：

此門（有正本無門字）是幻像。（卷一，頁一一，乙面）

同回：菱花空對雪澌澌。

夾批：

生不遇時。

遇又非偶。（同上）

同回：忽見隔壁（壁）葫蘆廟內寄居的一個窮儒。

夾批：

隔壁（壁）二字極細極險，記清。（卷一，頁一二，甲面）

同回：時逢三五便團圓。

夾批：

是將發之機。（卷一，頁一四，乙面）

同回：當年笏滿床。

夾批：

寧榮未有之先。（卷一，頁一八，甲面）

同回：曾爲歌舞場。

夾批：

寧榮既敗之後。（同上）

同回：蛛絲兒結滿雕梁。

夾批：

瀟湘館紫芸軒等處。(同上)

眉批：

先說場面，忽新忽敗，忽麗忽朽，已見得反覆不了。(同上)

同回：綠紗今又糊在蓬窗上。

夾批：

雨村等一干新榮暴發之家。(同上)

同回：說什麼脂正濃粉正香。

夾批：

寶釵湘雲一干人。(同上)

同回：如何兩鬢又成霜。

夾批：

貸(黛)玉晴雯一干人。(同上)

按：黛玉、晴雯皆早卒，不及「兩鬢成霜」，此批不很妥當。

同回：今宵紅燈帳底臥鴛鴦。

夾批：

熙鳳一干人。(同上)

眉批：

一段妻妾迎新送死，倏恩倏愛，倏痛倏悲，纏綿不了。(同上)

同回：金滿箱銀滿箱，轉眼乞丐人皆謗。

夾批：

甄玉賈玉一干人。(同上)

眉批：

一段石火光陰，悲喜不了，風露草霜，富貴嗜欲貪婪不了。(同上)

同回：保不定日後作強梁。

夾批：

言父母死後之日。柳湘蓮一干人。(同上)

同回：擇膏粱，誰承望流落在烟花巷。

眉批：

一段兒女死後無憑，生前空爲籌畫計等，癡心不了。(同上)

同回：因嫌紗帽小，致使鎖枷扛。

夾批：

賈赦雨村一干人。(同上)

同回：昨憐破襖寒，今嫌紫蟒長。

夾批：

賈蘭賈菌一干人。（同上）

眉批：

一段功名陞黜無時，強奪苦爭，喜懼不了。（同上）

同回：你方唱罷我登場。

夾批：

總收。（同上）

甲戌本第二回：欲知目下興衰兆，須問（旁）觀冷眼人。

眉批：

故用冷子與演說。（卷二，頁二，甲面）

同回：因看見嬌杏那丫頭買線。

夾批：

僥倖也。

託言當日丫頭回顧，故有今日，亦不過偶然僥倖耳，非眞實得塵中英傑也，非近日小說中滿紙紅拂紫烟之可比。（卷二，頁二，乙面）

同回：名元春。

夾批：

原也。（卷二，頁一二，甲面）

同回：名迎春。

夾批：

應也。（同上）

同回：名探春。

夾批：

嘆也。（同上）

同回：名喚惜春。

夾批：

息也。（同上）

甲戌本第三回：號張如圭者。

夾批：

蓋言如鬼如蜮也。亦非正人正言。（卷三，頁一，甲面）

按：有正本「言」作「旨」，是。

同回：如今還是喫人生養榮丸。

夾批：

人生當自養榮衞。（卷三，頁五，乙面）

甲戌本第四回：父名李守中。

夾批：

妙，蓋云人能以理自守，安得爲情所陷哉。（卷四，頁一，甲面）

同回：豐年好大雪。

夾批：

隱薛字。（卷四，頁三，乙面）

同回：名喚馮淵。

夾批：

眞眞是寃孽相逢。（卷四，頁四，甲面）

甲戌本第五回：自從兩地生孤木。

雙行批：

折字法。（卷五，頁七，乙面）

同回：可嘆停機德。

單行批：

此句薛。（同上）

同回：堪憐詠絮才。

單行批：

此句林。（同上）

同回：玉帶林中掛，金簪雪裏埋。

雙行批：

寓意深遠，皆生非其地之意。（同上）

同回：三春爭及初春景。

單行批：

顯極。（卷五，頁八，甲面）

同回：一從二令三人木。

單行批：

折字法。（卷五，頁九，甲面）

同回：「警幻引寧榮二公語」一段。

夾批：

一段敍出寧榮二公，足見作者深意。（卷五，頁一〇，乙面）

同回：名曰千紅一窟。

夾批：

隱哭字。（卷五，頁一一，甲面）

同回：幽微靈秀地。

雙行批：

女兒之心，女兒之境。（同上）

同回：名爲萬艷同杯。

夾批：

與千紅一窟一對。隱悲字。（卷五，頁一一，乙面）

同回：作速回頭要緊。

夾批：

機鋒。（卷五，頁一七，乙面）

甲戌本第七回：是余信管著。

夾批：

明點愚性二字。（卷七，頁六，甲面）

甲戌本第八回：詹光，單聘仁。

夾批：

妙，蓋沾光之意。更妙，蓋善于騙人之意。（卷八，頁二，甲面）

同回：名喚吳新登。

夾批：

妙，蓋云無星戥也。（同上）

同回：名喚戴良。

夾批：

妙，蓋云大量也。（同上）

同回：名喚錢華的。

雙行批：

亦錢開花之意，隨事生情，因情得文。（卷八，頁二，乙面）

同回：回去禀知他父母秦業。

雙行批：

妙名。業者孽也，蓋云情因孽而生也。（卷八，頁一四，甲面）

同回：現任營繕郎。

雙行批：

官職更妙，設云因情孽而繕此一書之意。（同上）

甲戌本第十三回：叫作什麼檣木。

眉批：

檣者，舟具也，所謂人生若汎舟而已，寧不可嘆。（卷一三，頁五，甲面）

同回：早有大明宮掌宮內相戴權。

夾批：

妙，大權也。（卷一三，頁六，甲面）

甲戌本第十四回回前總批：

牛，丑也。清屬水，子也。柳折卯字。彪折虎子（字），寅字寓焉。陳卽辰。翼火爲蛇，巳字寓焉。馬，午也。魁折鬼，鬼，金羊，未字寓焉。侯猴同音，申也。曉，鳴雞也，酉字寓焉。石卽豕，亥字寓焉。其祖回守業，卽守夜也，犬字寓焉。此所謂十二支寓焉。（卷一四，頁一，甲——乙面）

甲戌本第十五回：小名小金哥。

夾批：

俱從財一字上發生。（卷一五，頁八，甲面）

甲戌本第二十六回：小丫頭子墜兒。

雙行批：

墜兒者贅兒也。人生天地間已是贅戾（疣），況又生許多寃情孽債。嘆（嘆）。（卷二六，頁四，甲面）

甲戌本第二十八回：我們不過是草木之人。

夾批：

自道本是絳珠草也。（卷二八，頁一八，甲面）

象徵

甲戌本第一回：一日炎夏永晝。

夾批：

熱日無多。（卷一，頁九，甲面）

同回：恰近日神瑛侍者凡心偶熾。

夾批：

總悔輕舉妄動之意。（同頁，乙面）

甲戌本第二回：在那裏煮粥。

夾批：

是雨村火氣。（卷二，頁五，乙面）

同回：雨村見了便不在意。

夾批：

火氣。（同上）

同回：那老僧既聾且昏，齒落舌鈍。

夾批：

是翻過來的。是翻過來的。

甲戌本第五回：因東邊寧府中花園內梅花盛開。

夾批：

元春消息動矣。（卷五，頁一，乙面）

同回：嫩寒鎖夢因春冷，芳氣襲人是酒香。

夾批：

艷極淫極。已入夢境矣。（卷五，頁三，甲面）

伏引

甲戌本第一回：嫡妻封氏，情性賢淑，深明禮義。

夾批：

八字正是寫日後之香菱，見其根源不凡。（卷一，頁八，乙面）

同回：只因這甄士隱稟性恬淡，不以功名爲念。

夾批：

……總寫香菱根基，原與正十二釵無異。（同上）

同回：飢則食密青果爲膳，渴則飲灌愁海爲湯。

夾批：

飲食之名奇甚，出身履歷更奇。寫黛玉來歷，自與別個不同。（卷一，頁九，乙面）

同回：便是烟消火滅時。

夾批：

伏後文。（卷一，頁一一，乙面）

同回：每日賣字作文爲生，故士隱常與他交接。

夾批：

又夾寫士隱實是翰林文苑，非守錢虜也。直灌入「慕雅女雅集苦吟詩」一回。（卷一，頁一二，乙面）

甲戌本第二回：俄自使番役務必採訪回來。

夾批：

爲葫蘆案伏線。（卷二，頁二，乙面）

同回：令其好生養贍，以待尋訪女兒下落。

夾批：

找前伏後。（卷二，頁三，甲面）

同回：遊覽天下勝跡。

夾批：

已伏下至金陵一節矣。（卷二，頁三，乙面）

同回：姓林名海，字表如海。

夾批：

蓋云學海文林也。總是暗寫黛玉。（卷二，頁四，甲面）

同回：沒甚親枝嫡派的。

夾批：

總爲黛玉極力一寫。（同上）

同回：幸有兩個舊友亦在此境。

夾批：

寫雨村自得意後之交識也。又爲冷子與作引。（卷二，頁四，乙面）

同回：其中想必有個翻過筋斗來的也未可知。

夾批：

隨筆帶出禪機，又爲後文多少語錄不落空。（卷二，頁五，乙面）

同回：也沒有敢來管他。

夾批：

伏後文。（卷二，頁八，甲面）

同回：將來色鬼無疑了。

夾批：

沒有這一句，雨村如何罕然厲色，並後奇奇怪怪之論。（卷二，頁九，甲面）

同回：竟是個男人萬不及一的。

夾批：

未見其人，先已有照。（卷二，頁一三，甲面）

甲戌本第三回：否（則）不但不（爲有字之誤）汚尊兄之淸操，卽弟亦不屑爲矣。

夾批：

寫如海實不（涉下文而衍不字）寫政老。所謂此書有不寫之寫是也。（卷三，頁二，甲面）

同回：我這裏正配丸藥呢。

夾批：

爲後菖菱伏脈。（卷三，頁五，乙面）

同回：又見二舅母問他月錢放完了不曾。

夾批：

不見後文，不見此筆之妙。（卷三，頁七，甲面）

同回：且院中隨處之樹木山石皆有。

夾批：

爲大觀園伏脈。（卷三，頁八，甲面）

同回：黛玉也照樣漱了口，然後盥手畢，又捧上茶來，方是吃的茶。

夾批：

總寫黛玉以後之事，故只以此一件小事略為一表也。（卷三，頁一二，乙面）

同回：本名珍珠。

夾批：

亦是賈母之文章。前鸚哥已伏下一鴛鴦，今珍珠又伏下一琥珀矣。已下乃寶玉之文章。

（卷三，頁一六，乙面）

甲戌本第四回：族中男女，無有不誦詩讀書者。

夾批：

未出李紈，先伏下李紋李綺。

同回：扶持遮飾，皆有照應。

夾批：

早為下半部伏根。（卷四，頁四，甲面）

甲戌本第五回：上月你沒看見我那個兄弟來了。

眉批：

伏下秦鍾，妙。（卷五，頁二，乙面）

同回：雖然和寶叔同年，兩個人若站在一處。

夾批：

又伏下一人，隨筆便出，得隙便入，精細之極。（卷五，頁三，甲面）

同回：更見仙花馥郁，異草芬芳，眞好個所在。

夾批：

已爲省親別墅畫下圖式矣。（卷五，頁九，乙面）

同回：吾所愛汝者，乃天下古今第一淫人也。

眉批：

絳芸軒中諸事情景由此而生。（卷五，頁一六，乙面）

甲戌本第六回回前總批：

此回借劉嫗卻是寫阿鳳正傳，並非泛文，且伏二遞（進）三遞（進）及巧姐之歸着。（卷六，頁一，甲面）

同回：自此寶玉視襲人更與別個不同。

雙行批：

伏下晴雯。（卷六，頁二，甲面）

同回：因與榮府略有些瓜葛。

夾批：

略有些瓜葛，是數十回後之正脈也，眞個千里伏線。（卷六，頁二，乙面）

同回：也要顯弄自己體面。

眉批：

也要顯弄句，爲後文作地步也。陪房本心本意實事。（卷六，頁七，甲面）

同回：就只一件，待下人未免太嚴了些。

雙行批：

略點一句，伏下後文。（卷六，頁八，甲面）

甲戌本第七回：只見惜春正同水月庵的小姑子智能兒兩個一處頑笑。

眉批：

閒閒一筆，卻將後半部線索提動。（卷七，頁五，乙面）

同回：想是就爲這事了。

雙行批：

一人不落，一（事）不忽，伏下多少後文，豈眞爲送花哉。（卷七，頁六，甲面）

同回：鳳姐啐道，他是哪吒我也要見一見。

眉批：

此等處寫阿鳳之放縱，是爲後回伏線。（卷七，頁一〇，乙面）

同回：鳳姐道：我何曾不知這焦大，到是你們沒主意。

眉批：

這是爲後協理寧國伏線。（卷七，頁一四，甲面）

甲戌本第八回：只悄悄的打聽睡了，方放心散去。

雙行批：

交代清楚。攆玉一段，又爲悞竊一回伏線；晴雯茜雪二婢，又爲後文先作一引。（卷八，頁一三，乙面）

同回：次日醒來。

雙行批：

以上已完正題，以下是後文引子，前文之餘波，此回收法與前數回不同矣。（同上）

同回：別跟那起不長進的東西學。

夾批：

總伏後文。（卷八，頁一四，甲面）

甲戌本第十三回：天機不可洩漏。

夾批：

伏的妙。（卷一三，頁三，甲面）

同回：並尤氏的幾個眷屬，尤氏姊妹也都來了。

夾批：

伏後文。（卷一三，頁四，乙面）

甲戌本第十四回：那抱愧被打之人含羞去（了）。

夾批：

又伏下文，非獨爲阿鳳之威勢費此一段筆墨。（卷一四，頁七，甲面）

甲戌本第十五回回前總批：

鳳姐另住，明明係秦玉智能幽事，卻是爲淨虛攢營鳳姐大大一件事作引。（卷一五，頁一，甲面）

同回：寶玉悵然無趣。

夾批：

處處點情，又伏下一段後文。（卷一五，頁五，甲面）

同回：原來秦業年邁多病。

夾批：

伏一筆。（卷一五，頁六，乙面）

甲戌本第十六回：只在家中養息。

夾批：

為下文伏線。（卷一六，頁二，甲面）

同回：誰知近日水月庵的智能私逃進城。

夾批：

好筆，伏好機軸。（卷一六，頁三，乙面）

同回：問我，就撒謊說香菱了。

雙行批：

一段平兒的見識作用，不枉阿鳳生平刮目，又伏下多少後文，補盡前文未到。（卷一六，頁七，乙面）

甲戌本第二十五回：只有彩霞還和他合的來。

夾批：

暗中又伏一風月之隙。（卷二五，頁二，乙面）

同回：卻每每暗中算計。

夾批：

已伏下金釧回矣。（卷二五，頁三，乙面）

同回：又把趙姨娘數落一頓。

夾批：

總是爲楔緊五鬼一回文字。（卷二五，頁四，乙面）

同回：你瞧，人物兒，門第配不上。

夾批：

大大一瀉，好接後文。（卷二五，頁一一，甲面）

甲戌本第二十六回：這一次大不幸之中又大幸。

夾批：

似又伏一大事樣，英俠人累累如是，令人猜摹。（卷二六，頁一二，甲面）

同回回末總批：

甲戌本第二十七回：李紈笑道，噯喲喲，這話我就不懂了。

夾批：

紅玉今日方遂心如意，卻爲寶玉後伏線。（卷二七，頁七，甲面）

同回回末總批：

鳳姐用小紅，可知晴雯等理（埋）沒其人久矣，無怪有私心私情。且紅玉後有寶玉大得力處，此于千里外伏線也。（卷二七，頁一三，乙面）

甲戌本第二十八回：不過喫兩濟煎藥疎散了風寒。

夾批：

引下文。（卷二八，頁四，甲面）

同回回末總批：

茜香羅紅麝串，寫於一回，棋官雖係優人，後回與襲人供奉玉兄寶卿，得同終始者，非泛泛之文也。

寶玉忘情露于寶釵，是後回累累忘情之引。茜香羅暗繫於襲人腰中，係伏線之文。（卷二八，頁二〇，甲—乙面）

隱屈 草蛇灰線

甲戌本第一回：原來是塊鮮明美玉，上面字跡分明，鐫著通靈寶玉四字，後面還有幾行小字。

夾批：

凡三四次始出玉形，隱屈之至。（卷一，頁一一，甲面）

甲戌本第三回：只見穿紅綾襖青緞掐牙背心的一個丫嬛走來。

夾批：

金乎？玉乎？（卷三，頁一〇，甲面）

同回：「王夫人告黛玉云寶玉與別人不同」一段。

眉批：

不寫黛玉眼中之寶玉，卻先寫黛玉心中已畢有一寶玉矣，幻妙之至。只冷子興口中之後，余已極思欲一見，及今尚未得見，狡猾之至。（卷三，頁一一，甲面）

按：有正本「畢」作「早」，「只」作「自」是。脫「冷子興」三字，「猾」誤作「滑」。

甲戌本第四回：名喚英蓮。

夾批：

至此一醒。（卷四，頁五，甲面）

同回：如今也不知死活。

夾批：

爲英蓮留後步。（卷四，頁六，甲面）

甲戌本第七回：原來是兩支宮製堆紗新巧的假花。

夾批：

此處方一細寫花形。（卷七，頁八，甲面）

甲戌本第八回：寶釵看畢。

雙行批：

余亦想見其物矣，前回中總用草蛇灰線寫法，至此方細細寫出，正是大關節處。（卷八，頁四，乙面）

同回：同仰首看門斗上新書的三個字。

眉批：

是不作詞（開）幻（門）見山文字。（卷八，頁一一，乙面）

按：「詞」「幻」二字從陳慶浩輯校正。

甲戌本第二十五回回末總批：

先寫紅玉數行引接正文，是不作開門見山文字。（卷二五，頁一七，甲面）

燈油引大光明普照菩薩，大光明普照菩薩引五鬼魘魔法，是一線貫成。（同上）

甲戌本第二十六回：時常他吃藥，你就和他要些來吃。

夾批：

閑言中敍出（黛）玉之弱，草蛇灰線。

甲戌本第二十八回：抖抖土起來，下山尋歸舊路。

夾批：

折得好，誓不寫開門見山文字。（卷二八，頁二，甲面）

放收

甲戌本第二回：可知我前言不謬。

夾批：

略一總住。（卷二，頁一三，甲面）

同回：于是二人起身，算還酒賬。

夾批：

不得謂此處收得索然，蓋原非正文也。（卷二，頁一三，乙面）

甲戌本第三回：到了都中，進入神京。雨村先整了衣冠。

夾批：

且按下黛玉以待細寫；今故先將雨村安置一邊，方起榮府中之正文也。（卷三，頁二，乙面）

甲戌本第三回：況我來了，自然和姊妹同處。

夾批：

又登開一筆，妙。（卷三，頁一一，甲面）

同回：他與別人不同，自幼老太太疼愛，原係同姊妹一處嬌養慣了的。

夾批：

此一筆收回，是明通部同處原委也。（同上）

甲戌本第四回：不過賴此欲多得些燒埋之費。

夾批：

因此三四語收住，極妙，此則重重寫來，輕輕抹去也。（卷四，頁八，甲面）

同回：「雨村打發門子」一段。

夾批：

至此了結葫蘆廟文字。

又伏下千里伏線。

起用葫蘆字樣，收用葫蘆字樣，蓋云一部書皆係葫蘆提之意也，此亦係寓意處。（卷四，頁八，甲面）

甲戌本第六回：暫且別無話說。

雙行批：

一句接住上回《紅樓夢》大篇文字，另起本回正文。（卷六，頁二，甲面）

甲戌本第七回：香菱聽了，搖頭說不記得了。

雙行批：

傷痛之極，必亦如此收住方妙，不然則又將作出香菱思鄉一段文字矣。

甲戌本第八回：至晌午賈母便回來歇息了。

雙行批：

敍事有法；若只管寫看戲，便是一無見世面之暴發貧婆矣。寫「隨便」二字，興高則往，興敗則回，方是世代封君正傳。且「高興」二字又可生出多少文章來。（卷八，頁一，乙面）

同回：閒言少述。

按：上文無「隨」及「高興」三字，當是此批之原稿文字，而今本乃改本，刪除了此數字。

雙行批：

此處用此句最當。（卷八，頁二，乙面）

同回：知是薛姨媽處來，更加歡喜。

夾批：

收的好極，正是寫薛家母女。（卷八，頁一一，甲面）

同回：這會子怎麼又溙了這個來。

夾批：

所謂閒茶是也，與前浪酒一般起落。（卷八，頁一二，乙面）

同回：好一同入塾。

雙行批：

不想浪酒閒茶一段，金玉旖旎（旎）之文後，忽用此等寒瘦古拙之詞收住，亦行文之大變體處，石頭記多用此法，歷觀後文便知。（卷八，頁一四，乙面）

甲戌本第十三回：裏面哭聲，搖山振岳。

夾批：

寫大族之喪，如此起緒。（卷一三，頁四，甲面）

甲戌本第十六回：「秦鍾受笞得病」一段。

眉批：

忽然接水月菴，似大脫洩。及讀至此後，方知緊收。此大段有如歌急調迫之際，忽聞戛然檀板截（截）斷，眞見其大力量處，卻便于寫寶玉之文。（卷一六，頁四，甲面）

同回：寶玉只得收回，暫且無話。

雙行批：

略一點黛玉性情，趕忙收住，正留爲後文地步。（卷一六，頁五，甲面）

甲戌本第二十五回：都擡到王夫人的上房內。

夾批：

收拾得乾淨，有着落。（卷二五，頁一三，甲面）

同回：只聞得隱隱的木魚聲響。

夾批：

不費絲毫勉強，輕輕收住數百言文字，《石頭記》得力處全在此處，以幻作眞，以眞作幻，看書人亦要如是看爲本（幸）。（卷二五，頁一四，乙面）

甲戌本第二十六回：寶玉聽了，不覺的打了個焦雷一般。

夾批：

不止玉兄一驚，卽阿顰亦不免一唬。作者只顧寫來收拾二玉文字，忘卻顰兒也。想作者亦似寶玉道《西廂》之句，忘情而出也。（卷二六，頁九，乙面）

同回：又飲了一回方散。

夾批：

收拾得好。（卷二六，頁一三，甲面）

甲戌本第二十七回：我叫林姑娘去就來。

夾批：

安揷一處，好寫一處，正一張口難說兩家話也。（卷二七，頁二，甲面）

同回：但他特昏憒的不像了。還有笑話兒呢。

夾批：

開一步，妙妙。（卷二七，頁一一，甲面）

甲戌本第二十七回：只見寶釵約着他們往外頭去。

夾批：

收拾得乾淨。（卷二七，頁一一，乙面）

甲戌本第二十八回：花影不離身左右，鳥聲只在耳東西。

眉批：

一大篇「葬花吟」卻如此收拾，眞好機思筆伏，令人焉得不叫絕稱奇。（卷二八，頁一，乙面）

同回：只見丫頭來請吃飯。

夾批：

收拾得乾淨。（卷二八，頁四，甲面）

細緊

甲戌本第二回：那些人只嚷，快請出甄爺來。

夾批：

一絲不亂。（卷二，頁二，甲面）

同回：又問外孫女兒。

夾批：

細。（同上頁，乙面）

同回：送至原籍安揷妥協。

夾批：

先云根基已盡，故今用此四字，細甚。（卷二，頁三，乙面）

甲戌本第三回：忙尋邸報看眞確了。

夾批：

細。（卷三，頁一，甲面）

同回：這黛玉常聽得母親說過。

夾批：

三字細。（卷三，頁三，甲面）

同回：黛玉忙起身迎上來見禮。

夾批：

此筆亦不可少。(卷三，頁四，乙面)

同回：不免賈母又傷感起來。

夾批：

妙。(同上)

同回：我纔三歲時，聽得說來了一個癩頭和尚。

夾批：

文字細如牛毛。(卷三，頁五，甲面)

同回：況且這通身的氣派，竟不像老祖宗的外孫女兒，竟是個嫡親的孫女，怨不得老祖宗天天口頭心頭一時不忘。

夾批：

仍歸太君，方不失《石頭記》文字，且是阿鳳身心之至文。

卻是極淡之語，恰投賈母之意。(卷三，頁六，乙面)

同回：說著便用帕拭淚。

夾批：

若無這幾句，便不是賈府媳婦。(同上)

同回：等晚上想著，叫人再去拿罷。

夾批：

仍歸前文，妙妙。（卷三，頁七，甲面）

同回：「寶玉初見黛玉」一段。

眉批：

又從寶玉目中細寫一黛玉，直畫一美人圖。（卷三，頁一四，甲面）

甲戌本第四回：「賈政便使人上來對王夫人說」一段。

眉批：

用政老一段，不但王夫人得體，且薛母亦免靠親之嫌。（卷四，頁一一，甲面）

同回：又私與王夫人說明，一應日費供給一概免卻方是處常之法。

夾批：

作者題清，猶恐看官悞認今之靠親投友者一例。（卷四，頁一一，乙面）

同回：一面使人打掃出自家的房屋。

夾批：

交（代）結構，曲曲折折，筆墨盡矣。（卷四，頁一二，甲面）

甲戌本第五回：看看貓兒狗兒打架。

夾批：

細極。（卷五，頁三，乙面）

同回：便忘了秦氏在何處。

夾批：

細極。（卷五，頁五，甲面）

同回：寶玉道，常聽人說金陵極大。

夾批：

常聽二字神理，極妙。（卷五，頁六，乙面）

同回：向寶玉笑道：且隨我去遊玩奇景。

夾批：

是哄小兒語，細甚。（卷五，頁九，乙面）

同回：寶玉恍恍惚惚，不覺棄了卷册。

夾批：

是夢中景況，細極。（同上）

甲戌本第六回：便喚小丫頭子到倒廳上。

雙行批：

一絲不亂。（卷六，頁八，甲面）

同回：周瑞家的先將劉姥姥起初來歷說明。

雙行批：

細。蓋平兒原不知此一人耳。（卷六，頁八，乙面）

同回：接著一連八九下。

雙行批：

細。是巳時。（卷六，頁一〇，甲面）

甲戌本第七回：便上來回王夫人話。

夾批：

不回鳳姐，卻回王夫人，不交處正交代得清趣（楚）（卷七，頁一，甲面）

同回：只怕是你寶玉兄弟沖撞了你不成。

夾批：

一人不漏，一筆不板。（卷七，頁一，乙面）

同回：所以靜養兩日。

夾批：

得空便入。（同上）

同回：今李紈陪伴照管。

夾批：

不作一筆逸安之板（筆）矣。（卷七，頁四，乙面）

同回：只見惜春同……兩個一處頑笑。

雙行批：

總是得空便入，百忙中又帶出王夫人喜施捨等事，可知一支筆作千百支用。又伏後文。

（卷七，頁五，甲——乙面）

同回：手裏又拿出兩支來。

夾批：

攢花簇錦文字，故使人耳目眩亂。（卷七，頁六，乙面）

同回：付他送到那邊府裏給小蓉大奶奶（戴）去。

夾批：

忙中更忙，又曰密處不容針，此等處是也。（同上）

同回：還是別的姑娘們都有。

雙行批：

在黛玉心中，不知有何立壑。（卷七，頁八，甲面）

同回：（平兒）自作了主意，拿了一疋尺頭……不在話下。

雙行批：

一人不落，又帶出強將手下無弱兵。（卷七，頁一一，甲面）

甲戌本第八回：然後鳳姐坐了首席，盡歡至晚無話。

夾批：

細甚，交代畢。（卷八，頁一，乙面）

同回：更爲不妥。

夾批：

細甚。（同上）

回回：因問：你二位爺是從老爺跟前來的不是。

夾批：

爲玉兄一人，卻人人俱有心事，細（緻）。（卷八，頁二，甲面）

同回：一面說，一面解排扣。

夾批：

細。（卷八，頁五，甲面）

同回：忽聽外面人說，林姑娘來了。

夾批：

緊處愈緊，密不容針之文。（卷八，頁六，甲面）

同回：這裏雖還有三四箇婆子，都是不關痛癢的。

夾批：

寫的到。（卷八，頁九，乙面）

同回：小丫頭忙捧過斗笠來。

夾批：

不漏。（卷八，頁一〇，甲面）

同回：李奶子怎麼不見。

夾批：

細。（卷八，頁一一，甲面）

同回：說著又問：襲人姐姐呢。

夾批：

斷不可少。（卷八，頁一一，乙面）

同回：早有賈母遣人來問是怎麼了。

夾批：

斷不可少之文。（卷八，頁一三，甲面）

甲戌本第十三回：賈政因勸道。

眉批：

寫個個皆知（庚辰本作「到」，是。），全無安逸之筆，深得金瓶壺（壼）奧。（卷一三，頁五，乙面）

同回：有人報說，大爺進來了。唬的衆婆娘唿的一聲往後藏之不迭。

夾批：

數日行止可知。作者自是筆筆不空，批者亦字字留神之至矣。（卷一三，頁九，甲面）

甲戌本第十五回：鳳姐因記掛著寶玉。

夾批：

千百件忙事內，不漏一絲。（卷一五，頁三，甲面）

同回：修書一封。

夾批：

不細。（卷一五，頁一一，甲面）

按：「不細」似爲「不漏」之筆誤；蓋批者實因其細而不漏，欲批「不漏」而誤合成「不細」。

甲戌本第十六回：巴巴的打發香菱來。

夾批：

必有此一問。（卷一六，頁七，甲面）

同回：鳳姐雖善飲，卻不敢任性。

雙行批：

百忙中又點出大家規範，所謂無不週詳，無不貼切。（卷一六，頁七，乙面）

甲戌本第二十五回：一時又有人來回說，兩口棺材都作齊備了。

夾批：

偏寫一頭不了又一頭之文，眞步步緊之文。（卷二五，頁一四，乙面）

同回：原來是一箇癩頭和尚與一個（跛）足道人。

雙行批：

僧因鳳姐，道因寶玉，一絲不亂。（卷二五，頁一五，甲面）

甲戌本第二十六回：他卻把那有名人口認記了一半。

雙行批：

一路總是賈云（芸）是個有心人。一絲不亂。（卷二六，頁六，甲面）

同回：讓我自己（倒）罷了。

雙行批：

總寫賈云（芸）乖覺，一絲不亂。（同上）

同回：只見黛玉的奶娘，並兩個婆子都跟了進來。

夾批：

一絲不漏，且避若干咬蠟之文。（卷二六，頁八，乙面）

甲戌本第二十七回：只聽亭子裏面嘁嘁喳喳有人說話。

夾批：

無閑紙閑筆之文如此。（卷二七，頁二，乙面）

甲戌本第二十八回：只見寶玉在這裏呢。

夾批：

寶釵往王夫人處去，故寶玉先在賈母處，一絲不亂。（卷二八，頁一八，乙面）

繁簡　避難

甲戌本第一回：因此一事就勾出多少風流寃家來賠他們去了結此案。

夾批：

餘不及一人者，蓋全部之主惟二玉二人也。（卷一，頁一〇，甲面）

同回：如今雖已有一半落塵，然猶未全集。

夾批：

若從頭逐個寫去，成何文字？《石頭記》得力處在此。丁亥春。（卷一，頁一〇，乙面）

同回：生得儀容不俗，眉目清朗。

夾批：

八字足矣。（卷一，頁一三，甲面）

甲戌本第二回回前總批：

故又怕閒文贅累，開筆卽寫賈夫人已死，是特使黛玉入榮之速也。（卷二，頁一，乙面）

同回：只見封肅方回來。

夾批：

出自封肅口內，便省卻多少閒文。（卷二，頁二，乙面）

按：此批應在「他乃說道：原來本府新陞的太爺。」之旁，抄者誤前移一行。

同回：便在女兒前一力攛掇成了。

夾批：

一語道盡。（卷二，頁三，甲面）

同回：且又見他聰明清秀。

夾批：

看他寫黛玉只用此四字。可笑近來小說中，滿紙天下無二，古今無雙等字。（卷二，頁四，乙面）

同回：女學生侍湯奉藥，守喪盡哀。

眉批：

上半回已終。寫仙逝正爲黛玉也，故一筆帶過，恐閒文有防（妨）正筆。（卷二，頁五，甲面）

同回：此人是都中古董行中貿易的，號冷子興者。

夾批：

此人不過借爲引繩，不必細寫。（卷二，頁五，乙面）

同回：兩人閒談慢飲，敍些別後之事。

夾批：

好。若多談則累贅。（卷二，頁六，甲面）

同回：誰知這樣鐘鳴鼎食之家、翰墨詩書之族。

夾批：

兩句寫出榮府。（卷二，頁七，甲面）

同回：一落胎胞，嘴裏便啣下一塊五彩晶瑩的玉來，上面還有許多字跡，就取名叫作寶玉。

眉批：

一部書中第一人，卻如此淡淡帶出，故不見後來玉兄文字繁難。（卷二，頁八，乙面）

同回：蚩尤共工……秦檜等皆應劫而生者。

夾批：

此亦略舉大概幾人而言。（卷二，頁九，乙面）

同回：卻是富而好禮之家。

眉批：

只一句便是一篇家傳，與子興口中是兩樣。（卷二，頁一一，甲面）

同回：長名賈璉，今已二十來往了。

夾批：

另出熙鳳一人。（卷二，頁一三，甲面）

按：此批應在次行「王氏之內侄女」旁。

甲戌本第三回：有日到了都中。

夾批：

繁中減筆。(卷三，頁二，乙面)

同回：其舉止言談不俗，身體面龐雖怯弱不勝，卻有一段自然風流態度。

夾批：

爲黛玉寫照。衆人目中只此一句足矣。(卷三，頁五，甲面)

同回：到後樓上找緞子。

夾批：

接閒文，是本意避繁也。(卷二，頁七，甲面)

同回：几上茗椀花瓶俱備，其餘陳設自不必細說。

夾批：

此不過略敍榮府家常之禮數，特使黛玉一識階級座次耳，餘則繁。(卷三，頁九，乙面)

按：此條似非脂硯所批。見下頁「黛玉心中料定這是賈政之位」，夾批：「寫黛玉心到眼到；傖夫但云爲賈府敍坐位，豈不可笑。」

甲戌本第四回：雨村聽了亦嘆道，這也是他們的孽障……恰遇見一對薄命兒女，且不要議論他。

眉批：

使雨村一評，方補足上半回之題目，所謂此書有繁處愈繁，省中愈中(疑衍)省；又有不

怕繁中繁，只要繁中虛，不畏省中省，只要省中實。此則省中實也。（卷四，頁六，乙面）

甲戌本第五回：便是寶玉和黛玉二人之親密友愛，亦自較別個不同。

夾批：

此句妙，細思有多少文章。（卷五，頁一，甲面）

同回：不想如今忽然來了一個薛寶釵，年歲雖大不多，然品格端方，容貌豐美，人多謂黛玉所不及。

夾批：

黛玉寶釵二人，一如姣花，一如纖柳，各極其妙者，然世人性分甘苦不同之故耳。（卷五，頁一，甲面）

同回：「警幻仙姑賦」。

眉批：

按此書凡例，本無讚賦閑文。前有寶玉二詞，今復見此一賦，何也？蓋此二人乃通部大綱，不得不用此套，前詞卻是作者別有深意，故見其妙，此賦則不見長，然亦不可無者。（卷五，頁四，乙面）

同回：歌畢，又歌副曲。

夾批：

是極，香菱晴雯輩豈可無，亦不必再。（卷五，頁一六，甲面）

甲戌本第六回回前總批：

此劉嫗一進榮國府，用周瑞家的，又過下回無痕，是無一筆寫一人文字之筆。（卷六，頁一，甲面）

同回：遂強襲人同領警幻所訓雲雨之事。

夾批：

數句文完一回題綱文字。（卷六，頁二，甲面）

同回：當日你們原是和金陵王家。

雙行批：

四字便抵一篇世家傳。（卷六，頁四，甲面）

甲戌本第七回：只因我那種病又發了兩天。

眉批：

那種病，那字，與前二玉不知因何二又字，皆得天成地設之體，且省卻多少閒文，所謂惜墨如金是也。（卷七，頁二，甲面）

按：此批後移四行，當在上頁末。

同回：見王夫人無話，方欲退出。

雙行批：

行文原只在一二字，便有許多省力處；不得此竅者，便在窗下百般扭捏。（卷七，頁三，乙面）

甲戌本第十三回：都各遵舊制行事，自不敢紊亂。（卷一三，頁六，甲面）

甲戌本第十五回回前總批：

北靜王問玉上字果驗否，政老對以未曾試過，是隱卻多少捕風捉影閒文。（卷一五，頁一，甲面）

同回回前總批：

秦智幽情，忽寫秦實事云，不知算何賬目。未見眞切，不曾記得，此係疑案蓁創，是不落套中，且省卻多少累贅筆墨。昔安南國使有題一丈紅句云，五尺墻頭遮不得，留將一半與人看。（卷一五，頁一，甲——乙面）

甲戌本第十六回：因此衆人嘲他越發獃了。

雙行批：

大奇至妙之文，卻用寶玉一人，連用五如何，隱過多少繁華勢利等文。試思若不如此，必至種種寫到，其死板拮据鎖（瑣）碎雜亂，何不勝哉。故只借寶玉一人，如此一寫，省卻多少閒文，卻有無限烟波。（卷一六，頁四，甲面）

同回：餘者也就不在意了。

雙行批：

又從天外寫出一段離合來，總爲掩過寧榮二處許多瑣細閒筆。處處交代淸處（楚），方好起大觀園也。（卷一六，頁四，乙面）

甲戌本第十六回：賈璉道，如今當今體貼萬人之心。

夾批：

大觀園一篇大文，千頭萬緒從何處寫起，今故用賈璉夫妻問答之間，閑閑敍出，觀者已省大半，後再用蓉薔二人重一䡘（渲）染，便省卻多少贅瘤筆墨，此是避難法。（卷一六，頁九，乙面）

同回：茗烟道，秦相公不中用了。

夾批：

從茗烟口中寫出，省卻多少閑文。（卷一六，頁一五，甲面）

甲戌本第二十五回：賈母又把跟從的人駡一頓。

夾批：

此原非正文，故草草寫來。（卷二五，頁五，乙面）

同回：獨有薛蟠比諸人忙到十分去。

夾批：

寫獃兄忙，是愈覺忙中之愈忙，且避正文之絮煩，好筆伏（伎），寫得出。（卷二五，頁一二，乙面）

同回：次日王子騰自己親自來瞧問。

夾批：

寫外戚亦避正文之繁。（卷二五，頁一三，甲面）

同回：着實懊惱。

夾批：

四字寫盡政老矣。（卷二五，頁一三，乙面）

同回：長官不須多言。

夾批：

避俗套法。（卷二五，頁一五，甲面）

甲戌本第二十七回：那想是別人聽錯了。

夾批：

非謊也，避繁也。（卷二七，頁九，乙面）

偷度金針

甲戌本第八回：鳳姐又在一（旁）幫著說，過日他還來拜老祖宗等語，說的賈母喜悅起來。

夾批：

止此便十成了，不必繁文再表，故妙。偷度金針法。（卷八，頁一，甲面）

同回：就有人回那邊小蓉大爺，帶了秦相公來拜。

眉批：

偷度金針法，最巧。（卷八，頁一三，乙面）

自然

甲戌本第三回「黛玉見賈母」一段。

眉批：

書中正文之人，卻如此寫出，卻是天生地設章法，不見一絲勉強。（卷三，頁四，甲面）

甲戌本第六回：找至寧榮街。

雙行批：

街名，本地風光，妙。（卷六，頁五，乙面）

同回：內中有一年老的說道……後門上問就是了。

雙行批：

有年紀人誠厚，亦是自然之理。（卷六，頁六，甲面）

甲戌本戌第八回：襲人忙道，我纔（倒）茶來，被雪滑倒了。

夾批：

現成之至，瞧他寫襲卿爲人。（卷八，頁一三，甲面）

同回：現今司塾的是賈代儒，乃當今之老儒。

夾批：

隨筆命名，省事。（卷八，頁一四，乙面）

甲戌本第十六囘囘前總批：

黛玉回，方解寶玉爲秦鍾之憂悶，是天然之章法。（卷一六，頁一，甲面）

同回：全虧一個老明公號山野子者。

夾批：

妙號，隨事生名。（卷一六，頁一四，甲面）

同回：「寶玉欲回賈母去探秦鍾病」一段。

眉批：

偏于大熱鬧處寫大不得意之文，卻無絲毫摔（綷）強，且有許多令人笑不了，哭不了，嘆不了，悔不了，惟以大白酬我作者。（卷一六，頁一五，甲面）

甲戌本第二十五回：素日都是你們調唆著逼他寫字念書。

雙行批：

奇語。所謂溺愛者不明；然天生必有是一段文字的。（卷二五，頁一四，甲面）

甲戌本第二十六回：眼睛卻溜瞅那丫嬛。

夾批：

前寫不敢正眼，今又如此寫，是用茶來，有心人故留此神，於接茶時站起，方不突然。（卷二六，頁五，乙面）

同回：在寶叔房內幾年了。

夾批：

漸漸入港。（卷二六，頁六，乙面）

同回：舉目望門上一看，只見……瀟湘館三字。

夾批：

無一絲心跡，反似初至者，故接有忘形忘情話來。（卷二六，頁八，甲面）

同回：林黛玉登時撂下臉來。

夾批：

我也要惱。（卷二六，頁九，甲面）

情理

甲戌本第一回：生得儀容不俗，眉目清朗，雖無十分姿色，亦有動人之處。

眉批：

更好。這便是眞正情理之文。可笑近之小說中，滿紙羞花閉月等字。這是雨村目中，又不與後之人（甲辰本「之人」作「文」字，是。）相似。（卷一，頁一三，甲面）

同回：然生得腰圓背厚，面濶口方，更兼劍眉星眼，直鼻權腮。

眉批：

最可笑世之小說中，凡寫奸人則用鼠耳鷹腮等語。（同上）

同回：心下乃想，這人生得這樣雄壯……怪道又說他必非久困之人。

眉批：

這方是女兒心中意中正文。又最恨近之小說中滿紙紅拂，紫烟。（卷一，頁一三，甲面）

同回：既蒙謬愛，何敢拂此盛情。

夾批：

寫雨村豁達，氣象不俗。（卷一，頁一四，甲面）

甲戌本第二回：今已陞至蘭臺寺大夫……巡鹽御史。

眉批：

官制半遵古名亦好。余最喜此等半有半無，半古半今，事之所無，理之必有，極玄極幻，荒唐不經之處。（卷二，頁四，甲面）

同回：便也欲使他讀書，識得幾個字。

眉批：

如此敍法方是至情至理之妙文。最可笑者，近之小說中，滿紙班昭蔡琰文君道韞。（卷二，頁四，乙面）

同回：雨村因問，近日都中可有新聞沒有。

夾批：

不突然。亦常問常答之言。（卷二，頁六，甲面）

同回：如今的兒孫竟一代不如一代了。

眉批：

文是極好之文，理是必有之理，話則極痛極悲之語。（卷二，頁七，甲面）

甲戌本第三回：其釵環裙襖，三人皆是一樣的粧飾。

夾批：

是極。畢肖。（卷三，頁四，乙面）

同回：其舉止言談不俗，身體面龐雖怯弱不勝。

夾批：

寫美人如此筆仗，看官怎得不叫絕稱賞。（卷三，頁五，甲面）

同回：係誰這樣放誕無禮，心下想時。

夾批：

原有此一想。（卷三，頁五，乙面）

同回：一面又問婆子們，林姑娘的行李東西可搬進來了。

夾批：

當家的人車（事）如此，畢肖。（卷三，頁六，乙面）

同回：亦是半舊青緞靠背坐褥。

眉批：

近聞一俗笑語云，一庄農人進京。回家。衆人問曰：你進京去可見些個世面否？庄人曰：連皇帝老爺都見了。衆罕然問曰：皇帝如何景況？庄人曰：皇帝左手拿一金元寶，右手拿一銀元寶，馬上（稍）着一口袋人參，行動人參不離口；一時要屙屎了，連擦屁股都用的是鵝黃緞子。所以京中掏茅廝的人都富貴無比。試思凡稗官寫富貴字眼者，悉皆庄農進京之一流也。蓋此時彼實未身經目覩，所言皆在情理之外焉。又如人嘲作詩者，亦往往愛說富麗話，故有脛骨變成金玳瑁，眼睛嵌作碧琉璃之誚。余自是評《石頭記》，非鄙薄前人也。（卷三，頁一〇，甲面）

甲戌本第四回：乳名寶釵，生得肌骨瑩潤，舉止嫻雅。

夾批：

寫寶釵只如此，更妙。（卷四，頁九，甲面）

同回：較之乃兄，竟高過十倍。

夾批：

又只如此寫來，更妙。（同上）

同回：正愁又少了娘家親戚來往。

夾批：

大家尚義，人情大都是也。（卷四，頁一〇，乙面）

同回：請姨太太就在這裏住下，大家親密。

夾批：

老太君口氣得情。（卷四，頁一一，乙面）

甲戌本第六回：嫡妻劉氏又生一女名喚青兒。

雙行批：

《石頭記》中公勳世宦之家，以及草莽庸俗之族，無所不有，自能各得其妙。（卷六，頁三，甲面）

同回：喫了幾杯悶酒，在家閒尋氣惱。

雙行批：

病此病人不少，請來看狗兒。（同上）

同回：引着劉姥姥進了後門。

夾批：

因女眷，又是後門，故容易引入。（卷六，頁六，乙面）

同回：今日還是路過，還是特來的。

夾批：

問的有情理。（同上）

傳神

甲戌本第七回：別委屈着他……就罷了。

雙行批：

委屈二字極不通，都（卻）是至情，寫愚婦至矣。（卷七，頁一〇，甲面）

同回：胡打海摔的慣了。

雙行批：

卿家胡打海摔，不知誰家方珍憐珠惜，此極相矛盾，卻極入情。蓋大家婦人口吻如此。

（同上）

甲戌本第八回：好知運敗金無彩，堪嘆時乖玉不光。

夾批：

二語雖粗，本是眞情，然此等詩只宜如此；爲天下兒女一哭。（卷八，頁四，甲面）

甲戌本第二十七回：待我送了去，明兒再問他。

夾批：

至埋香塚方不牽強。好情理。（卷二七，頁一一，乙面）

甲戌本第三回：一面聽得人回話：林姑娘到了。

眉批：

此書得力處全是此等地方，所謂頰上三毫也。（卷三，頁四，甲面）

按：有正本第三回：心肝肉兒。

雙行批：

寫盡天下疼女兒的神理。（卷一，三回，頁五）

甲戌本第三回：上下細細的打諒了一回。

夾批：

寫阿鳳全部轉（傳）神第一筆也。（卷三，頁六，乙面）

同回：天下眞有這樣標緻人物，我今纔算見了。

夾批：

這方是阿鳳言語；若一味浮詞套語，豈復爲阿鳳哉。（同上）

同回：因見挨炕一溜三張椅子上。

夾批：

三字有神。（卷三，頁一〇，甲面）

同回：好祖宗，我就在碧紗櫥外的床上狠妥當。

夾批：

跳出一小兒。（卷三，頁一六，甲面）

甲戌本第四回：並不爲此些些小事值得他一逃走的。

夾批：

妙極，人命視爲些些小事，總是刻畫阿獃耳。（卷四，頁五，乙面）

甲戌本第五回：寶玉道，我怎樣沒見過，你帶他來我瞧瞧。

夾批：

侯門少年紈褲活跳下來。（卷五，頁三，甲面）

同回：寶玉便愈覺得眼餳骨軟。

夾批：

刻骨吸髓之情景，如何想得來，又如何寫得來。（同上）

同回：強如天天被父母師傅打去。

夾批：

一句忙裏點出小兒心性。（卷五，頁四，甲面）

同回：寶玉聽了，是女子的聲音。

夾批：

寫出終日與女兒厮混最熟。（卷五，頁四，甲面）

同回：如今單我們家裏上上下下就有幾百女孩兒呢。

夾批：

貴公子口聲。（卷五，頁六，乙面）

甲戌本第六回：襲人侍寶玉更爲盡職。

雙行批：

一段小兒女之態，可謂追魂攝魄之筆。（卷六，頁二，甲面）

同回：那一個不是老老誠誠的，多大碗喫多大的飯。

夾批：

能兩畝薄田度日，方說的出來。（卷六，頁三，乙面）

同回：托着你那老的福。

雙行批：

妙稱，何肖之至。（同上）

同回：沒了錢就瞎生氣，成個什麼男子漢大丈夫了。

夾批：

此口氣自何處得來。（同上）

同回：鳳姐兒也不接茶也不擡頭。

夾批：

神情宛肖。（卷六，頁一一，甲面）

同回：只管撥手爐內的灰，慢慢的問道。

夾批：

此等筆墨，眞可謂追魂攝魄。（同上）

同回：又問周瑞家的，回了太太了沒有。

夾批：

一筆不肯落空，的是阿鳳。（卷六，頁一一，乙面）

同回：那鳳姐只管慢慢的喫茶，出了半日神方笑道。

眉批：

傳神之筆，寫阿鳳躍躍紙上。（卷六，頁一三，乙面）

甲戌本第七回：奶子搖頭兒。

夾批：

有神理。（卷七，頁六，乙面）

同回：黛玉再看了一看……別人不挑剩下的也不給我。

夾批：

吾實不知黛卿胸中有何丘壑。「再看（了）一看」仿（傳）神。（卷七，頁八，甲面）

按：此批「仿」字右上方添一「上」字，乃指此條「再看一看」數字，應屬上行，而誤寫在次行。「仿」當爲「傳」字草書的形誤，抄書人看成了「仿」字。且這六個字是另外一條批，和上批不是一條。

同回：忽又。

雙行批：

二字寫小兒得神。（卷七，頁一一，乙面）

同回：若再說別的，咱們白刀子進去，紅刀子出來。

雙行批：

是醉人口中文法。（卷七，頁一五，甲面）

甲戌本第八回：「寶玉梨香院見寶釵」一段。

眉批：

畫神鬼易，畫人物難，寫寶卿正是寫人之筆；若與黛玉並寫更難。今作者寫得一毫難處不見，且得二人眞體實傳，非神助而何。（卷八，頁二，乙面）

同回：口內念道：莫失莫忘，仙壽恒昌。

夾批：

是心中沉音，神理。（卷八，頁四，乙面）

同回：念了兩遍，乃回頭向鶯兒笑道……作什麼。

雙行批：

請諸公掩卷合目，想其神理，想其坐立之勢，想寶釵面上口中，眞妙。（同上）

同回：一面又問寶玉從那裏來。

夾批：

妙神妙理，請觀者自思。（卷八，頁五，乙面）

同回：哄的我們等了一日。快來給我寫完這些墨纔罷。

夾批：

憨活現。余雙圈不及。（卷八，頁一一，甲面）

同回：這會子還凍的手僵冷的呢。

雙行批：

寫晴雯是晴雯走下來，斷斷不是襲人平兒鶯兒等語氣。（卷八，頁一一，乙面）

甲戌本第十四回：衆人不敢擅入，只在窗外聽覷。

夾批：

傳神之筆。(卷一四，頁二，乙面)

甲戌本第十六回：那薛老大也是喫着碗裏，望着鍋裏。

夾批：

又一樣稱呼，各得神理。(卷一六，頁六，乙面)

同回：鳳姐忙接道，我們王府也預備過一次。

夾批：

忙字妙。上文「說起來」必未完，粗心看去，則說疑闕；殊不知正傳神處。(卷一六，頁一一，甲面)

甲戌本第二十六回：襲人笑道，快起來罷。

夾批：

不答的妙。(卷二六，頁七，乙面)

同回：耳內忽聽。

雙行批：

未曾看見，先聽見，有神理。(卷二六，頁八，甲面)

同回：耳內忽聽得細細的長嘆了一聲，道：每日家情思睡昏昏。

夾批：

用情忘情，神化之文。（同上）

同回：只見黛玉在牀上伸懶腰。

夾批：

有神理，眞眞畫出。（卷二六，頁八，乙面）

甲戌本第二十七回：哦，原來是他的丫頭。

夾批：

傳神。（卷二七，頁八，甲面）

逼眞

甲戌本第一頁：士隱便笑一聲，走罷。

夾批：

如聞如見。（卷一，頁一八，乙面）

甲戌本第二回：卻是富而好禮之家。

夾批：

如聞其聲。（卷二，頁一一，甲面）

同回：雨村向窗外看道：天也晚了。

夾批：

畫。（卷二，頁一三，乙面）

甲戌本第三回：雨村自是歡喜，忙忙的敍了兩句。

夾批：

畫出心事。（卷三，頁一，甲面）

同回：便忙都笑迎上來。

夾批：

如見如聞，活現于紙上之筆，好看煞。（卷三，頁四，甲面）

按：此條似非脂硯齋所批。

同回：只見三個奶嬤嬤並五六個丫嬛。

夾批：

聲勢如現紙上。（卷三，頁四，乙面）

同回：只聽得後院中有人笑聲說：我來遲了，不曾迎接遠客。

夾批：

第一筆阿鳳三魂六魄已被作者拘定了，後文焉得不活挑紙上，此等非仙助即神助，從何而

得此機栝耶。(卷三，頁五，乙面)

同回：「熙鳳打扮」一段。

眉批：

試問諸公，從來小說中可有寫形追像至此者。(卷三，頁六，甲面)

甲戌本第四回：你各自住著好任意施爲的。

夾批：

寡母孤兒一段，寫得畢肖畢眞。(卷四，頁一〇，乙面)

甲戌本第六回：劉姥姥道：噯喲喲。

夾批：

口聲如聞。(卷六，頁四，乙面)

同回：鬧烘烘三二十個孩子在那裏廝鬧。

雙行批：

如何想來，合眼如見。(卷六，頁六，甲面)

同回：你說說，能幾年我就忘了。

夾批：

如此口角，從何處出來。(卷六，頁六，乙面)

同回：姥姥你放心。

夾批：

自是有寵人聲口。（卷六，頁七，甲面）

同回：豈有個不教你見個眞佛去的。

雙行批：

好口角。（同上）

同回：便當是鳳姐兒了。

單行批：

畢肖。（卷六，頁九，乙面）

同回：接着又是一連八九下。

夾批：

寫得出。（卷六，頁一〇，甲面）

同回：只聽遠遠有人笑聲，約有一二十婦人衣裙悉率。

夾批：

寫得侍僕婦。（同上）

同回：劉姥姥忙念佛道。

夾批：
如聞。（卷六，頁一一，乙面）
同回：劉姥姥笑道：我的嫂子。
夾批：
赧顏如見。（卷六，頁一五，乙面）
甲戌本第七回：因向內摋（努）嘴兒。
夾批：
畫。（卷七，頁一，甲面）
同回：坐在炕裏邊，伏在小炕几上，同丫嬛鶯兒正描花樣子呢。
夾批：
一幅綉窗仕女圖，虧想得週到。（卷七，頁一，乙面）
甲戌本第八回：我的菩薩哥兒。
夾批：
沒理沒倫，口氣畢肖。（卷八，頁二，甲面）
同回：林黛玉已搖搖的走了進來。
夾批：

二字畫出身。（卷八，頁六，甲面）

同回：薛姨媽笑道，老貨。

夾批：

二字如聞。（卷八，頁七，乙面）

同回：喫了冷酒，手打颭兒。

夾批：

酷肖。（同上）

同回：慢慢的放下酒，垂了頭。

雙行批：

畫出小兒愁蹙之狀，楔緊後文。（卷八，頁九，甲面）

同回：晴雯向裏間炕上掀（努）嘴。

夾批：

畫。（卷八，頁一一，乙面）

同回：寶玉讓：林妹妹吃茶。衆人笑說：林妹妹早走了，還讓呢。

夾批：

三字是接上文口氣而來，非衆人之稱。醉態逼眞。（卷八，頁一二，甲面）

甲戌本第十三回：倘或樂極悲生。

夾批：

倘或二字，酷肖婦女口氣。（卷一三，頁二，甲面）

同回：既是咱們的孩子要鐲。

夾批：

奇談，畫盡閹官口吻。（卷一三，頁六，乙面）

甲戌本第十五回：面若春花，目如點漆。

夾批：

又換此一句，如見其形。（卷一五，頁二，甲面）

同回：站開了，我紡與你瞧。

夾批：

如聞其聲、見其形。（卷一五，頁四，乙面）

同回：秦鍾笑說：給我。

夾批：

如聞其聲。（卷一五，頁七，乙面）

同回：一碗茶也來爭，難道我手裏有蜜。

夾批：

一語畢肖，如聞其語。觀者已酥倒，不知作者從何著想。（同上）

同回：老尼道，阿彌陀佛。

夾批：

開口稱佛，畢有（陳慶浩輯校引己卯本作「肖」）可嘆可笑。（卷一五，頁八，甲面）

同回：那張家急了。

雙行批：

如何便急了，話無頭緒；可知張家禮缺。此係作者巧摹老尼無頭緒之語，莫認作者無頭緒，正是神處奇處。摹一人，一人必到紙上活見。（卷一五，頁八，乙面）

甲戌本第十六回：國舅老爺大喜，國舅老爺一路風塵辛苦。

夾批：

嬌音如聞，俏態如見，少年夫妻常事，的確有之。（卷一六，頁五，甲面）

同回：如今只等他請出個運旺時盛的人來纔罷。

雙行批：

如聞其聲。試問誰曾見都判來。觀此則又見一都判跳出來。調侃世情固深，然遊戲筆墨一至于此，眞可壓倒古今小說。

這纔是小說。（卷一六，頁一六，乙面）

甲戌本第二十五回：寶玉也搬著王夫人的脖子。

夾批：

慈母嬌兒，寫盡矣。（卷二五，頁三，甲面）

同回：鳳姐三步兩步跑上炕去。

夾批：

阿鳳活現紙上。（卷二五，頁四，甲面）

同回：我只不服這個主兒。

夾批：

活現趙嫗。（卷二五，頁七，乙面）

同回：一面又伸出倆指頭來。

夾批：

活現阿鳳。（同上）

同回：惟見花光柳影、鳥語溪聲。

夾批：

純用畫家筆寫。（卷二五，頁一〇，甲面）

甲戌本第二十六回：咕咚咕咚又跑了。

夾批：

活現。活現之文。（卷二六，頁三，甲面）

同回：一面說，一面出神。

夾批：

總是畫境。（同上）

同回：可怎麼樣呢。

夾批：

妙。的是老嫗口氣。（卷二六，頁三，乙面）

同回：叔叔大安了，也是我們一家子的造化。

夾批：

不論不理，迎合字樣，口氣逼肖。可笑可嘆。（卷二六，頁五，乙面）

同回：又是誰家有奇貨，又是誰有異物。

雙行批：

幾個誰家，自北靜王、公侯駙馬諸大家，包括盡矣。寫盡紈袴口角。（卷二六，頁六，甲面）

同回：改日你也哄我，說我的父親就完了。

夾批：

寫粗豪無心人，畢肖。（卷二六，頁一〇，甲面）

同回：只見馮紫英一路說笑已進來。

夾批：

一派英氣，如在紙上，特爲金閨潤色也。（卷二六，頁一一，乙面）

甲戌本第二十七回：那林黛玉倚著床欄杆兩手抱着膝。

夾批：

畫美人秘決（訣）。（卷二七，頁一，乙面）

貼切

甲戌本第一回：甚荒唐，到頭來，都是「爲他人作嫁衣裳」。

眉批：

此等歌謠原不宜太雅，恐其不能通俗，故只此便妙極。其說得痛切處，又非一味俗語可到。（卷一，頁一八，乙面）

夾批：

語雖舊句，用于此妥極是極。（同上）

甲戌本第五回：世事洞明皆學問，人情練達郎文章。

夾批：

看此聯極俗，用於此則極妙。蓋作（者）正因（爲）古今王孫公子劈頭先下金針。（卷五，頁二，乙面）

同回：有唐伯虎畫的海棠春睡圖。

夾批：

妙圖。（卷五，頁三，甲面）

同回：「晴雯畫詩」。

雙行批：

恰極之至。病補雀金裘回中與此合看。（卷五，頁七，甲面）

同回：恨不能盡天下之美女供我片時之趣興。

夾批：

說得懇切恰當之至。（卷五，頁一六，乙面）

甲戌本第八回：白骨如山忘姓氏，無非公子與紅粧。

夾批：

批得好。末二句似與題不切，然正是極貼切語。（卷八，頁四，甲面）

甲戌本第二十五回：也只好由他們去罷。

夾批：

念書人自應如是語。（卷二五，一三，乙面）

甲戌本第二十六回：不是別人，卻是襲人。

夾批：

水滸文法，用得恰當。是芸哥眼中也。（卷二六，頁五，乙面）

同回：寶玉便和他說些沒要緊的散話。

雙行批：

妙極是極。況寶玉又有何正緊可說的。（卷二六，頁六，甲面）

新　奇

甲戌本第一回：但把我一生所有的眼淚還他。

夾批：

觀者至此，請掩卷思想，歷來小說可曾有此句千古未聞之奇文。（卷一，頁九，乙面）

同回：士隱大叫一聲，定睛一看。

夾批：

醒得無痕，不落舊套。（卷一，頁一一，甲面）

同回：夢中之事，便忘了對半。

夾批：

妙極！若記得便是俗筆了。（同上）

甲戌本第二回：偶因一著錯，便爲人上人。

眉批：

從來只見集古集唐等句，未見集俗語者，此又更奇之至。（卷二，頁三，甲面）

同回：他說女兒是水作的骨肉，男人是泥作的骨肉。

夾批：

眞千古奇文奇情。（卷二，頁九，甲面）

同回：依你說，成則王侯敗則賊了。

夾批：

女仙外史中論魔道已奇，此又非外史之立意，故覺愈奇。（卷二，頁一〇，乙面）

甲戌本第三回：聽得說來了一個癩頭和尚。

眉批：

奇奇怪怪一至於此，通部中假借癩僧跛道二人，點明迷情幻海中有數之人也，非襲《西遊》中一味無稽，至不能處便觀世音可比。（卷三，頁五，甲面）

甲戌本第三回：自幼假充男兒教養的，學名叫王熙鳳。

夾批：

奇想奇文。以女子曰學名固奇，然此偏有學名的反到不識字，不曰學名者反若假（「假」有正本作「彼」，是）。（卷三，頁六，甲面）

同回：兩灣似蹙非蹙籠烟眉，一雙似□非□□□□。

夾批：

奇眉妙眉，奇想妙想。奇目妙目，奇想妙想。（卷三，頁一四，甲面）

同回：心較比干多一竅。

眉批：

更奇妙之至。多一竅固是好事，然未免偏僻了，所謂過猶不及也。（同上）

同回：今日只作遠別重逢，未爲不可。

夾批：

妙極奇語，全作如是等語，怪（有正本「怪」上有「焉」字）人謂之癡狂。（卷三，頁一四，乙面）

同回：因問妹妹可曾讀書？

夾批：

自己不讀書，卻問别（有正本作「別」）人，妙。（同上）

同回：又問黛玉，可也有玉沒有？

夾批：

奇極怪極，癡極愚極，焉得怪人目爲癡哉。（卷三，頁一五，甲面）

同回：黛玉便忖度着，因他有玉，故問我也有無。

眉批：

奇之至，怪之至，又忽將黛玉亦寫成一極癡女子。觀此初會二人之心，則可知以後之事矣。（同上）

同回：寶玉滿面淚痕，泣道。

夾批：

千奇百怪。不寫黛玉泣，卻反先寫寶玉泣。（同上）

同回：亦是自幼隨身的，名喚雪雁。

夾批：

雜（有正本作新）雅不落套。是黛玉之文章也。（卷三，頁一六，甲面）

同回：並大丫嬛名喚襲人者。

夾批：

奇名新名，必有所出。（卷三，頁一六，乙面）

同回：上頭有現成的穿眼。

夾批：

癩僧幻術，亦太奇矣。（卷三，頁一七，乙面）

甲戌本第四回：因取名爲李紈，字宮裁。

夾批：

一洗小說巢臼俱盡，且命名字亦不見紅香翠玉惡俗。（卷四，頁一，乙面）

同回：因想這件生意，到還輕省熱鬧。

夾批：

新鮮字眼。（卷四，頁二，乙面）

同回：遂趁年紀，蓄了髮，充了門子。

夾批：

一路奇奇怪怪，調侃世人，總在人意臆之外。（同上）

同回：所以綽號叫作護官符。

夾批：

奇甚趣甚，如何想來。（卷四，頁三，甲面）

同回：薛蟠今已得無名之症。

夾批：

無名之症卻是病之名，而反曰無，妙極。（卷四，頁七，乙面）

同回：「今上徵選才人」一段。

夾批：

一段稱功頌德，千古小說中所無。（卷四，頁九，甲面）

同回：在路不計其日。

夾批：

更妙。必云程限，則又有落套，豈暇又記路程單哉。（卷四，頁九，乙面）

甲戌本第五回：卻說薛家母子在榮府中寄居等事略已表明，此回則暫不能寫矣。

夾批：

此等處實又非別部小說之熟套起法。（卷五，頁一，甲面）

甲戌本第五回：不想如今突然來了一個薛寶釵。

夾批：

總是奇峻之筆，寫來健跋似新出之一人耳。（卷五，頁一，甲面）

同回：而且寶釵行爲豁達，隨分從時，不比黛玉孤高自許，目下無塵。

夾批：

將兩個行止攝總一寫，實是難寫，亦實係千部小說中未敢說寫者。（卷五，頁一，甲——乙面）

同回：「寶玉至秦氏房入睡」一段。

眉批：

文至此，不知從何處想來。（卷五，頁三，乙面）

同回：寶玉見是一個仙姑，喜的忙上來作揖。

夾批：

千古未聞之奇稱，寫來竟成千古未聞之奇語，故是千古未有之奇文。（卷五，頁四，乙面）

同回：「寶玉入孽海情天」一段。

眉批：

菩薩天尊皆因僧道而有，以點俗人；獨不許幻造太虛幻境以警情者乎。觀者惡其荒唐，余

則喜其新鮮。（卷五，頁五，乙面）

同回：早把些邪魔招入膏肓了。

夾批：

奇極妙文。（同上）

同回：「寶玉取正册看」一段。

眉批：

世之好事者爭傳《推背圖》之說，想前人斷不肯煽惑愚迷，即有此說，亦非常人供談之物。此回悉借其法，爲兒女子數運之機，無可以供茶酒之物，亦無干涉政事，眞奇想奇筆。（卷五，頁七，乙面——頁八，甲面）

同回：那仙姑知他天分高明，性情穎慧。

眉批：

通部中筆筆貶寶玉，人人嘲寶玉，語語謗寶玉，今卻于警幻意中忽寫出此八字來，眞是意外之意，此法亦別書中所無。（卷五，頁九，乙面）

同回：反引這濁物來……自覺自形汚穢不堪。

眉批：

奇筆攄奇文。作書者視女兒珍貴之至，不知今時女兒可知。余爲作者癡心一哭，又爲近之

自棄自敗之女兒一恨。（卷五，頁一〇，甲面）

同回：皆由既悅其色，復戀其情所致也。

夾批：

色而不淫，今翻案，奇甚。（卷五，頁一六，乙面）

同回：吾輩推之為意淫。

夾批：

二字新雅。（卷五，頁一七，甲面）

同回：可卿救我。

夾批：

雲龍作雨，不知何為龍，何為雲，何為雨。（卷五，頁一八，甲面）

甲戌本第六回：大有似乎打籮櫃篦麵的一般。

雙行批：

從劉姥姥心中意中幻擬出奇怪文字。（卷六，頁九，乙面）

同回：底下又墜着一箇秤砣般的一物卻不住的亂恍。

雙行批：

從劉姥姥心中目中設譬擬想，真是鏡花水月。（同上）

同回：手內拿著小銅火炷兒。

夾批：

至平實至奇，稗官中未見此筆。（卷六，頁一〇，乙面——頁一一，甲面）

按：平字有空二格，似有缺文，或脫「至」字。

甲戌本第七回：只見薛寶釵穿著家常衣服。

雙行批：

好。寫一人換一付筆墨，另出一花樣。（卷七，頁二，乙面）

同回：叫作冷香丸。

夾批：

新雅奇甚。（卷七，頁三，甲面）

同回：只不過喘嗽些喫一丸也就罷了。

雙行批：

以花爲藥，可是吃烟火人想得出者。諸公且不必問其事之有無，只據此新奇妙文悅我等心目，便當浮一大白。（卷七，頁三，乙面）

同回：迎春的丫頭司棋與探春的丫嬛侍書。

雙行批：

妙名。賈家四釵之環（鬟）暗以琴棋書畫四字列名，省力之甚，醒目之甚，卻是俗中不俗處。（卷七，頁五，甲面）

同回：琴棋書畫四字最俗，上添一虛字則覺新雅。（卷七，頁五，乙面）

同回：卻在寶玉房中大家解九連環作戲。

夾批：

妙極，又一花樣。此時二玉已隔房矣。（卷七，頁七，乙面）

同回：忽又有寶玉問他讀什麼書。

雙行批：

寶玉問讀書，亦想不到之奇事。（卷七，頁一一，乙面）

同回：只問秦鐘近日家務等事。

雙行批：

寶玉問讀書已奇，今又問家務，豈不更奇。（卷七，頁一二，甲面）

同回：那一個派不得，偏要惹他去。

夾批：

便奇。（卷七，頁一三，乙面）

甲戌本第八回：噯喲，我來的不巧了。

夾批：

奇文，我實不知顰兒心中是何丘壑。（卷八，頁六，甲面）

同回：寶玉聽這話有情理。

雙行批：

寶玉亦聽的出有情理的話來，與前問讀書家務，並皆大奇之事。（卷八，頁八，甲面）

同回：雪雁道，紫鵑姐姐。

雙行批：

又順筆帶出一個妙名來，洗盡春花臘梅等套。（同上）

同回：林妹妹早走了，還讓呢。

眉批：

寫顰兒去如此章法，從何處設想，奇筆奇文。（卷八，頁一二，甲面）

同回：你立意要攆他也好。

夾批：

二字奇，使人一驚。（卷八，頁一三，甲面）

甲戌本第十三回：就胡亂睡了。

夾批：

胡亂二字奇。（卷一三，頁一，乙面）

甲戌本第十五回：不及你叫他到（倒）是有情意的。

夾批：

總作如是等奇語。（卷一五，頁七，乙面）

甲戌本第十六回：我去拿平兒換了他來如何。

雙行批：

奇談。是阿鳳口中有此等語句。（卷一六，頁六，乙面）

同回：持牌提索來捉他。

雙行批：

看至此一句，令人失望；再看至後面數語，方知作者故意借世俗愚談愚論設譬，喝醒天下迷人，翻成千古未見之奇文奇筆。（卷一六，頁一五，乙面）

甲戌本第二十六回：正分給他的丫頭們呢。

夾批：

瀟湘常事，出自別院婢口中，反覺新鮮。（卷二六，頁一，乙面）

同回：只見寶玉的奶娘李嬤嬤從那邊走來。

夾批：

奇文，眞令人不得機關。（卷二六，頁三，乙面）

同回：什麼芸哥兒、雨哥兒的。

夾批：

奇文神文。（同上）

同回：拿著一張小弓兒，追了下來。

夾批：

前（當爲「奇」之誤）文。（卷二六，頁七，乙面）

同回：這會子不念書……演習騎射。

夾批：

奇文奇語。默思之方意會爲玉兄毫無一正事，只知安富尊榮而寫。（卷二六，頁八，甲面）

同回：見薛蟠拍著手跳了出來。

夾批：

如此戲弄，非獃兄無人；欲釋二玉，非此戲弄不能立解，勿得泛泛看過。不知作者胸中有多少丘壑。（卷二六，頁九，乙面）

同回：原來是庚黃畫的。

夾批：

奇文奇文。（卷二六，頁一一，甲面）

甲戌本第二十七回：有嗚咽之聲，一行數落著，哭的好不傷感。

夾批：

奇文異文，俱出《石頭記》上。且念出，愈奇文。（卷二七，頁一二，甲面）

同回：聽他哭道是。

雙行批：

詩詞歌賦，如此章法寫于書上者乎。（同上）

同回：「葬花吟」一段。

眉批：

開生面、立新場，是書多多矣，惟此回處（更）生更新。非顰兒斷無是佳吟，非石兄斷無是情聆。難為了作者了，故留數字以慰之。（同上）

甲戌本第二十八回：我只記得有個金剛兩個字的。

夾批：

奇文奇語。（卷二八，頁四，甲面）

同回：這席上並沒有寶貝。

夾批：

奇談。（卷二八，頁一四，乙面）

雙關

甲戌本第一回：原來女媧氏煉石補天之時。

夾批：

補天濟世，勿認眞，用常語。（卷一，頁四，甲面）

同回：于大荒山，無稽崖。

夾批：

荒唐也。無稽也。（同上）

同回：便棄於此山青埂峯下。

眉批：

妙，自謂落墮情根，故無補天之用。（同上）

同回：誰知此石自經煆（煅）煉之後，靈性已通。

夾批：

煆煉後性方通，甚哉人生之不能（有正本無能字）學也。（同上）

同回：也只好跕腳而已。

夾批：

煆煉過尙與人跕腳，不學者又當如何？（卷一，頁五，甲面）

同回：這閶門外有個十里街，街內有個仁清巷。

夾批：

開口失（有正本作先，是。）云勢利，是伏甄封二姓之事。

又言人情，總爲士隱火後伏筆。（卷一，頁八，乙面）

同回：人皆呼作葫蘆廟。

夾批：

糊塗也。故假語從此具（有正本具作興）焉。（卷一，頁八，乙面）

同回：姓甄。

眉批：

眞。後之甄寶玉亦借此音，後不註。（卷一，頁八，乙面）

同回：名費。

夾批：

廢。（同上）

同回：字士隱。

夾批：

託言將眞事隱去也。（同上）。

同回：嫡妻封氏。

夾批：

風，因風俗來。（同上）

同回：只有一女，乳名英蓮。

夾批：

設云應怜（怜）也。（卷一，頁九，甲面）

同回：姓賈名化，字表時飛，別號雨村者走了出來。

夾批：

假話，妙。

實非，妙。

雨村者，村言粗語也。言以村粗之言，演出一段假話也。（卷一，頁一二，甲面）

同回：這賈雨村原係胡州人氏。

夾批：

胡謅也。（同上）

同回：忽家人來報：嚴老爺來拜。

夾批：

炎也。炎既來，火將至矣。

同回：因士隱命家人霍啓抱了英蓮去看社火花燈。

夾批：

妙。禍起也。因此事而命名。（卷一，頁一五，乙面）

同回：他岳丈名喚封肅，本貫大如州人氏。

眉批：

託言大概如此之風俗也。（卷一，頁一六，乙面）

甲戌本第二十八回：我不開了你怎麼鑽。

單行批：

雙關，妙。

照應

甲戌本第一回：煉成高經十二丈，方經二十四丈頑石。

夾批：

總（有正本作照）應十二釵。照應副十二釵。（卷一，頁四，甲面）

甲戌本第二回：他說必得兩個女兒伴著我讀書。

夾批：

甄家之寶玉乃上半部不寫者，故此處極力表明，以遙照賈家之寶玉。凡寫賈寶玉之文則正爲眞寶玉傳影。（卷二，頁一一，甲面）

甲戌本第三回：賈母笑道。

夾批：

阿鳳一至，賈母方笑，與後文多少笑字作偶。（卷三，頁六，甲面）

同回：是這家裏的混魔王。

夾批：

占（疑爲與）絳洞花王爲對看。（卷三，頁一〇，乙面）

同回：頑劣異常。

夾批：

與甄家子恰對。（同上）

同回：又細細打諒一番。

夾批：

與黛玉兩次打諒一對。（同上）

甲戌本第五回：乃放春山遺香洞太虛幻境警幻仙姑是也。

夾批：

與首回中甄士隱夢景一照。（卷五，頁五，甲面）

同回：何必在此打這悶葫蘆。

夾批：

爲前文葫蘆廟一點。（卷五，頁九，乙面）

同回：落了片白茫茫大地眞乾淨。

夾批：

又照看葫蘆廟，與樹倒猢猻散反照。（卷五，頁一六，甲面）

甲戌本第六回：便連了宗，認作侄子。

雙行批：

與賈雨村遙遙相對。（卷六，頁二，乙面）

同回：他怎麼又跑出這麼箇姪兒來了。

雙行批：

與前眼色眞對，可見文章中無一個閒字。（卷六，頁一五，乙面）

甲戌本第七回：要春天開的白牡丹花蕊十二兩。

夾批：

凡用十二字樣，皆照應十二釵。（卷七，頁二，乙面）

同回：現就埋在梨花樹下。

夾批：

梨香二字有著落，並未白白虛設。（卷七，頁三，甲面）

甲戌本第二十五回：林黛玉先就念了聲阿彌陀佛。

夾批：

針對得病時那一聲。（卷二五，頁一六，乙面）

承　接

甲戌本第一回：忽見那廂來了一僧一道。

夾批：

是方從青埂峯袖石而來也。接得無痕。(卷一，頁九，甲面)

甲戌本第二回：上面還有許多字跡。

夾批：

青埂頑石已得下落。(卷二，頁八，乙面)

甲戌本第四回：今黛玉雖客寄于斯，……無庸慮及了。

夾批：

仍是從黛玉身上寫來。以上了結住黛玉，復找前文。(卷四，頁一，乙面)

甲戌本第八回：薛姨媽一面又說，別怕別怕。

夾批：

是接前老爺問書之語。(卷八，頁九，乙面)

同回：只見筆墨在案。

夾批：

如此找前文最妙，且無逗筍之跡。(卷八，頁一一，甲面)

甲戌本第十四回：明兒他也睡迷了，後兒我也睡迷了。

夾批：

接上文，一點痕跡俱無，且是仍與方纔諸人說話神色口角。(卷一四，頁六，乙面)

同回：正鬧著，人（回）蘇州去的人昭兒來了。

夾批：

接得好。（卷一四，頁八，甲面）

甲戌本第二十七回：寶玉因不見林黛玉……別處去了。

夾批：

兄妹話雖久長，心事總未少歇。接得好。（卷二七，頁一一，乙面）

過度

甲戌本第三回：擇日到任去了，不在話下。

夾批：

一語過至下回。（卷三，頁二，乙面）

甲戌本第六回：這裏劉姥姥心身方安，方又說道。

夾批：

度至下回。（卷六，頁一三，乙面）

甲戌本第十五回：且不在話下。

夾批：

一語過下。（卷一五，頁一一，乙面）

同回：著他三日後往府里去討信。

夾批：

過至下回。（同上）

波瀾

甲戌本第十三回：可巧這日正是首七第四日。

夾批：

善起波瀾。（卷一三，頁六，甲面）

甲戌本第十四回：只見榮國府中的王興的媳婦來了，在前面探頭。

夾批：

慣起波瀾，慣能忙中寫閑，又慣用曲筆，又慣綜錯，眞妙。（卷一四，頁五，乙面）

穿插

甲戌本第七回：「周瑞家的送花，其女來告知其壻爲人誣告」一段。

雙行批：

又生出一小段來，是榮寧中常事，亦是阿鳳正文。若不如此穿揷，直用一送花到底，亦太死板，不是《石頭記》筆墨矣。（卷七，頁七，乙面）

點綴

甲戌本第八回：也不至於太熱鬧了。

夾批：

好點綴。（卷八，頁六，乙面）

含蓄

甲戌本第一回：若論時尚之學。

夾批：

四字新而含蓄最廣；若必指明，則又落套矣。（卷一，頁一四，乙面——頁一五，甲面）

甲戌本第七回：今兒甄家送來的東西，我已收了。

夾批：

不必細說方妙。（卷七，頁八，乙面）

甲戌本第二十六回：這裏紅玉剛走至蜂腰橋門前，只見那邊墜兒引著賈芸來了。

雙行批：

妙，不說紅玉不走，亦不說走，只說剛走到三字，可知紅玉有私心矣。若說出必定不走，必定走，則文字死板，亦且稜角過露，非寫女兒之筆也。（卷二六，頁四，乙面）

甲戌本第二十八回：雲兒便告訴了出來。

夾批：

用雲兒細說，的是章法。（卷二八，頁一五，甲面）

隱去

甲戌本第十五回：寶玉不知與秦鍾算何賬目，未見真切，未曾記得，此係疑案，不敢纂創。

雙行批：

忽又作如此評斷，似自相矛盾，卻是最妙之文，若不如此隱去，則又有何妙文可寫哉，這方是世人意料不到之奇筆，若通部中萬萬件細微之事俱備，《石頭記》眞亦太覺死板矣，故特用此二三件隱事，借石之未見眞切，淡淡隱去，越覺得雲烟渺茫之中，無限丘壑在焉。（卷一五，頁一〇，乙面）

奇詭

甲戌本第一回：且又縮成扇墜大小的可佩可拿。

夾批：

奇詭險怪之文，有如髯蘇石鍾（鐘）赤璧（壁）用幻處。（卷一，頁五，乙面）

小大遠近

甲戌本第一回：廟（旁）住著一家鄉官。

夾批：

不出榮國大族，先寫鄉宦小家，從小至大，是此書章法。（卷一，頁八，乙面）

甲戌本第二回回前總批：

未寫榮府正人，先寫外戚，是由遠及近，由小至大也。若使先敍出榮府，然後一一敍及外戚，（重出衍文略）又一一至朋友、至奴僕，其死板拮据之筆，豈作十二釵人手中之物也？今先寫外戚者，正是寫榮國一府也。（卷二，頁一，乙面）

甲戌本第三回：其街市之繁華，人烟之阜盛，自與別處不同。

夾批：

先從街市寫來。（卷三，頁三，甲面）

同回：上書勅造寧國府五個大字。

夾批：

先寫寧府（有正本作寧國府），這是由東向西而來。（同上）

同回：這也是他們的孽障，遭遇亦非偶然。

眉批：

又一首薄命嘆。英馮二人一段小悲歡幻景，從葫蘆僧口中補出，省卻多少閑文之法也。所謂美中不足，好事多魔（磨）。先用馮淵作一開路之人。（卷四，頁六，甲面）

甲戌本第五回：不過皆是寧榮二府女眷家宴小集。

夾批：

這是第一（次）家晏（宴），偏如此草草寫，此如晉人倒食甘蔗，漸入佳境一樣。（卷

五，頁二，甲面）

甲戌本第六回：沒了錢就瞎生氣，成個什麼男子漢大丈夫了。

雙行批：

為紈褲下針，卻先從此等小處寫來。（卷六，頁三，乙面）

甲戌本第十六回同前總批：

趙嫗討情閒文，卻引出通部脈絡，所謂由小及大，譬如登高必自卑之意。細思大觀園一事，若從如何奉旨起造，又如何分派衆人，從頭細細直寫將來，幾千樣細事，如何能順筆一氣寫清，又將落于死板拮据之鄉，故只用璉鳳夫妻二人一問一答上，用趙嫗討情作引，下文蓉薔來說事作收，餘者隨筆順筆略一點染，則耀然洞徹矣，此是避難法。（卷一六，頁一，甲——乙面）

層次

甲戌本第一回：然本地便也推他為望族了。

夾批：

本地推為望族，寧榮則天下推為望族，敍事有層落。（卷一，頁八，乙面）

甲戌本第八回：來至裏間門前，只見弔著半舊的紅紬軟簾。

夾批：

從門外看起，有層次。（卷八，頁三，甲面）

甲戌本第十六回：趙媽媽又接口道，可是呢，……如今又說省親，到底是怎麼個原故。

眉批：

趙嬷一問，是文章家進一步門庭法則。（卷一六，頁九，乙面）

三五聚散

甲戌本第七回：在這屋裏不是。

雙行批：

用畫家三五聚散法，寫來方不死板。（卷七，頁五，甲面）

迴風舞雪　倒峽逆波

甲戌本第二回：「智通寺老僧」一段。

眉批：

未出寧榮繁華盛處，卻先寫一荒涼小境；未寫通部入世迷人，卻先寫一出世醒人。迴風舞雪，倒峽逆波，別小說中所無之法。（卷二，頁五，乙面）

虛敲傍擊　反逆隱回

甲戌本第二回回前總批：

通靈寶玉于士隱夢中一出，今于子興口中一出，閱者已洞然矣。然後于黛玉寶釵二人目中極精極細一描，則是文章鎖合處。蓋不肯一筆直下，有若放閘之水，然信之爆，使其精華一洩而無餘也。究竟此玉原應出自釵黛目中方有照應，今預從子興口中說出，實雖寫而卻未寫，觀其後文可知。此一回則是虛敲傍擊之文，筆則是反逆隱回之筆。（卷一，頁一，乙面——頁二，甲面）

甲戌本第六回：再歇了中覺，越發沒了時候了。

眉批：

寫阿鳳勤勞等事，然卻是虛筆，故于後文不犯。（卷六，頁八，乙面）

同回：剛問些閒話時，就有家下許多媳婦管事的來回話。

夾批：

不落空家務事，卻不實寫，妙極妙極。（卷六，頁一二，甲面）

甲戌本第二十五回：長的得人意兒。

夾批：

趙嫗數語，可知玉兒之身分，況在背後之言。（卷二五，頁七，乙面）

渾　寫

甲戌本第三回：第三個身量未足，形容尚小。

眉批：（有正本爲雙行批）：

渾寫一筆更妙，必個個寫去則板矣。可笑近之（有正本「之」作「來」）小說中有一百個女子，皆是如花似玉，一付臉面。（「一」上有正本有「只」字）（卷三，頁四，乙面）

淡　寫

甲戌本第七回：寶玉秦鍾二人，隨便起坐說話。

夾批：

淡淡寫來。（卷七，頁一一，甲面）

甲戌本第十三回：卻說寶玉因近日林黛玉回去。

夾批：

淡淡寫來，方是二人自幼氣相投，可知後文皆非實（有正本作突，是。）然文字。（卷一三，頁三，乙面）

甲戌本第十六回：賈璉道，就爲省親。

雙行批：

二字醒眼之極，卻只如此寫來。（卷一六，頁九，甲面）

略寫

甲戌本第六回：劉姥姥見平兒遍身綾羅，揷金帶銀，花容玉貌的。

雙行批：

從劉姥姥心中目中略一寫，非平兒正傳。（卷六，頁九，乙面）

帶寫　夾寫

甲戌本第二回：雖有幾房姬妾。

夾批：

帶寫賢妻。（卷二，頁四，甲面）

同回：其妾後又生了一個，到（倒）不知其好歹。

夾批：

帶出賈環。（卷二，頁一二，乙面）

甲戌本第三回：當日林如海教女……務待飯粒嚥盡過一時再喫茶，方不傷脾胃。

夾批：

夾寫如海一派書氣，最妙。（卷三，頁一二，甲面）

甲戌本第四回：急忙作書信二封與賈政並京營節度使王子騰。

夾批：

隨筆帶出王家。（卷四，頁八，甲面）

同回：「雨村判薛案」一段。

眉批：

蓋寶釵一家不得不細寫者，若另起頭緒，則文字死板，故仍只借雨村一人穿插出阿獃兄人命一事，且又帶敍出英蓮一向之行踪，并以後之歸結，是以故意戲用葫蘆僧亂判等字樣撰成半回，略一解頤，略一嘆世，蓋非有意譏刺仕途，實亦出人之閑文耳。

又註馮家一筆更妥，可見馮家正不爲人命，實賴此獲利耳，故用亂判二字爲題，雖曰不涉世事，或亦有微辭耳，但其意實欲出寶釵，不得不做此穿插，故云此等皆非石頭記之正文。（卷四，頁八）

甲戌本第五回：就在會芳園遊玩。

夾批：

隨筆帶出，妙；字義可思。（卷五，頁二，甲面）

同回：乃重孫媳婦中第一個得意之人。

夾批：

又夾寫出秦氏來。（同上）

甲戌本第六回：我們這裏都是各占一枝兒。

夾批：

略將榮府中帶一帶。（卷六，頁七，甲面）

同回：借了略擺一擺就送過來。

夾批：

夾寫鳳姐好獎譽。（卷六，頁一二，甲面）

甲戌本第七回：一面早伸手接過來了。

夾批：

瞧他夾寫寶玉。（卷七，頁八，甲面）

同回：「寶玉隨鳳姐見秦鐘」一段。

眉批：

欲出鯨卿，卻先小妯娌閑閑一聚，隨筆帶出，不見一絲作造。（卷七，頁一〇，甲面）

甲戌本第八回：只覺口齒綿纏，眼眉愈加錫（餳）澁（澁）。

夾批：

二字帶出平素形像。（卷八，頁一三，甲面）

甲戌本第十三回：殮以上等杉木也就是了。

夾批：

夾寫賈政。（卷一三，頁五，乙面）

甲戌本第十五回回前總批：

鳳姐中火，寫紡線邨姑，是寶玉閒花野景，一得情趣。（卷一五，頁一，甲面）

甲戌本第二十五回：知道賈珍等是在女人身上做工夫的。

夾批：

從阿獃兄意中，又寫賈珍等一筆，妙。（卷二五，頁一二，乙面）

順寫

甲戌本第三回：黛玉也哭個不住。

夾批：

自然順寫一筆。（卷三，頁四，甲面）

甲戌本第七回：從李紈後窗下過。

雙行批：

細極。李紈雖無花，豈可失而不寫者，故用此順筆便墨，間三帶四，使觀者不忽。（卷七，頁六，甲面）

甲戌本第二十六回：薛蟠道，怎麼看不眞。

眉批：

閑事順筆，罵死不學之紈袴。嘆嘆。（卷二六，頁一一，乙面）

傍寫

甲戌本第三回：當下地下侍立之人無不掩面涕泣。

夾批：

傍（旁）寫一筆更妙。（卷三，頁四，甲面）

閒筆

甲戌本第四回：上面皆是本地大族名宦……始祖官爵並房次，石頭亦曾照樣抄寫一張，今據石上所抄云。

夾批：

忙中閒筆，用得好。（卷四，頁三，乙面）

甲戌本第十三回：看著他爺爺的分上，胡亂應了。

夾批：

忙中寫閒。（卷一三，頁六，乙面）

甲戌本第二十五回：已酥倒在那裏。

雙行批：

忙中寫閑，眞大手眼、大章法。

夾批：

忙到容針不能，以似唐突顰兒，卻是寫情字萬不能禁止者。又可知顰兒之丰神若仙子也。

（卷二五，頁一二，乙面）

正筆陪筆

甲戌本第四回：或是在你舅舅家，或是你姨爹家。

夾批：

陪筆。正筆。（卷四，頁一〇，甲面）

虛陪

甲戌本第二回：也曾遇見兩個異樣孩子。

夾批：

先虛陪一個。（卷二，頁一〇，乙面）

甲戌本第三回：穆蒔拜手書。

夾批：

先虛陪一筆。（卷三，頁九，甲面）

甲戌本第四回：再也不娶第二個了。

夾批：

虛寫一個情種。（卷四，頁四，乙面）

甲戌本第五回：癡情司、結怨司、朝啼司、夜哭司、春感司、秋悲司。

夾批：

虛陪六個。

甲戌本第七回：就往于老爺府裏去了，叫我在這裏等他呢。

雙行批：

又虛貼一個于老爺，可知所尚僧尼者，悉愚人也。（卷七，頁五，乙面）

同回：「冷子興官司及鳳姐稟王夫人甄家送禮」一段。

雙行批：

虛描二事，眞眞千頭萬緒，紙上雖一回兩回，中或有不能寫到阿鳳之事，然亦有阿鳳在彼處手忙心忙矣，觀此回可知。（卷七，頁九，甲面）

甲戌本第十五回：因胡老爺府裏產了公子

夾批：

虛陪一個胡姓，妙，言是胡塗人之所爲也。（卷一五，頁七，甲面）

按：此批甲戌本誤移後兩行。當在「胡老爺」右側。

一筆數寫

甲戌本第七回：「周瑞家的送宮花至黛玉」一段。

眉批：

余問：送宮花一回，薛姨媽云寶丫頭不喜這些花兒粉兒的，則謂是寶釵正傳。又主（至字形誤）阿鳳惜春一段，則又知是阿鳳正傳。今又到顰兒一段，卻又將阿顰之天性從骨中一寫，方知亦係顰兒正傳。小說中一筆作兩三筆者有之，一事啓兩事者有之，未有如此恒河沙數之筆也。（卷七，頁八，甲面）

甲戌本第八回：「寶釵看玉」一段。

眉批：

《石頭記》立誓，一筆不寫一家文字。（卷八，頁四，乙面）

同回：到（倒）像和姑娘的項圈上的兩句話是一對兒。

雙行批：

又引出一個金項圈來，鶯兒口中說出方妙。（卷八，頁五，甲面）

甲戌本第二十五回：自己也便不去了。

夾批：

所謂一筆兩用也。（卷二五，頁二，乙面）

不寫之寫

甲戌本第三回：這院門上也有四五個纔總角的小廝。

夾批：

二字是他處不寫之寫也。（卷三，頁一一，乙面）

甲戌本第十三回：無不納罕，都有些疑心。

眉批：

九個字寫盡天香樓事，是不寫之寫。（卷一三，頁三，乙面）

頓筆

甲戌本第十六回：雖不十分準，也有八九分準了。

雙行批：

如此故頓一筆更妙，見得事關重大，非一語可了者，亦是大篇文章抑揚頓挫之至。（卷一六，頁九，乙面）

同回：鳳姐忙接道。

夾批：

又截得好。（卷一六，頁一一，甲面）

同回：車猶未備。

夾批：

頓一筆方不板。（卷一六，頁一五，甲面）

甲戌本第二十五回：只說他身子不快，都不理論。

夾批：

文字到此一頓，狡猾之甚。（卷二五，頁二，甲面）

甲戌本第二十六回：紅玉聽了，冷笑了二聲，方要說話。

夾批：

文字又一頓。（卷二六，頁三，甲面）

同回：回來找紅玉，不在話下。

雙行批：

至此一頓，狡猾之甚。原非書中正文之人，寫來門（庚辰本作「閒」）色耳。（卷二六，頁七，甲面）

按：門字庚辰本作閒，是。

潑撒

甲戌本第五回：「第二支終身悞」曲。

眉批：

語句潑撒，不負自創北曲。（卷五，頁一二，甲面）

接：有正本批同，在第三支枉凝眸「春流到夏」句下。

流麗生動

甲戌本第七回：問丫嬛們時，方知往薛姨媽那邊閒話去了。

夾批：

文章只是隨筆寫來，便有流離（麗）生動之妙。（卷七，頁一，甲面）

橫雲斷嶺

甲戌本第四回：雨村猶未看完，忽聞傳點人報：王老爺來拜。雨村聽說，忙具衣冠出去迎接。

夾批：

橫雲斷嶺法，是板定大章法。（卷四，頁三，乙面）

眉批：

妙極，若只有此四家，則死板不活；若再有兩家，又覺累贅，故如此斷法。（同上）

甲戌本第六回：剛說到這裏，只聽得二門上小廝們回說，東府裏小大爺進來了。……你蓉大爺在那裏呢。

夾批：

慣用此等橫雲斷嶺法。（卷六，頁一二，乙面）

甲戌本第十六回：正說著。

雙行批：

又用斷法方妙。蓋此等文斷不可無，亦不可太多。（卷一六，頁六，甲面）

甲戌本第二十七回：探春便笑道，寶哥哥身上好。

夾批：

橫雲裁（截）嶺，好極妙極。二玉文原不易寫，石頭記得力處在茲。（卷二七，頁九，乙面）

甲戌本第二十八回：等日後有玉的方可結爲婚姻等語。

眉批：

峰巒全露，又用烟雲截斷，好文字。（卷二八，頁一九，甲面）

補筆　雲罩峰尖

甲戌本第三回：他是我們這裏有名的一個潑皮破落戶兒，南省俗謂作辣子，你只叫他鳳辣子就是。

夾批：

阿鳳笑聲進來，老太君打諢，雖是空口傳聲，卻是補出一向晨昏起居，阿鳳于太君處承歡應候，一刻不可少之人，看官勿以閒文淡文也。（卷三，頁六，甲面）

甲戌本第四回：「薛蟠母子商議擇居投親」一段。

夾批：

閑語中補出許多前文，此畫家之雲罩峯尖法也。（卷四，頁一〇，乙面）

甲戌本第六回：想當初我和女兒還是去過一遭。

雙行批：

補前文之未到處。（卷六，頁四，甲面）

甲戌本第七回：「焦大醉罵」一段。

雙行批：

一段借醉奴口角，閒閒補出寧榮往來近故，特爲天下世家一笑。（卷七，頁一五，甲面）

甲戌本第八回：原來姐姐那項圈上也有八個字。

雙行批：

補出素日眼中雖見，而實未留心。（卷八，頁五，甲面）

同回：姨太太不知道，他性子又可惡。

夾批：

補出素日。（卷八，頁七，甲面）

同回：快來給我寫完這些墨纔罷。

夾批：

補前文之未到。（卷八，頁一一，甲面）

甲戌本第十三回：見秦氏死了。

夾批：

補天香樓未刪之文。（卷一三，頁六，甲面）

甲戌本第十五回：你摟著他作什麼。

夾批：

補出前文未到處。細思秦鍾近日在榮府所爲可知矣。（卷一五，頁七，甲面）

甲戌本第十六回回前總批：

平兒借香菱答話，是補菱姐近來著落。（卷一六，頁一，甲面）

同回：鳳姐近日多事之時，無片刻閒暇之工。

雙行批：

補阿鳳二句，最不可少。（卷一六，頁五，甲面）

同回：我去拿平兒換了他來如何？

眉批：

用平兒口頭謊言，寫補菱卿一項實事，並無一絲痕跡，而有作者有多少機括。（卷一六，頁六，乙面）

按：此批當在下頁，「平兒笑道」之上。

同回：這一年來的光景，他爲要香菱不能到手。

夾批：

補前文之未到，且將香菱身分寫（出）。（同上）

同回：我到心裏可惜了的。

雙行批：

一段納寵之文，偏于阿鳳口中補出，亦奸猾幻妙之至。（卷一六，頁七，甲面）

同回：那里來的香菱，我借他暫撒個謊。

夾批：

卿何嘗謊言，的是補菱姐正文。（同上）

同回：他且送這個來。

夾批：

總是補遺。（同上）

同回：如今又說省親，到底是怎麼個原故。

夾批：

補近日之事，啓下回之文。（卷一六，頁九，乙面）

同回：不然這會子忙的是什麼。

夾批：

一段閑談中補出多少文章，眞是費長房壺中天地也。（卷一六，頁一〇，乙面）

同回：雖有一小巷界斷不通，然這小巷亦屬私地。

夾批：

補明，使觀者如身臨足到。（卷一六，頁一四，甲面）

同回：又記掛著智能尙無下落。

雙行批：

忽從死人心中補出活人原因，更奇更奇。（卷一六，頁一六，甲面）

甲戌本第二十五回：幾翻幾次我都不理論。

夾批：

補出素日來。（卷二五，頁四，甲面）

同回：趙姨娘賈環等心中歡喜。

夾批：

補明趙嫗進怡紅爲作法也。（卷二五，頁一三，乙面）

甲戌本第二十七回：竟常常的如此。

夾批：

補瀟湘館常文也。（卷二七，頁一，乙面）

一擊兩鳴

甲戌本第五回：賈母萬般憐愛，寢食起居一如寶玉。

夾批：

妙極，所謂一擊兩鳴法。寶玉身分可知。（卷五，頁一，甲面）

甲戌本第七回：竟有些像咱們東府裏蓉大奶奶的品格。

雙行批：

一擊兩鳴法。二人之美並可知矣。再忽然想到秦可卿，何玄幻之極，假使說像榮府中所有之人，則死板之至，故遠遠以可卿之貌爲譬，似極扯淡，然卻是天下必有之事。（卷七，頁四，乙面）

雙峯對峙

甲戌本第五回：黛玉又氣的獨自在房中垂淚，寶玉又自悔語言冒撞。

夾批：

又字妙極，凡用二又字，如雙峯對峙，總補二玉正文。（卷五，頁一，乙面）

甲戌本第二十六回：一步步行來，見寶釵進寶玉的院內去了。

夾批：

《石頭記》是最（二字宜互易）好看處，此等章法。（卷二六，頁一三，乙面）

雙岐分岔路

甲戌本第七回：周瑞家的不敢驚動，遂進裏間來。

雙行批：

總用雙岐岔路之筆，令人估料不到之文。（卷七，頁一，乙面）

甲戌本第八回：寶玉因見他外面罩着大紅羽緞對衿褂子。

夾批：

岔開文字。

繁章法，妙極妙極。（卷八，頁六，乙面）

甲戌本第二十六回：神魂不定之際，忽聽窗外問道。

夾批：

岔開正文，卻是爲正文作引。（卷二六，頁一，乙面）

甲戌本第二十七回：寶玉心中想道，這不知是那房裏的丫頭受了委屈。

夾批：

岔開線路，活潑之至。（卷二七，頁一二，甲面）

對映　雙映

甲戌本第二回：誰想他命運兩濟。

眉批：

好極！與英蓮有命無運四字遙相映射。蓮，主也，杏，僕也，今蓮反無運，而杏則兩全，可知世人原在運數，不在眼下之高低也。此則大有深意存焉。（卷二，頁三，甲面）

同回：其溫厚和平，聰敏文雅。

夾批：

與前八個字嫡對。（卷二，頁一一，甲面）

甲戌本第三回：只聽院外一陣腳步響。

夾批：

與阿鳳之來相映而不相犯。（卷三，頁一二，乙面）

甲戌本第七回：只見王夫人的丫嬛名金釧兒者。

夾批：

金釧寶釵，互相映射，妙。（卷七，頁一，甲面）

同回：薛姨媽忽又笑道。

雙行批：

忽字又字，與方欲二字對射。（卷七，頁三，乙面）

同回：卻性子左強，不大隨和些是有的。

夾批：

實寫秦鍾，雙映寶玉。（卷七，頁一二，甲面）

甲戌本第八回：寶釵擡頭只見寶玉進來。

夾批：

與寶玉邁步針對。（卷八，頁二，乙面）

同回：拿來給我孫子喫去罷。他就叫人拿了家去了。

雙行批：

奶母之倚勢亦是常情，奶母之昏憒亦是常情，然特于此處細寫一回，與後文襲卿之酥酪遙遙一對，足見晴卿不及襲卿遠矣。余謂晴有林風，襲乃釵副，眞眞不錯。（卷八，頁一二，甲面）

同回：早起了潗一碗楓露茶。

夾批：

與千紅一窟遙映。（卷八，頁一二，乙面）

甲戌本第二十六回：只見鳳尾森森、龍吟細細。

雙行批：

與後文落葉蕭蕭、寒烟漠漠一對。可傷可嘆。（卷二六，頁八，甲面）

同回：我的命小福薄，不配吃那個。

夾批：

暗對獃兄言寶玉配吃語。（卷二六，頁一三，乙面）

指東說西

甲戌本第三回：見雨村相貌魁偉，言談不俗，且這賈政最喜讀書人，……大有祖風。

夾批：

君子可欺其（以）方也，況雨村正在王莽謙恭下士之時，雖政老亦為所惑。在作者係指東說西也。（卷三，頁二，乙面）

同回：邢夫人讓黛玉坐了，一面命人到外面書房中請賈赦。

夾批：

這一句都是寫賈赦，妙在全是指東擊西、打草驚蛇之筆；若看其寫一人即作此一人看，先生便呆了。（卷三，頁八，甲面）

甲戌本第二十六回：到像有幾百年的熬煎。

雙行批：

卻是小女兒口中無味之談，實是寫寶玉不如一嫚婢。（卷二六，頁三，甲面）

雲龍作雨

甲戌本第三回：暫且不忍相見。

夾批：

若一見時，不獨死板，且亦大失情理，亦不能有此等妙文矣。（卷三，頁八，甲面）

甲戌本第四回：原來這李氏卽賈珠之妻。

夾批：

起筆寫薛家事，他偏寫宮哉（裁），是結黛玉，明李紈本末，又在人意料之外。（卷四，頁一，甲面）

同回：「賈母留薛家母子住」一段。

夾批：

偏不寫王夫人留，方不死板。（卷四，頁一一，乙面）

甲戌本第五回：如今且說林黛玉……孤高自許，目下無塵。

眉批：

不敍寶釵，反仍敍黛玉，蓋前回只不過欲出寶釵，非實寫之文耳。此回若仍緒（續）寫，則將二玉高擱矣，故急轉筆仍歸至黛玉，使榮府正文方不至于冷落也。今寫黛玉神妙之至，何也，因寫黛玉，實是寫寶釵，非眞有意去寫黛玉，幾乎又被作者瞞過。

此處如此寫寶釵，前回中略不一寫，可知前回迥非十二釵之正文也。欲出寶釵，便不肯從寶釵身上寫來，卻先款款敍出二玉，陡然轉出寶釵，三人方可鼎立，行文之法，又亦變體。（卷五，頁一，甲面）

同回：開闢鴻濛。

單行批：

故作頓挫搖擺。（卷五，頁一一，乙面）

同回：「警幻命演唱紅樓夢曲，寶玉目視耳聆」一段。

眉批：

作者能處慣于自占地步，又慣於擅起波瀾，又慣於故爲曲折，最是行文秘訣。（卷五，頁一二，甲面）

甲戌本第六回回末總批：

一進榮府一回，曲折頓挫，筆如遊龍，且將豪華舉止令觀者已得大概，想作者應是心花欲開之候。

借劉嫗入阿鳳正文，送宮花寫金玉初聚爲引，作者眞筆似遊龍，變幻難測，非細究至再三再四不記數，那能領會也。嘆嘆。（卷六，頁一六，甲面）

甲戌本第七回：後來還虧了一個禿頭和尙說專治無名之症。

夾批：

奇奇怪怪眞如雲龍作雨，忽隱忽見，使人逆料不到。（卷七，頁二，甲面）

同回：慢慢問他年紀讀書等事。

夾批：

分明寫寶玉，卻先偏寫阿鳳。（卷七，頁一〇，乙面）

甲戌本第八回：「寶玉探寶釵病途中」一段。

雙行批：

未入梨香院，先故作若許波瀾曲折，瞧他無意中又寫出寶玉寫字來，固是愚弄公子之閑文，然亦是暗逗（透）寶玉歷來文課事，不然後文豈不太突然。（卷八，頁二，乙面）

明

暗

甲戌本第三回：「黛玉說癩和尚」一段。

眉批：

甄英蓮乃付（副）十二釵之首，卻明寫癩僧一點；今黛玉爲正十二釵之貫（冠），反用暗筆。蓋正十二釵人或洞悉可知，副十二釵或恐觀者或（忽）略，故寫（爲）極力一提，使觀者萬勿稍加玩忽之意耳。（卷三，頁五，乙面）

甲戌本第六回：叫他們進來先在這裏坐著就是了。

雙行批：

暗透平兒身分。（卷六，頁九，甲面）

甲戌本第七回：叫豐兒舀水進去。

雙行批：

妙文奇想。阿鳳之爲人豈有不著意于風月二字之理哉。若直以明筆寫之，不但唐突阿鳳聲價，亦且無妙文可賞；若不寫之又萬萬不可，故只用柳藏鸚鵡語方知之法，略一皴染，不獨文字有隱微，亦且不至汚瀆阿鳳之英風俊骨，所謂此書無一不妙。（卷七，頁六，乙面）

甲戌本第二十六回：叫我們三更半夜不得睡覺。

夾批：

指明人則暗寫。（卷二六，頁一四，甲面）

同回：也並不問是誰，便說道，都睡下了。

夾批：

犯黛玉如此寫明。

不知人則明寫。（同上）

皴染 渲染

甲戌本第二囘囘前總批：

此回亦非正文本旨，只在冷子興一人，卽俗謂冷中出熱，無中生有也。其演說榮府一篇者，蓋因族大人多，若從作者筆下一一叙出，盡一二回不能得明，則成何文字，故借用冷字（子）一人略出其大半，使閱者心中已有一榮府隱隱在心，然後用黛玉寶釵等兩三次皴染，則耀然于心中眼中矣，此卽畫家三染法也。（卷二，頁一，甲面）

同回：本自怯弱多病的，觸犯舊症。

夾批：

又一染。（卷二，頁五，甲面）

甲戌本第五回：假作眞時眞亦假，無爲有處有還無。

夾批：

正恐觀者忘卻首回，故特將甄士隱夢景重一滃染。（卷五，頁五，乙面）

甲戌本第八回：「寶玉探寶釵病，路遇淸客」一段。

眉批：

一路用淡三色烘染，行雲流水之法，寫出貴公子家常不跡不離氣致。經歷過者則喜其寫眞，未往者恐不免嫌繁。（卷八，頁二，甲面）

同回：寶玉因誇前日在那府裏珍大嫂子的好鵝掌鴨信。

雙行批：

爲前日秦鍾之事，恐觀者忘卻，故忙中閑筆，重一縇（渲）染。（卷八，頁七，甲面）

反襯 襯貼

甲戌本第三回：「王夫人告黛玉混世魔王」一段。

眉批：

這一段反襯章法，黛玉心用猜度蠢物等句對著（看）去，方不失作者本旨。（卷三，頁一

○，乙面）

甲戌本第四回：酷愛男風，最愛女子。

夾批：
最厭女子，仍爲女子喪生，是何等大筆。不是寫馮淵，正是寫英蓮。（卷四，頁四，甲面）

按：此批當屬下行者。

同回：或做針黹，到也十分樂業。

夾批：
這一句襯出後文黛玉之不能樂業，細甚，妙甚。（卷四，頁一二，甲面）

同回：黛玉心中正疑惑著這個寶玉不知是怎生憊懶人物。

夾批：
文字不反，不見正文之妙，似此應從國策得來。（卷三，頁一二，乙面）

甲戌本第二十五回：都擦胭抹粉簪花揷柳的。

夾批：
八字寫盡蠢鬟，是爲襯紅玉，亦如用豪貴人家濃（粧）艷飾，揷金帶銀的，襯寶釵黛玉也。（卷二五，頁一，乙面）

同回：忽見襲人招手叫他。

夾批：

此處方寫出襲人來，是襯貼法。（卷二五，頁二，甲面）

同回：䁪眼過了一日。

夾批：

必云䁪眼過了一日者，是反襯紅玉挼一刻似一夏也，知乎。（同上）

不犯

甲戌本第三回：第一個肌膚微豐，合中身材。

夾批：

不犯寶釵。（卷三，頁四，乙面）

同回：你舅舅今日齋戒去了，再見罷。

夾批：

赦老不見，又寫政老，政老又不能見，是重不見重，犯不見犯，作者慣用此等章法。（卷三，頁一〇，乙面）

同回：這個妹妹，我曾見過的。

夾批：

瘋話。

與黛玉同心，卻是兩樣筆墨。觀此則知玉卿心中有則說出，一毫宿滯皆無。（卷三，頁一四，乙面）

甲戌本第四回：則陪侍小姑等針黹誦讀而已。

夾批：

一段敍出李紈，不犯熙鳳。（卷四，頁一，乙面）

同回：寶釵日與黛玉迎春姊妹等一處，或看書着碁。

眉批：

金玉如（初）見，卻如此寫，虛虛實實，總不相犯。（卷四，頁一二，甲面）

甲戌本第七回：只見奶子正拍着大姐兒睡覺的呢。

夾批：

總不重犯，寫一次有一次的新樣文法。（卷七，頁六，甲面）

甲戌本第八回：王夫人本是好清靜的。

雙行批：

偏與邢夫人相犯，然卻是各有各傳。（卷八，頁一，乙面）

同回：自云守拙。

雙行批：

這方是寶卿正傳，與前寫黛玉之傳一齊參看，各極其妙，各不相犯，使其人難其左右于毫末。（卷八，頁三，乙面）

甲戌本第十六回：趙嬤嬤道，我喝呢，……就是了。

雙行批：

寶玉之李嬤，此處偏又寫一李（趙）嬤，持（特）犯不犯，先有梨香院一回，今又寫此一回，兩兩遙對，卻無一筆相重，一事合掌。（卷一六，頁八，甲面）

同回：又有吳貴妃的父親……也往城外踏看地方去了。

夾批：

又一樣佈置。（卷一六，頁一〇，乙面）

有力

甲戌本第二回：只說這寧榮兩宅是最教子有方的。

夾批：

一轉有力。

甲戌本第六回：正歎時。

雙行批：

三字有勁。（卷六，頁一〇，甲面）

甲戌本第七回：連忙擺手兒叫他往東屋裏去。

夾批：

二字着緊。（卷七，頁六，甲面）

甲戌本第八回：姨媽陪你喫兩杯，可就喫飯罷。

夾批：

二語不失長上之體，且收拾若干文，千斤力量。（卷八，頁九，乙面）

註明

甲戌本第二回：亦是自己意料不到之奇緣。

夾批：

註明一筆更妥當。（卷二，頁三，甲面）

甲戌本第三回：此卽冷子興所云之史氏太君也。

夾批：

書中人目太繁，故明註一筆，使觀者省眼。（卷三，頁四，甲面）

同回：說了這些不經之談。

夾批：

是作書者自註。（卷三，頁五，乙面）

甲戌本第四回：雨村便狥（徇）情罔法，胡亂判斷了此案。

夾批：

實註一筆更好，不過是如此等事，又何用細寫，可謂此書不敢干涉廊廟者，卽此等處也。莫謂寫之不到，蓋作者立意寫閨閣尚不暇，何能又及此等哉。（卷四，頁八，甲面）

甲戌本第八回：這就是大荒山中靑埂峯下的那塊頑石的幻相。

夾批：

註明。（卷八，頁四，甲面）

議 論

甲戌本第二回：上則不能成仁人君子，下亦不能爲大凶大惡。

夾批：

恰極，是確論。（卷二，頁一〇，甲面）

鍊字鍛句

甲戌本第一回：或可適趣解悶。

夾批：

或字謙得好。（卷一，頁六，甲面）

同回：假作眞時眞亦假，無爲有處有還無。

夾批：

疊用眞假有無字，妙。（卷一，頁一一，甲面）

同回：釵於奩內待時飛。

夾批：

表過黛玉，則緊接寶釵。前用二玉合傳，今用二寶合傳，自是書中正眼。（卷一，頁一四，甲面）

甲戌本第二回：如今外面的架子雖未甚倒。

夾批：

甚字好！蓋已半倒矣。（卷二，頁七，甲面）

甲戌本第三回：「寶玉黛玉初相見」一段。

眉批：

黛玉見寶玉寫一驚字，寶玉見黛玉寫一笑字，一存于中，一發乎外，可見文于下筆必推敲的准（準）穩方纔用字。（卷三，頁一四，乙面）

甲戌本第四回：便說女兒無才便有德。

夾批：

有字改的好。（卷四，頁一，甲面）

甲戌本第五回：黛玉又氣的獨在房中垂淚。

夾批：

又字妙極，補出近日無限垂淚之事矣。此仍淡淡寫來，使後文來得不突然。（卷五，頁一

，乙面）

同回：寶玉看了，便知感嘆。

夾批：

便知二字是字法，最爲要緊之至。（卷五，頁六，甲面）

同回：試遣愚衷。

夾批：

愚字謙得妙。（卷五，頁一二，甲面）

申戌本第六回：然後⿰彳貞到角門前。

夾批：

⿰彳貞字神理。（卷六，頁五，乙面）

同回：只得。

單行批：

字法。（卷六，頁九，乙面）

甲戌本第八回：可巧黛玉的小丫嬛雪雁走來。

夾批：

又用此二字。（卷八，頁八，甲面）

甲戌本第十五回：我先在長安縣內善才庵內出家的時節。

夾批：

才字妙。（卷一五，頁八，甲面）

甲戌本第十六回：鳳姐忙問道。

雙行批：

忙字最要緊，特于阿鳳口中出此字，可知是關鉅要，是書中正眼矣。（卷一六，頁九，乙面）

甲戌本第二十八回：今兒見你，纔想起來。

夾批：

字眼。（卷二八，頁七，甲面）

譬喻

甲戌本第二回：正不容邪，邪復妬正。

夾批：

譬得好。（卷二，頁九，乙面）

甲戌本第五回：案上設着武則天當日鏡室中設着的寶鏡。

夾批：

設譬調侃耳；若眞以爲然，則又被作者瞞過。（卷五，頁三，甲面）

同回：「秦氏房中陳設」一段。

夾批：

一路設譬之文，迥非《石頭記》大筆所屑，別有他屬，余所不知。（卷五，頁三，乙面）

讚頌

甲戌本第三回：我纔好了，你到來招我。

夾批：

文字好看之極。（卷三，頁六，乙面）

同回：你到來招我，你妹妹遠路纔來，身子又弱，也纔勸住了，快休再提前話。

夾批：

反用賈母勸，看阿鳳之術亦甚矣。（同上）

（有正本「看」，作「他」。「阿」作「熙」）

同回：恐領賜去不恭。

夾批：

得體。（卷三，頁八，乙面）

同回：「榮禧堂陳設」一段。

夾批：

雅而麗、富而文。（卷三，頁九，甲面）

同回：「黛玉漱口」一段。

眉批：

今看至此，故想日後以閱（有正本作「日前以聞」）王敦初尚公主，登廁時不知塞鼻用棗，敦輒取而啖之，早爲宮人鄙誚多矣。今黛玉若不漱此茶，或飲一口，不無榮婢所誚乎。觀此則知黛玉平生之心思過人。（卷三，頁一二，乙面）

按：日後以閱四字，當作日前所閱。

同回：即瞋視而有情。

夾批：

眞眞寫殺。（卷三，頁一三，甲面）

同回：兩灣似蹙非蹙籠烟眉……病如西子勝三分。

夾批：

此十句定評，直抵一賦。（卷三，頁一四，甲面）

同回：「寶玉初見黛玉」一段。

眉批：

不寫衣裙粧飾，正是寶玉眼中不屑之物，故不曾看見。黛玉之居止容貌，亦是寶玉眼中看心中評；若不是寶玉，斷不能知黛玉終是何等品貌。（卷三，頁一四，乙面）

甲戌本第五回：但見朱欄白石，綠樹清溪，眞是人跡希逢，飛塵不到。

夾批：

一篇〈蓬萊賦〉。（卷五，頁三，乙面）

同回：根並荷花一莖香。

雙行批：

卻是詠菱妙句。（卷五，頁七，乙面）

同回：千里東風一夢遙。

單行批：

好句。（卷五，頁八，甲面）

同回：得志便猖狂。

單行批：

好句。（卷五，頁八，乙面）

同回：獨臥青燈古佛傍。

單行批：

好句。（同上）

同回：名爲羣芳髓。

夾批：

好香。（卷五，頁一〇，乙面）

同回：第六支樂中悲。

眉批：

悲壯之極，北曲中不能多得。（卷五，頁一三，乙面）

同回：啖肉食腥膻。

夾批：

絕妙曲文，塡詞中不能多見。（同上）

同回：卻不知。

單行批：

至語。(同上)

同回：第八支喜寃家「一載蕩悠悠」。

雙行批：

題只十二釵，卻無人不有，無事不備。(卷五，頁一四，甲面)

同回：反算了卿卿性命。

夾批：

警拔之句。(卷五，頁一四，乙面)

同回：鏡裏恩情。

單行批：

起得妙。(卷五，頁一五，甲面)

同回：艷娬媚有似乎寶釵，風流嬝娜則又如黛玉。其鮮。

夾批：

難得雙兼，妙極。(卷五，頁一六，甲面)

同回：皆被淫汚紈褲與那些流蕩女子悉皆玷辱。

夾批：

眞極。(卷五，頁一六，乙面)

同回：乃天下古今第一淫人也。

夾批：

多大膽量敢作如此之文。（同上）

甲戌本第六回：若不能，便借重嫂子轉致意罷了。

雙行批：

劉婆亦善于權變應酬矣。（卷六，頁七，甲面）

同回：我當日就說他不錯呢。

雙行批：

我亦說不錯。（卷六，頁七，乙面）

同回：惟點頭咂嘴念佛而已。

雙行批：

六字盡矣，如何想來。（卷六，頁九，甲面）

同回：那鳳姐兒家常帶着……粉光脂艷端端正正坐在那裏。

雙行批：

一段阿鳳房室起居器皿家常正傳，奢侈珍貴好奇貸（貨）註腳，寫來眞是好看。（卷六，頁一〇，乙面）

甲戌本第七回：只就寶玉手中看了一看。

夾批：

妙，看他寫黛玉。（卷七，頁八，甲面）

同回：鳳姐喜的先推寶玉，笑道，比下去了。

夾批：

不知從何處想來。（卷七，頁一〇，乙面）

同回：便因實而答。

雙行批：

四字普天下朋友來看。（卷七，頁一一，乙面）

同回：秦鐘笑道，家父前日……這裏義學到（倒）好。

眉批：

眞是可兒之弟。（卷七，頁一三，甲面）

同回：寶叔果然度小姪或可磨墨滌硯。

眉批：

眞是可卿之弟。（同上）

甲戌本第八回：又從翻過正面來細看。

夾批：

可謂眞奇之至。（卷八，頁四，乙面）

同回：原來姐姐那項圈上也有八個字。

眉批：

恨顰兒不早來聽此數語，若使彼聞之，不知又有何等妙□趣語以悅我等心臆。（卷八，頁五，甲面）

同回：姐姐如何反不解這意思。

雙行批：

吾不知顰兒以何物爲心爲齒，爲口爲舌，實不知胸中有何丘壑。（卷八，頁六，乙面）

同回：是不是我來了，你就該去了。

夾批：

實不知有何丘壑。（同上）

同回：薛姨媽便命人去灌了些上等的酒來。

眉批：

余最恨無調教之家，任其子侄肆行哺啜。觀此則知大家風範。（卷八，頁七，甲面）

同回：黛玉磕着瓜子兒，只抿着嘴笑。

夾批：

實不知其丘壑自何處設想而來。（卷八，頁八，甲面）

同回：那裏就冷死了。

夾批：

吾實不知何為心，何為齒口舌。（同上）

同回：只嘻嘻的笑了兩陣罷了。

夾批：

這纔好，這纔是寶玉。（同上）

同回：也不去採他。

夾批：

渾厚天成，這纔是寶釵。（同上）

同回：還只當我素日是這等輕狂慣了呢。

雙行批：

用此一解，眞可拍案叫絕，足見其以蘭爲心，以玉爲骨，以蓮爲舌，以冰爲神，眞眞絕倒天下之裙釵矣。（卷八，頁八，乙面）

同回：碧粳粥。

夾批：

美粥名。（卷八，頁一〇，甲面）

同回：你走不走。

夾批：

妙問。（同上）

同回：你要走，我和你一同走。

夾批：

妙答。（同上）

同回：好了，披上斗蓬罷。

雙行批：

若使寶釵整理，顰卿又不知有多少文章。（卷八，頁一〇，乙面）

同回：我親自爬高上梯的貼上，這會子還凍的手僵冷的呢。

夾批：

可兒可兒。可兒可兒。（卷八，頁一一，乙面）

甲戌本第十三回：誰知尤氏正犯了胃疼舊疾。

夾批：

妙，非此何以出阿鳳。（卷一三，頁四，甲面）

甲戌本第十四回：大概點了一點數目單冊。

夾批：

已有成見。（卷一四，頁二，甲面）

同回：我就說不得要討你們嫌了。

夾批：

先跕地步。（卷一四，頁二，乙面）

同回：這如今可要依著我。

夾批：

宛轉得妙。（同上）

同回：說不得偺們大家辛苦。

夾批：

是協理口氣，好聽之至。（卷一四，頁三，乙面）

甲戌本第十五回：將來雛鳳清於老鳳聲，未可諒也。

夾批：

妙極，開口便是西崑體，寶玉聞之，寧不刮目哉。（卷一五，頁二，甲面）

同回：好兄弟，你是個尊貴人，女孩兒一樣的人品。

夾批：

非此一句，寶玉必不依。阿鳳眞好才情。(卷一五，頁三，乙面)

同回：粒粒皆辛苦。正爲此也。

夾批：

聰明人自是一喝卽悟。(卷一五，頁四，乙面)

同回：鳳姐想了一想。

夾批：

一想便有許多好處，眞好阿鳳。(卷一五，頁一一，甲面)

同回：因有此三益。

夾批：

世人只云一舉兩得，獨阿鳳一舉更添一。(同上)

甲戌本第十六回：可見當今的隆恩……從來未有的。

雙行批：

于閨閣中作此語，直與擊壤同聲。(卷一六，頁九，乙面)

甲戌本第二十五回：寶玉忽然噯喲了一聲，說好頭疼。

夾批：

自黛玉看書起，分三段寫來，眞無容針之空，如夏日烏雲四起，疾閃長雷不絕，不知雨落何時，忽然霹靂一聲，傾盆大注，何快如之，何樂如之，其令人寧不叫絕。（卷二五，頁一一，乙面——頁一二，甲面）

甲戌本第二十六回：寶玉叫往林姑娘那裏送茶。

夾批：

交代井井有法。（卷二六，頁一，乙面）

甲戌本第二十六回：覺得一縷幽香從碧紗窗中暗暗透出。

夾批：

寫得出，寫得出。（卷二六，頁八，甲面）

同回：那馮紫英站著，一氣而盡。

夾批：

令人快活煞。（卷二六，頁一二，乙面）

同回：聞得寶玉回來了，心裏要找他問是怎麼樣了。

夾批：

獃兄比（此）席的是合和筵也。一笑。（卷二六，頁一三，乙面）

甲戌本第二十七回：好似木雕泥塑的一般。

夾批：

木是旃（栴）檀，泥是金沙方可。（卷二七，頁一，乙面）

同回：桃羞杏讓，燕妬鶯慚。

夾批：

桃杏燕鶯是這樣用法。（卷二七，頁二，甲面）

同回：鳳姐又道，這個丫頭就好。

夾批：

紅玉聽了麼。（卷二七，頁七，乙面）

甲戌本第二十八回：薛蟠未等說完。

夾批：

爽人爽語。（卷二八，頁一〇，乙面）

興感

甲戌本第二回：門前有額，題著智通寺三字。

夾批：

誰爲智者？又誰能通？一嘆。（卷二，頁五，甲面）

同回：如今一味好道，只愛燒丹煉永（汞）。

夾批：

亦是大族末世常有之事。嘆嘆。

同回：一病死了。

眉批：

略可望者卽死。嘆。（卷二，頁八，乙面）

甲戌本第三回：榮國府收養林黛玉。

夾批：

二字觸目淒涼之至。（卷三，頁一，甲面）

同回：且汝多病，年又極小，上無親母教養，下無姊妹兄弟扶持。

夾批：

可憐。

一句一滴血。

一句一滴血之文。（卷三，頁二，甲面）

按：此卽硯脂齋自云重出者，批閱時間次數不同所致。

同回：心肝肉兒叫著，大哭起來。

夾批：

幾千斤力量寫此一筆。（卷三，頁四，甲面）

同回：見了姑娘彼此到傷心。

夾批：

追魂攝魄。（卷三，頁八，甲面）

同回：姊妹們雖拙，大家一處伴著亦可以解些煩悶。

夾批：

赦老亦能作此語，嘆嘆。（卷三，頁八，甲面）

同回：何苦摔那個命根子。

夾批：

一字一千斤重。（卷三，頁一五，甲面）

甲戌本第四回：這也是前生寃孽，可巧遇著拐子賣丫頭。

夾批：

善善惡惡多從可巧而來，可畏可怕。（卷四，頁四，乙面）

同回：他是被拐子打怕了的。

夾批：

可憐。（卷四，頁五，乙面）

同回：方纔略解憂悶，自爲從此得所。

夾批：

可憐，眞可憐。（卷四，頁六，甲面）

同回：薛蟠見英蓮生得不俗。

夾批：

阿獃兄亦知不俗，英蓮人品可知矣。（卷四，頁九，乙面）

同回：自爲花上幾個臭錢，沒有不了的。

夾批：

是極，人謂薛蟠爲獃，余則謂是大徹悟。（同上）

同回：寄言衆兒女，何必覓閑愁。

夾批：

將通部人一喝。（卷五，頁四，甲面）

同回：天倫呵，須要退步抽身早。

單行批：

悲險之至。（卷五，頁一三，甲面）

同回：襁褓中父母嘆雙亡。

夾批：

意眞辭切，過來人見之不免失聲。（卷五，頁一三，乙面）

同回：第十支聰明累「枉費了意懸懸半世心……大厦傾」。

眉批：

過來人覩此寧不放聲一哭。（卷五，頁一四，乙面）

同回：嘆人世終難定。

單行批：

見得到。（卷五，頁一五，甲面）

同回：收尾，飛鳥各投林。

雙行批：

收尾愈覺悲慘可畏。（卷五，頁一五，乙面）

甲戌本第六回：這周瑞先時曾和我父親交過一樁事，我們極好的。

雙行批：

欲赴豪門，必先交其僕，寫來一嘆。（卷六，頁五，甲面）

同回：瞧瞧我們，是他的好意思。

夾批：

窮親戚來看，是好意思。余又自《石頭記》中見了，嘆嘆！（卷六，頁一四，乙面）

同回：太太漸上了年紀，一時想不到也是有的。

夾批：

點不待上門就該有照應數語，此亦于《石頭記》再見話頭。（同上）

同回：怎好叫你空回去。

夾批：

也是《石頭記》再見了，嘆嘆。（卷六，頁一五，甲面）

同回：心裡便突突的。

夾批：

可憐，可嘆。（同上）

同回：喜的渾身發癢起來。

夾批：

可憐，可嘆。（同上）

同回：再拿一串錢來。

夾批：

這樣常例亦再見。（同上）

同回：他怎麼又跑出這個姪兒來了。

雙行批：

爲財勢一哭。（卷六，頁一五，乙面）

甲戌本第七回：可知貧富二字限人……不快事。

雙行批：

貧富二字中失卻多少英雄朋友。（卷七，頁一一，乙面）

同回：不因俊俏難爲友，正爲風流始讀書。

夾批：

原來不讀書卽蠢物矣。（卷七，頁一六，甲面）

甲戌本第八回：那賈府上上下下都是一雙富貴眼睛。

夾批：

爲天下讀書（人）一哭，素寒人一哭。（卷八，頁一四，乙面）

同回：又恐悞了兒子的終身大事。

夾批：

原來讀書是終身大事。（同上）

甲戌本第十三回：在靈前哀哀欲絕。

夾批：

非恩惠愛人，那能如是。惜哉可卿！惜哉可卿！（卷一三，頁六，甲面）

甲戌本第十五回：爭奈車輕馬快，一時展眼無踪。

夾批：

四字有文章，人生離聚亦未嘗不如此也。（卷一五，頁五，乙面）

同回：如今後輩人口繁盛……或性情參商。

雙行批：

所謂「源遠水則濁，枝繁果則稀。」余謂（爲）天下癡心祖宗爲子孫謀千年業者痛哭。（卷一五，頁六，甲面）

同回：有那家業艱難安分的。

夾批：

妙在艱難就安分，富貴則不安分矣。（同上）

同回：爲事畢晏退之所。

夾批：

眞眞辜負祖宗體貼子孫之心。（同上）

同回：張家連家孝敬，也都情願。

雙行批：

壞極妙極。若與府尹攀了親，何惜張財不能再得。小人之心如此，良民遭害如此。（卷一五，頁八，乙面）

甲戌本第十六回：明兒你見了他，好歹描補描補。

眉批：

阿鳳之帶璉兒如弄小兒，可思（畏）之至。（卷一六，頁六，甲面）

同回：希罕你們鬼鬼祟祟的。

夾批：

忽又寫到利弊，眞令人一嘆。（卷一六，頁一三，乙面）

甲戌本第二十五回：王夫人便用手滿身滿臉摩挲撫弄他。

夾批：

普天下幼年喪母者齊來一哭。（卷二五，頁三，甲面）

同回：便說是自己燙的，也要罵人爲什麼不小心看著。

夾批：

玉兄自是悌弟之心性。一嘆。（卷二五，頁四，乙面）

同回：趙姨娘便印了手模。

夾批：

癡婦癡婦。（卷二五，頁九，甲面）

同回：並不顧青紅皂白，滿口裏應著。

夾批：

有道婆作乾娘者來看此句。（卷二五，頁九，乙面）

同回：怎麼還不給我們家作媳婦。

夾批：

二玉事在賈府上下諸人，卽看書人批書人皆信定一段好夫妻；書中常常每每道及，豈其不然。嘆嘆。（卷二五，頁一一，甲面）

同回：塵緣滿日，若似彈指。

雙行批：

見此一句，令人可嘆可驚，不忍往後再看矣。（卷二五，頁一五，乙面）

同回：賈母王夫人等如得了珍寶一般。

夾批：

昊天罔極之恩，如何報得。哭殺幼而喪親者。（卷二五，頁一六，乙面）

同回：「寶玉退祟」一段。

眉批：

嘆不得見玉兄懸崖撒手文字爲恨。（卷二五，頁一六，乙面）

甲戌本第二十六回：紅玉道，怕什麼，還不如早些死了到乾淨。

夾批：

此句令人氣噎，總在無可奈何上來。（卷二六，頁二，甲面）

同回：千里搭長棚，沒有個不散的筵席。

夾批：

此時寫出此等言語，令人墮淚。（卷二六，頁二，乙面）

同回：可知原來匾上是恁樣四個字。

雙行批：

傷哉，瞬眼便紅稀綠瘦矣，嘆嘆。（卷二六，頁五，甲面）

同回：獨立牆角花陰之下悲悲戚戚嗚咽起來。

夾批：

可憐殺，可疼殺。余亦淚下。（卷二六，頁一四，乙面）

甲戌本第二十七回：又問名子（字）。

夾批：

眞眞不知名，可嘆。（卷二七，頁八，甲面）

甲戌本第二十八回：黛玉向外說道。

夾批：

仍丟不下，嘆嘆。（卷二八，頁八，乙面）

同回：阿彌陀佛，趕你回來，我死了也罷了。

夾批：

何苦來，余不忍聽。（卷二八，頁九，甲面）

褒貶

甲戌本第一回：雨村不覺看得呆了。

夾批：

今古窮酸色心最重。（卷一，頁一三，甲面）

同回：然生得腰圓背厚，面濶口方，更兼劍眉星眼，直鼻權腮。

夾批：

是莽操遺容。（同上）

同回：便自（以）爲這女子心中有意于他。

夾批：

今古窮酸皆會替女婦心中取中自己。（同上）

同回：卻自己步月至廟中來邀雨村。

夾批：

寫士隱愛才好客。（卷一，頁一三，乙面）

同回：滿把晴光護玉欄。

夾批：

奸雄心事，不覺露出。（卷一，頁一四，乙面）

同回：雨村收了銀衣，不過略謝一語，並不介意，仍是吃酒談笑。

夾批：

寫雨村眞是個英雄。（卷一，頁一五，甲面）

同回：使雨村投謁個仕宦之家爲寄足之地。

夾批：

又週到如此。（卷一，頁一五，乙面）

同回：讀書人不在黃道黑道，總以事理爲要，不及面辭了。

夾批：

寫雨村眞令人爽快。（同上）

甲戌本第二回：雨村遣人送兩封銀子、四疋錦緞。

夾批：

雨村已是下流人物，看此今之如雨村者亦未有矣。（卷二，頁二，乙面）

同回：轉託他向甄家娘子要那嬌杏作二房。

夾批：

謝禮卻爲此，險哉人之心也。（同上）

同回：且又恃才侮上。

夾批：

此亦奸雄必有之理。（卷二，頁三，乙面）

同回：致使地方多事，民命不堪等語。

夾批：

此亦奸雄必有之事。（同上）

同回：卻面上全無一點怨色，仍是喜悅自若。

夾批：

此亦奸雄必有之態。（同上）

同回：雖係鐘鼎之家，卻亦是書香之族。

夾批：

要緊二字。蓋鐘鼎亦必有書香方至美。（卷二，頁四，甲面）

同回：雨村不耐煩，便仍出來。

眉批：

畢竟雨村還是俗眼，只能識得阿鳳寶玉黛玉等未覺之先，卻不識得既證之後。（卷二，頁五，乙面）

同回：可也不玷辱了先生的門楣了。

夾批：

剜小人之心肺，聞小人之口角。（卷二，頁六，甲面）

同回：自東漢賈復以來支派繁盛。

夾批：

此話縱眞，亦必謂是雨村欺人語。（卷二，頁六，乙面）

同回：如今現已陞了員外郎了。

夾批：

總是稱功頌德。（卷二，頁八，甲面）

同回：便在下也和他家來往非止一日了。

夾批：

說大話之走狗，畢眞。（卷二，頁一〇，乙面）

同回：比那阿彌陀佛、元始天尊的這兩個寶號還更尊榮無對的呢。

眉批：

如何只以釋老二號爲譬，略不敢及我先師儒聖等人，余則不敢以頑劣目之。（卷二，頁一一，甲面）

甲戌本第三回：便忙獻計。

夾批：

畢肖。趕熱竈者。（卷三，頁一，甲面）

同回：不知令親大人現居何職？

夾批：

奸險小人欺人語。(卷三，頁一，乙面)

同回：不敢驟然入都干瀆。

夾批：

全是假，全是詐。(同上)

同回：拿著宗侄的名帖至榮府門前投了。

夾批：

此帖妙極。可知雨村的品行矣。(卷三，頁二，乙面)

同回：輕輕謀了一個復職候缺。

夾批：

春秋字法。(同上)

同回：便謀補了此缺。

夾批：

春秋字法。(同上)

按：陳慶浩輯校以「春秋字法」筆跡與前後批不同。其實爲同一人之筆，並無異。

同回：天下眞有這樣標緻人物。

眉批：

眞有這樣標緻人物，出自鳳口，黛玉丰姿可知。宜作史筆看。（卷三，頁六，乙面）

甲戌本第四回：且居處于膏粱錦繡之中竟如槁木死灰一般，一概無見無聞。

夾批：

此時處此境，最能越理生事；彼竟不然，實罕見者。（卷四，頁一，乙面）

同回：老爺眞是貴人多忘事，把出身之地竟忘了。

夾批：

利心語。自招其禍亦因誇能恃才也。（卷四，頁二，乙面）

甲戌本第四回：便忙携手笑道，原來是故人。

夾批：

妙稱，全是假態。（同上）

同回：又讓了坐好談。

夾批：

假極。（同上）

同回：雨村笑道：貧賤之交不可忘。

夾批：

全是奸險小人態度，活現活跳。（卷四，頁三，甲面）

同回：難道就沒抄一張護官符來不成。

夾批：

可對聚寶盆，一笑。三字從來未見，奇之至。（同上）

同回：連這不知，怎能作得長遠？

夾批：

罵得爽快。（同上）

同回：不但官爵，只怕連性命還保不成呢。

夾批：

可怜可嘆，可恨可氣，變作一把眼淚也。（同上）

同回：雨村道，你說的何嘗不是。

夾批：

可發一長嘆，這一句已見奸雄全是假。（卷四，頁六，乙面）

同回：蒙皇上隆恩，起復委用。

夾批：

奸雄。（同上）

同回：正當殫心竭力圖報之時。

夾批：

奸雄。（同上）

同回：豈可因私而廢法。

夾批：

奸雄。（同上）

同回：我實不能忍爲者。

夾批：

全是假。（同上）

同回：雨村低了半日頭，方說道。

夾批：

奸雄欺人。（卷四，頁七，甲面）

同回：雨村笑道，不妥不妥。

夾批：

奸雄欺人。（卷四，頁七，乙面）

同回：雨村又恐他對人說出當日貧賤時的事來，因此心中大不樂業，後來到底尋了個不是，遠遠的充發了纔罷。

夾批：

瞧他寫雨村如此，可知雨村終不是大英雄。（卷四，頁八，甲面）

同回：可知天從人願。

夾批：

寫盡五陵心意。（卷四，頁一〇，甲面）

同回：我帶了你妹子，去投你姨娘家去。

夾批：

薛母亦善訓子。（卷四，頁一〇，乙面）

同回：引誘著薛蟠，比當日更壞了十倍。

夾批：

雖說爲紈褲設鑑，其意原只罪賈宅，故用此等句法寫來。（卷四，頁一二，甲面）

同回：雖說賈政訓子有方、治家有法。

夾批：

八字特洗出政老來，又是作者隱意。（同上）

甲戌本第六回：我又沒有收稅的親戚。

單行批：

罵死。（卷六，頁四，甲面）

同回：作官的朋友。

單行批：

罵死。（同上）

同回：輕裘寶帶，美服華冠。

夾批：

如紈褲寫照。（卷六，頁一二，乙面）

甲戌本第七回：智能兒搖搖頭兒說，不知道。

雙行批：

妙。年輕未任事也，一應騙佈施哄齋供諸惡，皆是老禿賊設局。寫一種人，一種人活像。（卷七，頁五，乙面）

同回：「寶玉見秦鐘而歎思」一段。

雙行批：

一段情癡，翻賢賢易色一句筋斗，使此後朋友中無復再敢假談道義，虛論情常。（卷七，頁一一，乙面）

甲戌本第八回：不然沉甸甸的有什麼趣兒。

雙行批：

一句罵死天下濃粧艷飾富貴中之脂妖粉怪。（卷八，頁五，甲面）

同回：好好的衣服，燻的烟燎火氣的。

夾批：

眞眞罵死一干濃粧艷飾鬼怪。（卷八，頁六，甲面）

同回：小名喚可兒。

雙行批：

出名秦氏，究竟不知係出何氏，所謂寓褒貶、別善惡是也。秉刀斧之筆，具菩薩之心，亦甚難矣。如此寫出，可見來歷亦甚苦矣。又知作者是欲天下共來哭此情字。（卷八，頁一四，甲面）

眉批：

寫可兒出身自養生堂，是褒中貶；後死封龍禁尉，是貶中褒。靈巧一至于此。（同上）

同回：性格風流。

夾批：

四字便有隱意，春秋字法。（同上）

甲戌本第十三囘囘前總批：

在封龍禁尉寫乃褒中之（貶），（隱）去天香樓一節，是不忍下筆也。（卷一三，頁一，乙面）

同回：非告訴嬸子，別人未必中用。

夾批：

一語貶盡賈家一族空頂冠束帶者。（卷一三，頁二，甲面）

同回：賈珍哭的淚人一般。

夾批：

可笑如喪考妣，此作者刺心筆也。（卷一三，頁四，乙面）

甲戌本第十五回：獨有鳳姐嫌不方便。

夾批：

不用說，阿鳳自然不肯將就一刻的。（卷一五，頁六，甲面）

甲戌本第十六回：便姿（恣）意的作爲起來，也不消多記。

雙行批：

一段收拾過阿鳳心機膽量，眞與雨村是對亂世之奸雄。後文不必細寫其事，則知其平生之作爲；回首時無怪乎其慘痛之態，使天下癡心人同來一警，或可期共入于恬然自得之鄉矣。（卷一六，頁二，乙面）

同回：裏頭大有藏掖的。

夾批：

射利人微露心跡。（卷一六，頁一二，乙面）

甲戌本第二十五回：拿腔作勢的抄寫。

夾批：

小人乍得意者齊來一玩。（卷二五，頁二，乙面）

甲戌本第二十七回：寶釵意欲撲了來頑耍。

夾批：

可是一味知書識禮女夫子行止？寫寶釵無不相宜。（卷二七，頁二，乙面）

同回：心中喫驚。

夾批：

四字寫寶釵守身如此。（卷二七，頁三，乙面）

同回：悞了奶奶的事，憑奶奶責罰罷了。

夾批：

操必勝之權。紅兒機括志量，自知能應阿鳳使令意。（卷二七，頁四，甲面）

調侃

甲戌本第一回：弟子蠢物，……弟子質雖粗蠢，性卻稍通。

夾批：

豈敢豈敢。豈敢豈敢。（卷一，頁四，乙面）

同回：溫柔富貴鄉去安身樂業。

夾批：

何不再添一句云，擇個絕世情癡作主人。（卷一，頁五，乙面）

同回：那裏去有工夫看那理治之書。

眉批：

開卷一篇立意……《莊子》〈離騷〉之亞。

又批：

斯亦太過。（卷一，頁七，乙面）

按：此四字當爲針對前批而批的，是另一人所爲。

同回：空空道人聽如此說，思忖半晌。

夾批：

余代空空道人答曰，不獨破愁醒眊，且有大益。（卷一，頁七，乙面）

同回：將這《石頭記》再檢閱一遍。

夾批：

這空空道人也太小心了，想亦世之一腐儒耳。（卷一，頁七，乙面——頁八，甲面）

同回：大轎內擡著一個烏帽猩紅袍的官府過去了。

夾批：

雨村別來無恙否？可賀可賀。（卷一，頁一九，甲面）

甲戌本第二回：偶因一着錯，便爲人上人。

夾批：

妙極！蓋女兒原不應私顧外人之謂。

更妙！可知守禮俟命者，終爲餓莩，其調侃寓意不小。（卷二，頁三，甲面）

甲戌本第三回：到不見那蠢物也罷了。

夾批：

這蠢物不是那蠢物，卻有個極蠢之物相待。妙。（卷三，頁一二，乙面）

按：此條似非脂硯所批。

同回：到像在那裏見過的一般，何等眼熟到如此。

夾批：

正是。想必有（有正本作在）靈河岸上三生石畔曾見過。（卷三，頁一三，甲面）

同回：摘下那玉來就恨（狠）命摔去。

夾批：

試問石兄，此一摔，比在青埂峯下蕭然坦臥何如？（卷三，頁一五，甲面）

甲戌本第四回：雨村心中甚是疑怪。

夾批：

原可疑怪，余亦疑怪。（卷四，頁二，乙面）

同回：老爺一向加官進祿，八九年來就忘了我。

夾批：

語氣傲慢怪甚。（同上）

同回：雨村聽了，如雷震一驚。

夾批：

余亦一驚，但不知門子何知，尤爲怪甚。（同上）

同回：雨村忙問，何爲護官符？我竟不知。

夾批：

余亦欲問。（卷四，頁三，甲面）

甲戌本第五回：其故事乃是燃藜圖，……又有一副對聯。

眉批：

如此畫聯，焉能入夢。（卷五，頁二，乙面）

同回：便有一股細細的甜香。

夾批：

此香名引夢香。（卷五，頁三，甲面）

甲戌本第六回：誰知狗兒名利心甚重。

雙行批：

調侃語。（卷六，頁四，乙面）

同回：說你們棄厭我們，不肯常來。

夾批：

阿鳳眞眞可畏可惡。（卷六，頁一一，乙面）

同回：因笑止道。

雙行批：

問看官，常有將挪移借貸已說明了，彼仍推聾粧啞，這人爲阿鳳若何。呵呵，一嘆。(卷六，頁一四，甲面)

甲戌本第七回：和一個纔留頭的小女孩站立臺磯上頑。

夾批：

蓮卿別來無恙否。(卷七，頁一，甲面)

同回：這到效驗些。

雙行批：

卿不知從那裏弄來，余則深知是從放春山採來，以灌愁海水和成，煩廣寒玉兒搗碎，在太虛幻境空靈殿上炮製配合者也。(卷七，頁二，甲面)

甲戌本第八回：自己也有了個伴讀的朋友，正好發奮。

夾批：

未必。(卷八，頁一，甲面)

同回：不妨事的。

夾批：

玉兒知己。一笑。(卷八，頁二，甲面)

同回：寶釵托於掌上。

雙行批：

試問石兄，此一托，比在青埂峯下猿啼虎嘯之聲何如。（卷八，頁四，甲面）

眉批：

余代答曰：遂心如意。（同上）

同回：到眞與我的是一對。

雙行批：

余亦謂是一對，不知干支中四註（柱）八字，可與卿亦對否。（卷八，頁五，乙面）

同回：姐姐燻的什麼香，我竟從未聞見。

夾批：

不知比羣芳髓又何如。（同上）

同回：豈不天天有人來了。

夾批：

強詞奪理。（卷八，頁六，乙面）

同回：和寶黛姐妹說說笑笑的。

雙行批：

試問石兄，皆（比）當日青埂峯猿啼虎嘯之聲何如。（卷八，頁八，乙面）

同回：把黛玉腮上一擰。

夾批：

我也欲擰。（卷八，頁九，乙面）

同回：你要走，我和你一同走。

夾批：

此等話阿顰心中最樂。（卷八，頁一〇，甲面）

同回：新書的三個字。

夾批：

究竟不知是三個什麼字，妙。（卷八，頁十一，乙面）

同回：寫絳芸軒。

夾批：

出題，妙。原來是這三字。（同上）

同回：明兒也替我寫一個匾。

夾批：

滑賊。（同上）

同回：次日帶時，便冰不着脖子。

雙行批：

試問石兄，此一渥比青埂峯下松風明月如何。（卷八，頁一三，甲面）

甲戌本第十三回：時因寶玉在側問道。

夾批：

余正思，如何高擱起玉兄了。（卷一三，頁八，乙面）

同回：我薦一個人與你。

夾批：

薦鳳姐須得寶玉，俱龍華會上人也。（同上）

甲戌本第十四回：這邊同那些渾人吃什麼。

夾批：

奇稱。試問誰是清人？（卷一四，頁七，乙面）

甲戌本第十六回：那薛大傻子真玷辱了他。

雙行批：

垂涎如見。試問兄寧不有玷平兒乎。（卷一六，頁六，乙面）

同回：若說內人外人這些混賬事，我們爺是沒有。

夾批：

千眞萬眞是沒有，一笑。(卷一六，頁九，甲面)

同回：原來見不得寶玉二字。

夾批：

調侃寶玉二字，極妙。(卷一六，頁一六，乙面)

同回：怕他也無益于我們。

夾批：

神鬼也講有益無益。(同上)

甲戌本第二十五回：黛玉笑道，可是，我到忘了。

夾批：

該云，我正看《會眞記》呢，一笑。(卷二五，頁一〇，甲面)

同回：我喫著好。

夾批：

卿愛因味輕也。卿如何擔得起味厚之物耶。(卷二五，頁一〇，乙面)

同回：不過是貧嘴賤舌，討人厭惡罷了。

夾批：

此句還要候查。(卷二五，頁一一，甲面)

甲戌本第二十六回：叔叔房裏姐姐們，我怎麼敢放肆呢。

夾批：

紅玉何以使得。（卷二六，頁六，甲面）

甲戌本第二十七回：越性遲兩日，等他的氣嘆一嘆再去也罷了。

夾批：

作書人調侃耶。（卷二七，頁一一，乙面）

甲戌本第二十八回：難道還有一個癡子不成。

夾批：

豈敢豈敢。（卷二八，頁一，乙面）

同回：女兒愁……先還可恕。

夾批：

不愁。一笑。（卷二八，頁一三，乙面）

引證

甲戌本第一回：如今年已半百，膝下無兒。

夾批：

所謂「美中不足」也。（卷一，頁九，甲面）

同回：只因西方靈河岸上，三生石畔。

夾批：

妙！所謂「三生石上舊精魂」也。（卷一，頁九，甲面）

同回：「絳珠」「神瑛」一段。

眉批：

以頑石草木爲偶，實歷盡風月波瀾，嚐遍情緣滋味，至無可如何始結此木石因果，以洩胸中悒鬱。古人之「一花一石如有意，不語不笑能留人。」此之謂耶。（卷一，頁九，乙面）

同回：只見從那邊來了一僧一道。

夾批：

所謂「萬境都如夢境看」也。（卷一，頁一一，乙面）

同回：那僧便哭起來。

夾批：

奇怪，所謂「情僧」也。（同上）

同回：三刼後我在北邙山等你。

眉批：

佛以世謂刼，凡三十年爲一世，三刼者，想以九十春光寓言也。（卷一，頁一二，甲面）

甲戌本第二回：甄家娘子聽了不免心中傷感。

夾批：

所謂「舊事悽涼不可聞」也。

同回：封肅回家無話。

夾批：

士隱家一段小榮枯至此結住，所謂「眞不去，假焉來」也。（卷二，頁三，甲面）

甲戌本第三回：第二個削肩細腰。

夾批：

〈洛神賦〉中云：「肩若削成」是也。（卷三，頁四，乙面）

同回：只聽得後院中有人笑聲說，我來遲了。

眉批：

另磨新墨，搦銳筆，特獨出熙鳳一人，未寫其形，先使聞聲，所謂「繡幡開，遙見英雄俺」也。（卷三，頁五，乙面）

按：有正本脫「搦」、「特」二字。

同回：單我有，我就沒趣。

眉批：

「不是寃家不聚頭」第一場也。

同回：寶玉聽如此說，想一想竟大有情禮。

夾批：

所謂小兒易哄。余則謂「君子可欺以其方」云。（卷三，頁一五，乙面）

甲戌本第四回：立意買來作妾，立誓再不交接男子。

夾批：

諺云：「人若改常，非病卽亡。」信有之乎？（卷四，頁四，乙面）

同回：而且使錢如土。

夾批：

「世路難行錢作馬」。（卷四，頁六，甲面）

同回：你的意思，我卻知道。

夾批：

「知子莫若父」。（卷四，頁一〇，乙面）

甲戌本第七回：只見薛寶釵穿著家常衣服。

眉批：

「家常愛著舊衣常（裳）」是也。（卷七，頁一，乙面）

同回：「寶玉看瓔珞」一段。

眉批：

「花看半開，酒飲微醉」，此文字是也。（卷八，頁五，乙面）

甲戌本第十三回：屈指算行程該到何處。

夾批：

所謂「計程今日到梁州」是也。（卷一三，頁一，乙面）

同回：出在潢海鐵網山上。

夾批：

所謂「迷津易墮，塵網難逃」也。（卷一三，頁五，乙面）

甲戌本第十五回：離鐵檻寺不遠。

雙行批：

前人詩云：縱有千門（年）鐵門限，終須一個土饅頭。是此意，故不遠二字有文章。（卷一五，頁六，乙面）

甲戌本第十六回：且自靜候大愈時再約。

夾批：

所謂「好事多磨」也。（卷一六，頁二，甲面）

同回：也著實懸心，不能樂業。

夾批：

「天下本無事，庸人自擾之。」世上人各各如此，又非此情鍾意功（切）。（卷一六，頁一五，甲面）

甲戌本第二十五回：卻恨面前有一株海棠花遮著，看不眞切。

雙行批：

余所謂此書之妙，皆從詩詞中泛出者，皆係此等筆墨也。試問觀者，此非「隔花人遠天涯近乎」。可知上幾回非余妄擬也。（卷二五，頁一，乙面）

同回：狗咬呂洞濱，不識好人心。

雙行批：

風月之情皆係彼此業障所牽，雖云惺惺惜惺惺，但從業障而來。蠢婦配才郞，世間固不少，然俏女摹（慕）村夫者猶（尤）多，所謂「業障牽魔，不在才貌」之論。（卷二五，頁三，甲面）

同回：可是我正沒有鞋面子。

夾批：

「見者有分」是也。（卷二五，頁七，甲面）

同回：便叫過一個心腹婆子來。

夾批：

所謂「狐羣狗黨。」大家難免，看官著眼。（卷二五，頁九，甲面）

同回：便倚著房門出了一回神。

夾批：

所謂「閒倚綉房吹柳絮」是也。（卷二五，頁一〇，甲面）

同回：看堦下迸新出的稚笋。

夾批：

妙妙。「笋根稚子無人見」，今得㸃兒一見，何幸如之。

同回：只見寶玉睜開眼說道，……我可不在你家了。

夾批：

「語不驚人死不休」此之謂也。（卷二五，頁一三，乙面）

同回：卻因煅煉通靈後，便向人間覓是非。

眉批：

所謂「越不聰明越快活」。（卷二五，頁一六，甲面）

同回：「寶玉退祟」一段。

眉批：

通靈玉聽懶（癩）和尚二偈卽刻靈應，抵卻前回若於（干）莊子反（及）語錄機鋒偈子，

正所謂「物各有主」也。（同上）

甲戌本第二十八回：只見臉若銀盆。

夾批：

太白所謂「清水出芙蓉」。（卷二八，頁一九，甲面）

對讀者的提醒與說明

甲戌本第一回：乃親斟一斗爲賀。

夾批：

這個斗字莫作升斗之斗看。

可笑。

（此語批得謬）（卷一，頁一四，乙面）

按：此爲先後三人的批。前批者以當時不流行用斗爲飲器，而作者用古詞語，特加提醒觀者。第二批者以斗字作酒杯解乃衆所周知，何必此一注明，故批「可笑」二字以諷刺這批。更後之批者（如劉銓福等或更後之人）亦覺此批不當有，而把「可笑」視與上批爲一條，所以批「此語批得謬」，並加上括號以示區別。

同回：一覺直至紅日三竿方醒。

夾批：

是宿酒。(卷一，頁一五，乙面)

甲戌本第二回：到(倒)是老先生你貴同宗家出了一件小小的異事。

夾批：

雨村已無族中矣，何及此耶？看他下文。(卷二，頁六，甲面)

按：此當爲二人之批，前批者問，後批者答。

同回：不比先時的光景。

夾批：

記清此句。可知書中之榮府已是末世了。(卷二，頁六，乙面)

同回：當日寧榮兩宅的人口極多，如何就消疎了？

夾批：

作者之意原只寫末世。此已是賈府之末世了。(同上)

同回：當日寧國公與榮國公是一母同胞弟兄兩個。

夾批：

演。源。(卷二，頁七，乙面)

同回：寧公居長，生了四個兒子。

夾批：

賈薔賈菌之祖，不言可知矣。（同上）

按：此批原在次行，今從《新編紅樓夢脂硯齋評語輯校》繫於此。

同回：賈代化襲了官。

夾批：

第二代。（同上）

同回：賈敬襲了官。

夾批：

第三代。（同上）

同回：留下一子名喚賈珍。

夾批：

第四代。（同上）

同回：名叫賈蓉。

夾批：

至蓉五代。（同上）

同回：長子賈代善襲了官。

夾批：

第二代。（卷二，頁八，甲面）

同回：娶的金陵世勳史侯家的小姐爲妻。

夾批：

因湘雲故及之。（同上）

同回：次子賈政。

夾批：

第三代。（同上）

同回：太夫人尚在。

夾批：

記眞，湘雲祖姑史氏太君也。（同上）

同回：這政老爹的夫人王氏。

夾批：

記清。（同上）

同回：娶了妻，生了子，一病死了。

夾批：

此即賈蘭也，至蘭第五代。（卷二，頁八，乙面）

同回：只金陵城內欽差金陵省體仁院總裁甄家。

夾批：

此銜無考，亦因寓懷而設，置而勿論。（卷二，頁一〇，乙面）

同回：選入宮中作女史去了。

夾批：

因漢以前例，妙。（卷二，頁一二，甲面）

同回：竟是個男人萬不及一的。

眉批：

非警幻案下而來爲誰？（卷二，頁一三，甲面）

同回：說著別人家的閑話正好下酒。

夾批：

蓋云此一段話，亦爲世人茶酒之笑談耳。（卷二，頁一三，乙面）

甲戌本第三回：名赦字恩侯，二內兄政字存周。

夾批：

二名二字皆頌德而來，與子興口中作證。（卷三，頁一，乙面）

同回：帶了小童，拿著宗侄的名帖。

夾批：

至此漸漸好看起來也。（卷三，頁二，乙面）

按：此似非脂硯的批。

同回：拜辭了賈政，擇日到任去了。

夾批：

因寶釵，故及之。（同上）

同回：且說黛玉自那日棄舟登岸時。

夾批：

這方是正文起頭處，此後筆墨與前兩回不同。（同上）

同回：生恐被人恥笑了他去。

夾批：

寫黛玉自幼之心機。（卷三，頁三，甲面）

同回：溫柔沉默，觀之可親。

夾批：

爲迎春寫照。（卷三，頁四，乙面）

同回：文彩精華，見之忘俗。

夾批：

為探春寫照。（同上）

同回：「黛玉見迎春姊妹」一段。

眉批：

從黛玉眼中寫三人。（同上）

同回：「衆人寬慰黛玉」一段。

眉批：

從衆人目中寫黛玉。（卷二，頁五，甲面）

同回：衆人忙都寬慰解釋，方略止住。

夾批：

為（有正本「為」上有「總」字）黛玉自此不能別往。（卷三，頁五，甲面）

同回：身體面龐雖怯弱不勝。

眉批：

草胎卉質豈能勝物耶？想其衣裙皆不得不免（勉）強支持者。（同上）

同回：「熙鳳打扮」一段。

夾批：

頭。頸。腰。（卷三，頁五，乙面——頁六，甲面）

同回：丹唇未啓笑先聞。

夾批：

為阿鳳寫照。（卷三，頁六，甲面）

同回：只可憐我這妹妹這樣命苦。

夾批：

這是阿鳳見黛玉正文。（卷三，頁六，乙面）

同回：已擺了茶果上來，親為捧茶捧果。

夾批：

總為黛玉眼中寫出。（卷三，頁七，甲面）

同回：等太太回去過了目好送來。

夾批：

試看他心機。（卷三，頁七，乙面）

同回：王夫人一笑，點頭不語。

夾批：

深取之意。（同上）

同回：是榮府中之花園隔斷過來的。

夾批：

黛玉之心機眼力。（卷三，頁八，甲面）

同回：穿過一個東西的穿堂。

夾批：

這一個穿堂是賈母正房之南者。鳳姐處所通者則是賈母正房之北。（卷三，頁八，乙面）

同回：一邊是金蜼彝，一邊是玻璃盆。

夾批：

蜼音壘，周器也。

盆音海，盛酒之大器也。（卷三，頁九，甲面）

同回：原來王夫人時常居坐宴息亦不在這正堂。

夾批：

黛玉由正室一段而來，是爲拜見政老耳，故進東房。（卷三，頁九，乙面）

按：正室當爲正堂之誤。

同回：只在這正室東邊的三間耳房內。

夾批：

若見王夫人。(同上)

同回：於是老嬷嬷引黛玉進東房門來。

夾批：

直寫引至東廊小正室內矣。(同上)

同回：只向東邊椅子上坐了。

夾批：

寫黛玉心意。(同上)

同回：黛玉心中料定這是賈政之位。

夾批：

寫黛玉心到眼到。傖夫但云爲賈府敍坐位，豈不可笑。(卷三，頁一〇，甲面)

同回：你舅舅今日齋戒去了。

夾批：

點綴官途。(卷三，頁一〇，乙面)

同回：今日因廟裏還願去了。

夾批：

是富貴公子。(同上)

同回：極惡讀書。

夾批：

是極惡每日諸之（詩云）子曰的讀書。（卷三，頁一〇，乙面）

同回：小名就喚寶玉，雖極憨頑。

夾批：

以黛玉道寶玉名，方不失正文，雖字是有情字宿根而發，勿得泛泛看過。（卷三，頁一一，甲面）

同回：拿他的兩三個小么兒出氣，咕唧一會子就完了。

夾批：

這可是寶玉本性眞情，前四十九字迴異之批，今始方知。蓋小人口碑累累，如是是是非非，任爾口角，大都皆然。

同回：穿過一個東西穿堂。

眉批：

這正（有正本作「是」）賈母正室後之穿堂也。與前穿堂是一帶之屋，中一帶乃賈母之下室也。記清。（卷三，頁一一，乙面）

同回：見王夫人來了方安設桌椅。

夾批：

不是待王夫人用膳，是恐使王夫人有失侍膳之理（有正本作「禮」）耳。（同上）

同回：面若中秋之月。

眉批：

此非套滿月，蓋人生有面扁而青白色者，則皆可謂之秋月也。用滿月者不知此意。（卷三，頁一三，甲面）

同回：硬喫一大驚。

夾批：

怪甚。（卷三，頁一三，甲面）

同回：兩灣似蹙非蹙籠烟眉……弱柳扶風。

夾批：

至此八句是寶玉眼中。（卷三，頁一四，甲面）

同回：心較比干多一竅。

夾批：

此一句是寶玉心中。（同上）

同回：寶玉看罷，因笑道。

夾批：
看他第一句是何話。（卷三，頁一四，乙面）

同回：探春便問何出？

夾批：
寫探春。（同上）

同回：賈母急的摟了寶玉道：孽障。

夾批：
如聞其聲。恨極語，卻是疼極語。（卷三，頁一五，甲面）

同回：林姑娘正在這裏傷心。

夾批：
可知前批不謬。（卷三，頁一七，甲面）

同回：自己流眼抹淚的說。

夾批：
黛玉第一次哭，卻如此寫來。

眉批：
前文反明寫黛玉，幾被作者瞞過。這是第一次算還，不知下剩還該多少。（同上）

同回：豈不因我之過。

夾批：

所謂寶玉知己，全用體貼工夫。（同上）

按：寶字當作黛。

同回：明日再看不遲。

夾批：

總是體貼，不肯多事。（卷三，頁一七，乙面）

甲戌本第四回：賈不假，白玉爲堂金作馬。

夾批：

寧國榮國二公之後共十二（有正本作二十）房分，除寧榮親派八房在都外，現原籍住者十二房。（卷四，頁三，乙面）

同回：阿房宮，三百里，住不下金陵一個史。

夾批：

保齡侯尚書令史公之後，房分共十八，都中現住者十房，原籍現居八房。（同上）

同回：豐年好大雪，珍珠如土金如鐵。

夾批：

紫微舍人薛公之後，現領內府帑銀行商，共八房分。（同上）

同回：東海缺少白玉床，龍王來請金陵王。

夾批：

都太尉統制縣伯王公之後，共十二房，都中二房，餘　。（有正本作「餘在籍。」）

同回：況且他眉心中原有米粒大小的一點胭脂𤺥，從胎裏代（帶）來的。

夾批：

寶釵之熱，黛玉之怯，悉從胎中帶來。英蓮有𤺥，其人可知矣。（卷四，頁五，乙面）

同回：誰料天下竟有這等不如意事。

夾批：

一篇薄命賦，特出英蓮。（卷四，頁六，甲面）

同回：偺們東北角上梨香院一所十來間白空間。

夾批：

好香色。（卷四，頁一一，甲面）

甲戌本第五回：三個親孫女到且靠後。

夾批：

此句寫賈母。（卷五，頁一，甲面）

同回：因此黛玉心中便有些悒鬱不忿之意。

夾批：

此是黛玉缺處。（卷五，頁一，乙面）

同回：寶釵卻渾然不覺。

夾批：

這還是天性，後文則是又加學力了。（同上）

同回：況自天性所稟來的一片愚拙偏僻。

夾批：

四字是極不好，卻是極妙，只不要被作者瞞過。（同上）

同回：賈母素知秦氏是個極妥當的人。

夾批：

借賈母心中定評。（卷五，頁二，甲面）

同回：只留下襲人。

夾批：

一個再見。（同上）

同回：媚人。

夾批：

二新出。（同上）

同回：晴雯。

夾批：

三新出，名妙而文。（同上）

同回：麝月。

夾批：

四新出，尤妙。（同上）

同回：春夢隨雲散。

夾批：

開口拿春字，最要緊。（卷五，頁四，甲面）

同回：春夢隨雲散，飛花逐水流。

夾批：

二句比也。（同上）

同回：因近來風流冤孽綿纏于此處。

夾批：

四字可畏。（卷五，頁五，甲面）

同回：金陵十二釵正册。

夾批：

正文題。（卷五，頁六，乙面）

同回：必有絳珠妹子的生魂前來遊玩。

夾批：

絳珠爲誰氏，請觀者細思首回。（卷五，頁一〇，甲面）

同回：便唬得欲退不能退，果覺自形汚穢不堪。

夾批：

貴公子不怒而反退，卻是寶玉天外（分）中一段情癡。（同上）

同回：警幻忙攜住寶玉的手。

夾批：

妙！警幻自是個多情種子。（同上）

同回：萬望先以情欲聲色等事警其癡頑。

夾批：

二公眞無可奈何，開一覺世覺人之路也。（同上）

同回：上結著長生果。

單行批

末句開句收句。（卷五，頁一四，乙面）

同回：畫梁春盡落香塵。

夾批：

六朝妙句。（卷五，頁一五，乙面）

同回：爲官的家業凋零，富貴的金銀散盡。

夾批：

二句先總寧榮。（同上）

同回：癡迷的枉送了性命。

夾批：

將通部女子一總。（卷五，頁一六，甲面）

同回：惟意淫二字，惟心會而不可口傳。

夾批：

按寶玉一生心性，只不過是體貼二字，故曰意淫。（卷五，頁一七，甲面）

同回：再將吾妹一人，乳名兼美，字可卿者。

夾批：

妙。蓋指薛林而言也。(同上)

甲戌本第六回回前總批：

寶玉襲人亦大家常事耳，寫得是已全領警幻意淫之訓。(卷六，頁一，甲面)

同回：今便如此亦不爲越理。

雙行批：

寫出襲人身分。(卷六，頁二，甲面)

同回：只有王夫人之大兄，鳳姐之父。

雙行批：

兩呼兩起，不過欲觀者自醒。(卷六，頁二，乙面)

同回：遂將岳母劉姥姥。

雙行批：

音老，出偕聲字箋。稱呼畢肖。(卷六，頁三，甲面)

同回：家中多事未辦，狗兒未免心中煩慮。

眉批：

自《紅樓夢》一回至此，則珍饈中之虀耳，好看煞。(卷六，頁三，甲面——乙面)

同回：聽見帶他進城逛去。

雙行批：

音光去聲，遊去，出偕聲字箋。(卷六，頁五，乙面)

同回：再歇了中覺，越發沒了時候了。

雙行批：

寫出阿鳳勤勞冗雜並驕矜珍貴等事來。(卷六，頁八，乙面)

同回：先找著了鳳姐的一個心腹通房大丫頭。

雙行批：

著眼。這也是書中一要緊人，《紅樓夢》內(曲)雖未見有名，想亦在副冊內者也。(同上)

同回：小丫頭子打起了猩紅毡簾。

雙行批：

是冬日。(卷六，頁九，甲面)

同回：只聞一陣香撲了臉來。

雙行批：

是劉姥姥鼻中。(同上)

同回：身子如在雲端裏一般。

雙行批：

是劉姥姥身子。（同上）

同回：使人頭懸目眩。

雙行批：

是劉姥姥頭目。（同上）

同回：乃是賈璉的女兒大姐兒睡覺之所。

單行批：

記清。（同上）

同回：打量了劉姥姥兩眼。

雙行批：

寫豪門侍兒。（卷六，頁九，乙面）

同回：懸著大紅撒花軟簾。

夾批：

從門外寫來。（卷六，頁一〇，乙面）

同回：鳳姐忙說，周姐姐快攙住……那個嫽嫽了。

夾批：

鳳姐云不敢稱呼，周瑞家的云那個姥姥。

凡三四句一氣讀下，方是鳳姐聲口。（卷六，頁一一，甲面）

按：鳳姐云條批誤前移一行。此二條批當爲一條。

同回：鳳姐笑道，親戚們不大走動。

夾批：

二笑。（卷六，頁一一，乙面）

同回：鳳姐笑道，這話叫人沒的惡心。

夾批：

三笑。（同上）

同回：周瑞家的道，……若有話回二奶奶是和太太一樣的。

夾批：

周婦係眞心爲老嫗也，可謂得方便。（卷六，頁一二，甲面）

同回：一面遞眼色兒與劉姥姥。

夾批：

何如，余批不謬。（卷六，頁一二，乙面）

同回：「劉姥姥會意，未語先飛紅的臉」一段。

眉批：

老嫗有忍恥之心，故後有招大姐之事。作者並非泛寫，且為求親靠友下一棒喝。（同上）

同回：鳳姐笑道，也沒見我們王家的東西都是好的不成。

夾批：

又一笑，凡五。（卷六，頁一三，甲面）

同回：這裏劉姥姥心身方安。

夾批：

妙，卻是從劉姥姥身邊目中寫來。度至下回。（卷六，頁一三，乙面）

同回：鳳姐早已明白了，……因笑道。

雙行批：

又一笑，凡六。自劉姥姥來凡笑五次，寫得阿鳳乖滑伶俐，合眼如立在前。若會說話之人便聽他說了，阿鳳利害處正在此。（卷六，頁一四，甲面）

甲戌本第七回：只見薛寶釵穿著家常衣服。

夾批：

自入梨香至此方寫。（卷七，頁一，乙面）

同回：我這是從胎裏帶來的一股熱毒。

夾批：

凡心偶熾，是以孽火齊攻。（卷七，頁二，甲面）

同回：幸而我先天結壯，還不相干。

夾批：

渾厚故也。假使顰鳳輩，不知又何如治之。（同上）

同回：用十二分黃柏煎湯送下。

雙行批：

末用黃柏更妙，可知甘苦二字，不獨十二釵，世皆同有者。（卷七，頁三，甲面）

同回：寶釵道：有。

夾批：

一字句。（卷七，頁三，甲面）

同回：說著便叫香菱。

雙行批：

二字仍從蓮上起來，蓋英蓮者應憐也，香菱者亦相憐之意。此是改名之英蓮也。（卷七，頁三，乙面）

同回：姨媽不知道寶丫頭古怪呢。

夾批：

古怪二字，正是寶卿身分。（卷七，頁四，甲面）

同回：他從來不愛這些花兒粉兒的。

雙行批：

可知周瑞一回正爲寶菱二人所有，正《石頭記》得力處也。（同上）

同回：金釧道，可不就是。

夾批：

出名英蓮。（同上）

同回：惜春命丫嬛入畫來收了。

雙行批：

曰司棋，曰待（侍）書，曰入畫，後文補抱琴。（卷七，頁五，乙面）

同回：就說我和林姑娘打發來問姨娘姐姐安。

夾批：

和林姑娘，四字著眼。（卷七，頁八，乙面）

同回：原來這周瑞家的女婿便是雨村的好友冷子興。

夾批：

著眼。（同上）

同回：今兒甄家送了來的東西。

夾批：

又提甄家。（同上）

同回：太太派誰送去？

夾批：

阿鳳一生尖處。（卷七，頁九，甲面）

同回：鳳姐笑道，普天下的人我不笑話就罷了。

按：有正本尖作奸。

同回：

夾批：

自負得起。（卷七，頁一〇，甲面）

同回：我雖如此比他尊貴。

雙行批：

這一句不是寶玉本意中語，卻是古今歷來膏粱紈褲之意。（卷七，頁一一，乙面）

同回：舉止不浮。

雙行批：

不浮二字妙。秦卿目中所取正在此。（同上）

同回：更兼金冠綉服，驕婢侈童。

雙行批：

這二句是貶不是獎。此八字遮飾過多少魑魅紈綺，秦卿目中所鄙者。（同上）

同回：省得鬧你們。

雙行批：

眼見得二人一身一體矣。（卷七，頁一二，甲面）

同回：卻又是秦氏尤氏二人輸了戲酒的東道。

夾批：

自然是二人輸。（卷七，頁一三，甲面）

同回：誰知焦大醉了又罵呢。

雙行批：

可見罵非一次矣。（卷七，頁一三，乙面）

同回：先罵大總管賴二。

夾批：

來了。（卷七，頁一四，乙面）

同回：先罵大總管賴二。

雙行批：

記清，榮府中則是賴大，又故意綜錯的妙。（同上）

同回：趕着賈蓉叫，蓉哥兒，你別在焦大跟前使主子性兒。

夾批：

來了。（同上）

同回：亦發連賈珍都說出來。

夾批：

來了。（卷七，頁一五，甲面）

同回：那裏承望到如今生下這些畜生來。

夾批：

來了。（同上）

甲戌本第八回：賈母雖年高，卻極有興頭。

夾批：

爲賈母寫傳。（卷八，頁一，甲面）

同回：又恐擾的秦氏等人不便。

夾批：

全是體貼工夫。(卷八，頁一，乙面)

同回：老爺在夢坡齋。

夾批：

妙，夢遇坡之處也。(卷八，頁二，甲面)

同回：別的姐妹們都好。

夾批：

這是口中如此。(卷八，頁二，乙面)

同回：一面看寶玉頭上帶著纍絲嵌寶紫金冠。

夾批：

一面二，口中眼中，神情俱到。(同上)

同回：只見大如雀卵。

夾批：

體。(卷八，頁四，甲面)

同回：燦若明霞。

夾批：

色。（同上）

同回：瑩潤如酥。

夾批：

質。（同上）

同回：五色花紋纏護。

夾批：

文。（同上）

同回：但其眞體最小……等語之謗。

眉批：

又忽作此數語，以幻弄成眞，以眞弄成幻，眞眞假假，姿（恣）意遊戲于筆墨之中，可謂狡猾之至。

作人要老誠，作文要狡猾。（卷八，頁四，乙面）

同回：將那……瓔珞掏將出來。

雙行批：

按：瓔珞者，頭飾也，想近俗即呼爲項圈者是矣。（卷八，頁五，甲面）

同回：芳齡永繼。

夾批：

合前讀之，豈非一對。（卷八，頁五，乙面）

同回：是我早起喫了丸藥的香氣。

夾批：

點冷香丸。（卷八，頁六，甲面）

同回：好姐姐，給我一丸嚐嚐。

雙行批：

仍是小兒語氣，究竟不知別個小兒，只寶玉如此。（卷八，頁六，甲面）

同回：留他們喫茶。

夾批：

是溺愛，非勢力。（卷八，頁七，甲面）

同回：取了些來與他嚐。

夾批：

是溺愛，非誇富。（同上）

同回：灌了些上等的酒來。

夾批：

愈見溺愛。（同上）

同回：何苦我白賠在裏面。

夾批：

浪酒閑茶，原不相宜。（卷八，頁七，乙面）

同回：虧你每日家雜學傍收的。

夾批：

着眼，若不是寶卿說出，竟不知玉卿日就何業。（卷八，頁七，乙面）

同回：寶兄弟，虧你每日家雜學傍收的。

眉批：

在寶卿口中說出玉兄學業，是作微露卸春掛之萌耳，是書勿看正面爲幸。（同上）

同回：雪雁道，紫鵑姐姐。

夾批：

鸚哥改名已。（卷八，頁八，甲面）

同回：你就依比聖旨還快呢。

雙行批：

要知尤物方如此，莫作世俗中一味酸妬獅吼輩看去。（同上）

同回：隄防問你的書。

夾批：

不入耳之言是也。（卷八，頁八，乙面）

雙行批：

不合提此話，這是李嬤嬤激醉了的，無怪乎後文。一笑。（同上）

同回：舅舅若叫你。

夾批：

二字指賈政也。（卷八，頁九，甲面）

同回：又拿我們來醒脾了。

夾批：

這方是阿顰眞意對玉卿之文。（同上）

同回：林姐兒，你不要助着他了。

夾批：

如此之稱似不通，卻是老嫗眞心道出。（同上）

同回：又是急，又是笑，說道：眞眞這林姑娘說出一句話來比刀子還尖。

夾批：

是認不得眞，是不忍認眞，是愛極顰兒、疼煞顰兒之意。（同上）

同回：叫人恨又不是，喜歡又不是。

夾批：

可知余前批不謬。（卷八，頁九，乙面）

同回：寶玉也斜倦眼。

夾批：

醉意。（卷八，頁一〇，甲面）

同回：難到（道）沒見過別人帶過的。

夾批：

別人者，襲人晴雯之輩也。

同回：寶玉聽了，笑道。

夾批：

是醉笑。（卷八，頁一一，乙面）

同回：我生怕別人貼壞了。

夾批：

全是體貼一人。（卷八，頁一一，乙面）

同回：寶玉笑道：太渥早了些。

夾批：

絳芸軒中事。（卷八，頁一二，甲面）

同回：他要嚐嚐，就給他喫了。

夾批：

又是李嬤，事有湊巧如此類是。（同上）

同回：只順手往地下一擲。

夾批：

是醉後，故用二字，非有心動氣也。（同上）

同回：不過是仗着我小時候喫過他幾日奶罷了。

夾批：

眞醉了。（同上）

同回：攆了出去，大家干淨。

夾批：

眞眞大醉了。（同上）

同回：「寶玉醉擲茶杯」一段。

眉批：

按警幻情講（榜），寶玉係情不情。凡世間之無知無識，彼俱有一癡情去體貼，今加大醉二字于石兄，是因問包子，問茶，順手擲杯，問茜雪，攆李嬷，乃一部中未有第二次事也。襲人數語，無言而止，石兄眞大醉也。余亦云實實大醉也。難辭碎鬧，非薛蟠紈褲輩可比。（同上）

同回：堪陪寶玉讀書。

夾批：

驕養如此，溺愛如此。（卷八，頁一三，乙面）

同回：正思要和親家去商議。

夾批：

指賈珍。（卷八，頁一四，甲面）

同回：早知日後争閒氣，豈肯今朝錯讀書。

夾批：

這是隱語微詞，豈獨指此一事哉。

余則（以）爲讀書正爲争氣；但此争氣與彼争氣不同，寫來一笑。（卷八，頁一四，乙面）

甲戌本第十三回：但有何法可以永保無虞？

夾批：
非阿鳳不明。蓋今古名利場中患失之同意也。（卷一三，頁二，甲面）

同回：卻說寶玉因近日林黛玉回去。

夾批：
與鳳姐反對。（卷一三，頁三，乙面）

按：此批當爲前行「以及家中僕從老小」之想而批，抄者誤後置一行。

同回：不忍哇的一聲，噴出一口血來。

夾批：
寶玉早已看定，可繼家務者，可卿也。今聞死了，大失所望，急火攻心，焉得不有此血。爲玉一嘆。（卷一三，頁三，乙面）

同回：這是急火攻心，血不歸經。

夾批：
如何。自己說出來了。（卷一三，頁四，甲面）

同回：另設一壇於天香樓上。

夾批：
刪卻是未刪之筆。（卷一三，頁五，甲面）

同回：此物恐非常人可享者。

夾批：

政老有深意存焉。（卷一三，頁五，乙面）

同回：讓至逗蜂軒。

夾批：

軒名可思。（卷一三，頁六，乙面）

同回：想是爲喪禮上風光些。

夾批：

得，內相機括之快如此。

同回：原來是忠靖侯史鼎的夫人來了。

夾批：

史小姐湘雲消息也。（卷一三，頁七，乙面）

按：庚辰本，作「伏史湘雲」。則當入伏引。

同回：寧國府街上一條白漫漫，人來人往，花簇簇，官去官來。

夾批：

是有服親友並家下人丁之盛。

是來往祭弔之盛。(同上)

同回：便是我有不知道的，問問太太就是了。

夾批：

胸中成見已有之語。(卷一三，頁一〇，乙面)

同回：鳳姐笑道：不用。

夾批：

二字句。有神。

同回：此五件實是寧國府中風俗。

眉批：

此回只十頁，因刪去天香樓一節，少卻四五頁也。

甲戌本第十回回前總批：

鳳姐用彩明，因自識字不多，且彩明係未冠之童。

寫鳳姐之珍貴。

寫鳳姐之英氣。

寫鳳姐之聲勢。

寫鳳姐之心機。

寫鳳姐之驕大。

昭兒回並非林文璉文，是黛玉正文。（卷一四，頁一，甲面）

同回回前總批：

路謁北靜王，是寶玉正文。（卷一四，頁一，乙面）

同回：鳳姐冷笑道。

夾批：

凡鳳姐惱時偏偏用笑字，是章法。（卷一四，頁五，乙面）

同回：偺們去了，他豈不煩膩。

夾批：

純是體貼人情。（卷一四，頁七，甲面）

同回：那媳婦笑道，何嘗不是忘了。

夾批：

此婦亦善迎合。（卷一四，頁七，乙面）

同回：昭兒道，二爺打發回來的，林姑老爺是九月初三日巳時沒的。

眉批：

顰兒方可長居榮府之文。（卷一四，頁八，乙面）

同回：別勾引他認得混賬女人。

夾批：

切心事耶。（卷一四，頁九，甲面）

同回：回來打折你的腿等語。

夾批：

此一句最要緊。（同上）

同回：任其所爲，目若無人。

夾批：

寫秦氏之喪，卻只爲鳳姐一人。（卷一四，頁一〇，甲面）

甲戌本第十五回回前總批：

寶玉謁北靜王辭對神色，方露出本來面目，迥非在閨閣中之形景。

北靜王論聰明伶俐，又年幼時爲溺愛所累，亦大得病源之語。（卷一五，頁一，甲面）

同回：親自與寶玉帶上。

夾批：

鍾愛之至。（卷一五，頁二，甲面）

同回：說明原委。

夾批：

也蓋因未見之故也。（卷一五，頁四，乙面）

同回：卻已情投意合。

夾批：

不愛寶玉，卻愛秦鍾，亦是各有情孽。（卷一五，頁七，乙面）

同回：就要打官司告起狀來。

雙行批：

守備一聞便問，斷無此理。此不過張家懼府尹之勢，必先退定禮，守備方從，或有之。此時老尼只欲張家完事，故將此言遮飾，以便退親，受張家之賄也。（卷一五，頁八，乙面）

按：「斷」字宜上屬爲句。

同回：這事到(倒)不大。

夾批：

五字是阿鳳心跡。（卷一五，頁八，乙面）

同回：就三萬兩，我此刻還拿得出來。

夾批：

阿鳳欺人如此。（卷一五，頁九，乙面）

同回：也不顧勞乏，更樊談起來。

夾批：

總寫阿鳳聰明中的癡人。（同上）

甲戌本第十六囘囘前總批：

幼兒小女之死，得情之正氣，又爲癡貪輩一針疚（灸）。鳳姐惡跡多端，莫大于此件者，受贓婚以致人命。賈府連日鬧熱非常，寶玉無見無聞，卻是寶玉正文；夾寫秦智數句，下半回方不突然。（卷一六，頁一，甲面）

同囘囘前總批：

極熱鬧極忙中，寫秦鍾夭逝，可知除情字，俱非寶玉正文。（卷一六，頁一，乙面）

同囘囘前總批：

大鬼小論勢利與衰，罵盡攢炎附勢之輩。（同上）

同回：方略有些喜意。

雙行批：

不如此，後文秦鍾死去，將何以慰寶玉。（卷一六，頁四，甲面）

同回：未免又大哭一陣，後又致喜慶之詞。

雙行批：

世界上亦如此，不獨書中瞬息，觀此便可省悟。（卷一六，頁四，乙面）

同回：「鳳姐道，我那裏照管得這些事」一段。

眉批：

此等文字，作者盡力寫來，欲諸公認識阿鳳，好看後文，勿爲泛泛看過。（卷一六，頁五，乙面）

同回：也該見些世面了。

夾批：

這世面二字，單指女色也。（卷一六，頁六，乙面）

同回：差不多的主子姑娘，也跟他不上呢。

雙行批：

何曾不是主子姑娘，蓋卿不知來歷也。作者必用阿鳳一讚，方知蓮卿尊重不虛。（卷一六，頁七，甲面）

同回：省親的事，竟準了不成。

雙行批：

問得珍重，可知是萬人意外之事。（卷一六，頁九，乙面）

同回：也不薄我沒見世面了。

夾批：

忽接入此句，不知何意，似屬無謂。（卷一六，頁一〇，乙面）

按：此批疑爲下文「說起來」三字之批。此批者或不知「說起來」有下文未完。

同回：凡有的外國人來，都是我們家養活。

夾批：

點出阿鳳所有外國奇玩等物。（卷一六，頁一一，甲面）

同回：誰家有那些錢買這個虛熱鬧去。

夾批：

是不忘本之言。

最要緊語，人若不自知，能作是語者，吾未嘗見。（卷一六，頁一一，乙面）

同回：鳳姐便向賈薔道。

夾批：

再不略讓一步，正是阿鳳一生短處。（卷一六，頁一三，甲面）

同回：正要和嬸子討兩個人呢。

夾批：

寫賈薔乖處。（同上）

同回：希罕你們鬼鬼祟祟的。

夾批：

阿鳳欺人處如此。（卷一六，頁一三，乙面）

同回：會芳園本是從北角牆下引來一股活水。

夾批：

園中諸景最要緊是水，亦必寫明方妙。（卷一六，頁一四，甲面）

同回：來至秦鐘門首，悄無一人。

夾批：

目覩蕭條景況。（卷一六，頁一五，甲面）

同回：兩個遠房嬸子並幾個弟兄。

夾批：

妙。這嬸母兄弟是特來等分絕戶家私的，不表可知。（卷一六，頁一五，乙面）

甲戌本第二十五回：一則怕襲人等寒心。

夾批：

是寶玉心中想，不是襲人拈酸。（卷二五，頁一，甲面）

同回：便命他來抄個金剛咒唪誦。

夾批：

用金剛咒引五鬼法。（卷二五，頁二，乙面）

同回：不過規規矩矩說了幾句。

夾批：

是大家子弟模樣。（卷二五，頁三，甲面）

同回：鳳姐笑道。

夾批：

兩笑壞急（極）。（卷二五，頁四，乙面）

同回：到明兒憑你怎麼說去罷。

夾批：

壞急（極），總是調唆口吻，趙氏寧不覺乎。（同上）

同回：見不得這件東西。

雙行批：

寫寶玉文字，此等方是正緊筆墨。（卷二五，頁五，甲面）

同回：林黛玉自己也知道有這件癖性。

雙行批：

寫林黛玉文字，此等方是正緊筆墨。故二人文字雖多，如此等暗伏淡寫處亦不少，觀者實實看不出。（同上）

同回：知道寶玉的內心怕他嫌臟（髒）。

雙行批：

將二人一並，眞眞寫他二人之心玲瓏七竅。（同上）

同回：有許多愿心大，一天是四十八觔油。

夾批：

賊婆先用大鋪排試之。（卷二五，頁六，乙面）

同回：若是爲尊親長上點，多捨些不妨；像老祖宗如今爲寶玉若捨多了到不好。

夾批：

賊盜婆是自太君思忖上來，後用如此數語收之，使太君必心悅誠服願行。賊婆賊婆，廢（費）我作者許多心機摹寫也。（卷二五，頁六，乙面）

眉批：

點頭思忖，是量事之大小，非吝澁（嗇）也。日費香油四十八斤，每月油二百五十餘斤，合錢三百餘串，爲一小兒如何服。太君細心若是。（同上）

同回：徙閒了一回，一時來至趙姨娘房內。

夾批：

有各院各房接此，方不覺突然。（卷二五，頁七，甲面）

同回：掀簾子，向外看看無人。

夾批：

是心膽俱怕破。（卷二五，頁八，甲面）

同回：暗裏也許計算了。

夾批：

賊婆操必勝之權，趙媼已墮街（術）中，故敢直出明言。可畏可畏。（同上）

同回：我那裏知道這些事。

夾批：

遠一步卻是近一步。賊婆賊婆。（卷二五，頁八，乙面）

同回：你又有什麼東西能打動了我。

夾批：

探謝禮大小是如此說法，可怕可畏。（同上）

同回：並不顧青紅皂白。

夾批：

並不顧三字怕紩（殺）人，千萬件惡事皆從三字生出來，可怕可畏可警，可長存戒之。（卷二五，頁九，乙面）

同回：掏出十幾個紙鉸的青臉紅髮的鬼來。

夾批：

如此現成，更可怕。（同上）

眉批：

寶玉乃賊婆之寄名兒，況阿鳳乎。三姑六婆之爲害如此，即賈母之神明在所不免，其他只知吃齋念佛之夫人太君，豈能防悔得來。此作者一片婆心，不避嫌疑，特爲寫出。看官再四着眼；吾家兒孫愼之戒之。（同上）

同回：一望園中，回顧無人。（**按**：回當作四。）

夾批：

恐冷落園亭花柳，故有是十數字。（卷二五，頁一〇，甲面）

同回：都在迴廊上圍着看畫眉洗澡呢。

夾批：

閨中女兒樂事。（同上）

同回：這裏寶玉拉着黛玉的袖子，只是嘻嘻的笑。

夾批：

已是受鎭，說不出來，勿得錯會了意。（卷二五，頁一一，甲面）

同回：登時亂痲一般。

夾批：

寫玉兄驚動若許多人忙亂，正寫太君一人之鍾愛耳，看官勿被作者瞞。（卷二五，頁一二，甲面）

同回：見雞殺雞……殺人。

雙行批：

此處焉用雞犬？然輝煌富麗，非處家之常也，雞犬閑閑始爲兒孫千年之業，故于此處必用雞犬二字，方是一簇騰騰大舍。（卷二五，頁一二，甲——乙面）

同回：又想如此深宅，何得聽的如此眞切，心中亦是希罕。

夾批：

作者是幻筆，合屋俱是幻耳，焉能無聞。

政老亦落幻中。（卷二五，頁一五，甲面）

同回：只因如今被聲色貨利所迷。

雙行批：

石皆能迷，可知其害不小。觀者着眼方可讀《石頭記》。（卷二五，頁一五，乙面）

同回：故此不靈驗了。

夾批：

讀書者觀之。（同上）

同回：沉酣一夢終須醒。

夾批：

無百年的筵席。（卷二五，頁一六，甲面）

同回：冤孽償清好散場。

夾批：

三次煅煉，焉得不成佛作祖。（同上）

同回：他二人竟漸漸的醒來。

夾批：

能領持頌，故如此靈傚（效）。（卷二五，頁一六，乙面）

同回回末總批：

通靈玉除邪，全部只此一見，卻又不靈，遇癩和尚疲（跛）道人一點方靈應矣。寫利欲之

害如此。此回本意是爲禁三姑六婆進門之害，難以防範。（卷二五，頁一七，甲——乙面）

甲戌本第二十六回：「紅玉佳蕙閒話」一段。

眉批：

紅玉一腔委曲怨憤，係身在怡紅不能遂志。看官勿錯認爲芸兒害相思也。（卷二六，頁三，甲面）

同回：是綺大姐姐的。

夾批：

又是不合式（之）言，擢心語。（同上）

按：原作二批，從庚辰本合。

同回：你說說，好好的又看上了那個種樹的。

夾批：

囫圇不解語。（卷二六，頁三，乙面）

同回：明兒叫上房裏聽見，可又是不好。

夾批：

更不解。（同上）

同回：你老人家當眞的就依着他去叫了。

夾批：

是遂心語。（同上）

同回：那一個要是知道好歹，就回（會）不進來纔是。

夾批：

更不解。（卷二六，頁四，甲面）

雙行批：

是私心語。神妙。（同上）

同回：回來叫他一個人亂踋，可是不好呢。

雙行批：

總是私心語，要直問又不敢，只用這等語漫漫套出。神理。（同上）

同回：且不去取筆。

雙行批：

總是不言神情。另出花様。（同上）

同回：紅玉不覺臉紅了。

雙行批：

看官至此，須掩卷細想，上三（二）十回中篇篇句句點紅字處，可與此處想，如何。（卷

二六，頁四，乙面）

同回：只見金碧輝煌。

夾批：

器皿叠叠。（卷二六，頁五，甲面）

同回：文章烱灼。

夾批：

陳設壘壘（纍纍）。（同上）

同回：卻看不見寶玉在那裏。

夾批：

武夷九曲之文。（同上）

同回：誰睡覺呢。

夾批：

妙極，可知代（黛）玉是怕寶玉去也。（卷二六，頁八，乙面）

同回：若共你多情小姐同鴛帳。

夾批：

眞正無意忘情。（卷二六，頁九，甲面）

同回：襲人正記掛他去見賈政不知是禍是福。

夾批：

生員切己之事，時刻難忘。（卷二六，頁一三，甲面）

按：生員二字疑有誤，或是「本是」之譌。

同回：心中也替他憂慮。

夾批：

本是切己事。（卷二六，頁一三，乙面）

同回：有事沒事跑了來坐著。

夾批：

犯寶釵，如此寫法。（卷二六，頁一三，乙面）

同回：「晴雯遷怒」一段。

夾批：

想代（黛）玉高聲亦不過你我平常說話一樣耳，況晴雯素昔浮躁多氣之人，如何辨得出；此刻須得批書人唱大江東去的喉嚨嚷著：是我林代（黛）玉叫門，方可。又想若開了門，如何有後面許多好字樣好文章。看官者意爲是否。（卷二六，頁一四，甲面）

同回：雖說是舅母家如同自己家一樣。

夾批：

寄食者着眼，況犨兒何等人乎。（同上）

同回：那附近柳枝花朵上的宿鳥棲鴉……飛起遠避。

夾批：

「沉魚落雁，閉月羞花」來來哭止的。（庚辰本作「原來是哭了出來的」）一笑。（卷二六，頁一四，乙面）

同回回末總批：

此回乃犨兒正文，故借小紅許多曲折瑣瑣之事作引。怡紅院見賈芸，寶玉內心似有如無賈芸，眼中應接不暇。

鳳尾森森、龍吟細細八字，一縷幽香從碧紗窗中暗暗透出，又細細的長嘆一聲等句，方引出每日家情思睡昏昏，仙音妙音俱純化工夫之筆。

收拾二玉文字，寫犨無非哭玉、再哭、慟哭；玉只以陪事小心，軟求慢懇，二人一笑而止。且書內若此亦多多矣，未免有犯雷同之病，故險語結住，使二玉心中不得不將現事拋卻，各懷以驚心意，再作下文。

晴雯遷怒係常事耳，寫于釵犨二卿身上，與踢襲人、打平兒之文，令人于何處設想著筆。

黛玉望怡紅之泣，是每日家情思睡昏昏上來。（卷二六，頁一五，甲面——頁一六，甲面）

甲戌本第二十七回：滿園中繡帶飄飄，花枝招展。

夾批：

數句大觀園景，倍勝省親一回。在一園人俱得閑閑尋樂上看，被（彼）時只有元春一人閑耳。（卷二七，頁二，甲面）

同回：二則黛玉嫌疑，到（倒）是回來的妙。

夾批：

道盡黛玉每每小性，全不在寶釵身上。（卷二七，頁二，乙面）

同回：心裏又好笑。

夾批：

眞弄嬰兒，輕便如此，即余至此亦要發笑。（卷二七，頁四，乙面）

同回：便信以爲眞。

夾批：

寶釵身分。（同上）

同回：紅玉又道，這可怎麼樣呢。

夾批：

黛玉身分。（同上）

同回：噯喲，你原來是寶玉房裏的，怪道呢。

夾批：

「噯喲」「怪道」四字，一是玉兄手下無（非）能爲者。前文打諒生的「干（乾）淨俏麗」四字合而觀之，小紅則活現于紙上矣。（卷二七，頁五，甲面）

同回：碧痕道，茶爐子呢。

夾批：

岔一人問，俱是不受用意。（卷二七，頁六，甲面）

同回：二奶奶纔使喚我說話取東西去的。

夾批：

非小紅誇耀，係爾等逼出來的，離怡紅意已定矣。（同上）

同回：說著將荷包舉給他們看，方沒言語了。

夾批：

衆女兒何苦自討之。（同上）

同回：奶奶剛出來了。

夾批：

交代不在盤架下了。（卷二七，頁六，乙面）

同回：他怎麼按我的主意打發去了。

夾批：

可知前紅玉云就把那按奶奶的主意，主意是欲儉，但恐累贅耳，故阿鳳有是問，彼能細答。（同上）

同回：我們奶奶還會了五奶奶來瞧奶奶呢。

夾批：

又一門。（卷二七，頁七，甲面）

同回：還要和這裏的姑奶奶。

夾批：

又一門。（同上）

同回：給那邊舅奶奶帶去的。

夾批：

又一門。（同上）

同回：聽那口氣就簡斷。

夾批：

紅玉此刻心內想，可惜晴雯等不在傍（旁）。（卷二七，頁七，乙面）

同回：他就是林之孝之女。

夾批：

管家之女而晴卿輩擠之，招禍之媒也。（卷二七，頁八，甲面）

同回：明兒我和寶玉說叫他在（再）要人。

夾批：

有悌弟之心。（卷二七，頁八，乙面）

同回：可不知本人願意不願意。

夾批：

總是進（追）寫紅玉十分心事。（同上）

同回：願意不願意，我們不敢說。

夾批：

好答，可知兩處俱是主兒。（同上）

同回：我們也學些眉高眼低，出入上下大小的事。

夾批：

且係本心本意。獄神廟回內……。（同上）

按：此批似未完，蓋有缺漏。

同回：好妹妹，昨兒可告我不曾。

夾批：
明知無是事，不得不作開設。（卷二七，頁九，甲面）

同回：林黛玉便回頭叫紫鵑道。

夾批：
不見寶玉，阿顰斷無此一段閑言。總在欲言不言難禁之意，了卻情情之正文也。（同上）

同回：昨兒我恍惚聽見說老爺叫你出去的。

夾批：
老爺叫寶玉，再無喜事，故園中合宅皆知。（卷二七，頁九，乙面）

同回：你揀那扑（撲）而不俗，直而不作者。

夾批：
是論物，是論人，看官著眼。（卷二七，頁一〇，甲面）

同回：正緊兄弟，鞋搭拉，襪搭拉的。

夾批：
何至如此，寫妬婦信口逗。（卷二七，頁一〇，乙面）

同回：等他二人去遠了。

夾批：

怕人笑說。（卷二七，頁一一，乙面）

同回回末總批：

餞花辰不論典與不典，只取其韻致生趣耳。池邊戲蝶，偶而適興，亭外急智脫殼，明寫寶釵非拘拘然一迂女夫子。

不見落花，寶玉如何突至埋香塚；不至埋香塚，又如何寫「葬花吟」。

埋香塚葬花，乃諸艷歸源；「葬花吟」又係諸艷一偈也。（卷二七，頁一三，乙面——頁一四，甲面）

甲戌本第二十八回：逃大造，出塵網，使可解釋這段悲傷。

夾批：

非大善知識，說不出這句話來。（卷二八，頁一，乙面）

同回：花影不離身左右，鳥聲只在耳東西。

夾批：

二句作禪語參。（同上）

同回：又把口掩住。

夾批：

情情不忍道出的字來。（卷二八，頁二，甲面）

同回：從今已後撂開手。

夾批：

非此三字，難留蓮步，玉兄之機變如此。（同上）

同回：兩句話說了你聽不聽。

夾批：

相離尚遠，用此句補空，好近阿顰。（同上）

同回：既有今日，何必當初。

夾批：

自言自語，眞是一句話。（同上）

同回：當初姑娘來了。

夾批：

以下乃答言，非一句話也。（卷二八，頁二，乙面）

同回：那不是我陪著頑笑。

夾批：

我阿顰之惱，玉兄實模（摸）不著；不得不將自幼之苦心實事一訴，方可明心以白今日之

故。勿作閑文看。(同上)

同回：什麼寶姐姐、鳳姐姐的放在心坎兒上。

夾批：

用此人瞞看官也，瞞顰兒也。心動顰兒在此數句也。一節頗似說閒，玉兄口中卻是衷腸話。(同上)

同回：也不覺滴下淚來。

夾批：

玉兄淚非容易有的。(卷二八，頁三，甲面)

同回：不覺將昨晚的事都忘在九霄雲外了。

夾批：

人過言也。(同上)

同回：焙茗一直到了二門前等人。

夾批：

此門請出玉兄來，故信步又至書房。文人弄筆，虛點贅(綴)也。(卷二八，頁九，甲面)

同回：寶二爺如今在園子裏住著。

夾批：

與夜間叫人對看。（同上）

同回：前日不過是我的設辭。

眉批：

若眞有一事，則不成《石頭記》文字矣。作者得三昧在玆，批書人得書中三昧亦在玆。

（卷二八，頁九，乙面）

夾批：

情情本來面目也。（同上）

同回：我要是這麼樣，立刻就死了。

夾批：

急了。（卷二八，頁三，乙面）

同回：事情豈不大了。

夾批：

至此心事全無矣。（同上）

同回：寶玉扎手笑道。

夾批：

慈母前放肆了。(卷二八，頁四，甲面)

同回：若有了金剛丸，自然也有菩薩散了。

夾批：

寶玉因黛玉事完，一心無掛碍，故不知不覺手之舞之，足之蹈之。(卷二八，頁四，乙面)

同回：想是天王補心丹。

夾批：

慧心人自應知之。(同上)

同回：如今翻尸盜骨的，作了藥也不靈。

夾批：

不止阿鳳圓謊，今作者亦為圓謊了，看此數句則知矣。(卷二八，頁六，甲面)

同回：二哥哥，你成日家忙些什麼。

夾批：

冷眼人自然了了。(卷二八，頁七，甲面)

同回：我屋裏的人也多的很……何必問我。

夾批：

紅玉接盃到茶，自紗屜內覓，至回(迴)廊下再見，此處如此寫來，可知玉兄除韾兒外，

俱是行雲流水。又了卻怡紅一孽冤，一嘆。（卷二八，頁七，乙面）

同回：說著便要走。

夾批：

忙極。（同上）

同回：老太太叫我呢。

夾批：

非也。林妹妹叫我，一笑。（同上）

同回：我（倒）多喫了一碗飯。

夾批：

安慰祖母之心也。（卷二八，頁八，甲面）

同回：因問，林妹妹在那裏呢。

夾批：

何如?余言不謬。（同上）

同回：理他呢，過一會子就好了。

夾批：

有意無意，暗合針對，無怪（庚辰本有「玉兄納悶」四字）。（同上）

眉批：

連重二次前言，是顰寶氣味暗合，（勿）認作有小人過言也。

同回：拿住了三曹對按，我也無回話。

雙行批：

此唱一曲，為直刺寶玉。（卷二八，頁一〇，甲面）

同回：私向花園掏蟋蟀。

單行批：

紫英口中應當如是。（卷二八，頁一一，乙面）

同回：將來終身指靠誰。

單行批：

道著了。（卷二八，頁一二，甲面）

同回：又咳了兩聲，說道。

夾批：

受過此急者，大都不止歎兄一人耳。（卷二八，頁一三，甲面）

同回：「薛蟠說酒令」一段。

眉批：

此段與金瓶梅內西門慶、應伯爵在李桂姐家飲酒一回對看，未知孰家生動活潑。（同上）

同回：女兒樂，一根毛毛往裏戳。

夾批：

有前韻句，故有是句。（卷二八，頁一三，乙面）

同回：你們要懶待聽，連酒底都免了。

夾批：

何常歎。（卷二八，頁一四，甲面）

同回：燈花並頭結雙蕊。

夾批：

佳讖也。

同回：幸兒昨日見了一幅對子，可巧只記得這句。

夾批：

眞巧。（卷二八，頁一四，乙面）

同回：將自己一條松花汗巾解了下來。

夾批：

紅綠牽巾是這樣用法，一笑。（卷二八，頁一五，乙面）

同回：你的同寶姑娘的一樣。

夾批：

金姑玉郎是這樣寫法。（卷二八，頁一七，乙面）

同回：等日後有玉的方可結爲婚姻等語。

夾批：

此處表明以後二寶文章，宜換眼看。（卷二八，頁一九，甲面）

同回：不覺就獃了。

夾批：

忘情，非獃也。（卷二八，頁一九，乙面）

同回回末總批：

自聞曲回以後，回回寫藥方，是白描顰兒添病也。前玉生香回中，顰云他有金，你有玉，他有冷香，你豈不該有煖香。是寶玉無藥可配矣。今顰兒之劑若許材料，皆係滋補熱性之藥，兼有許多奇物，而尚未擬名，何不竟以煖香名之，以代補寶玉之不足，豈不三人一體矣。（卷二八，頁二〇，甲面）

對世情的批評

甲戌本第一回：不得已便口吐人言。

夾批：

竟有人問口生于何處。其無心肝，可笑可恨之極。（卷一，頁四，乙面）

同回：我如今大施佛法，助你助，待劫終之日，復還本質。

夾批：

妙！佛法亦須償還，況世人之償（債）乎。近之賴債者來看此句，所謂遊戲筆墨也。（卷一，頁五，甲面）

同回：還只沒有實在的好處。

夾批：

妙極！之（有正本之上有「今」字）金玉其外，敗絮其中者，見此大不歡喜。（卷一，頁五，乙面）

同回：須得在（有正本作「再」）鐫上數字，使人一見便知是奇物方妙。

夾批：

世上原宜假不宜眞也。諺云：一日賣了三千假，三日不賣出一個眞。信哉！

同回：第二件並無大賢大忠，理朝廷治風俗的善政。

夾批：

將世人欲駁之腐言，預先代人駁盡，妙。

同回：巷內有個古廟，因地方窄狹。

夾批：

世路寬平者甚少。

亦鑿。（卷一，頁八，乙面）

按：「亦鑿」二字，疑非脂硯齋所批，當爲後之不同意前批者所爲。

同回：因尙未酬報灌漑之德。

夾批：

妙極。恩怨不清，西方尙如此，況世之人乎。趣甚警甚。（卷一，頁九，乙面）

同回：慣養嬌生笑你癡。

夾批：

為天下父母癡心一哭。（卷一，頁一一，乙面）

同回：當下即命小童進去速封五十兩白銀，並兩套冬衣。

眉批：

寫士隱如此豪爽，又全無一些粘皮帶骨之氣相，愧殺近之讀書假道學矣。（卷一，頁一五，甲面）

同回：夫妻二人半世只生此女，一旦失落，豈不思想，因此晝夜啼哭。

眉批：

喝醒天下父母之癡心。（卷一，頁一六，甲面）

同回：今見女婿這等狼狽而來，心中便有些不樂。

夾批：

所以大概之人情如是，風俗如是也。（卷一，頁一六，乙面）

同回：又怨他們不善過活，只一味好吃懶用等語。

夾批：

此等人何多。（卷一，頁一七，甲面）

同回：亂烘烘，你方唱罷我登場。

眉批：

總收古今億兆癡人，共歷幻場此幻事，擾擾紛紛，無日可了。（卷一，頁一八，甲面）

同回：甚荒唐，到頭來，都是爲他人作嫁衣裳。

夾批：

苟能如此，便能了得。（卷一，頁一八，乙面）

同回：士隱便笑一聲，走罷！

眉批：

走罷二字，眞懸崖撒手。若個能行？

甲戌本第二回：意欲賞鑒那村野風光。

眉批：

大都世人意料此，終不能此，不及彼者而反及彼，故特書在村野風光，卻忽遇見子與一篇榮國繁華氣象。（卷二，頁五，甲面）

同回：安富尊榮者儘多，運籌謀畫者無一。

夾批：

二語乃今古富貴世家之大病。（卷二，頁七，甲面）

甲戌本第三回：依附黛玉而行。

夾批：

老師依附門生，怪道今時以收納門生爲幸。（卷三，頁二，乙面）

甲戌本第四回：我家小爺原說第三日方是好日子，再接入門。

夾批：

所謂遲則有變。往往世人因不經之談，悞卻大事。（卷四，頁二，甲面）

同回：又曰趨吉避凶者爲君子。

夾批：

近時錯會書意者，多多如此。（卷四，頁七，甲面）

甲戌本第五回：年歲雖大不多，然品格端方，容貌豐美，多謂黛玉所不及。

夾批：

此句定評，想世人目中各有所取也。（卷五，頁一，甲面）

同回：視姊妹弟兄皆出一體，並無親疏遠近之別。

夾批：

如此反謂愚癡，正從世人意中寫也。（卷五，頁一，乙面）

同回：則不免一時有求全之毀，不虞之隙。

夾批：

八字定評有趣，不獨黛玉寶玉二人，亦可爲古今天下親密人當頭一喝。（同上）

眉批：

八字爲二玉一生文字之綱。（同上）

同回：又無橋梁可通。

夾批：

若有橋梁可通，則世路人情猶不算艱難。（卷五，頁一七，乙面）

甲戌本第六回：心中難卻其意。

雙行批：

在今世周瑞婦算是個懷情不忘的正人。（卷六，頁七，甲面）

甲戌本第八回：恭恭敬敬封了二十四兩贄見禮。

夾批：

四字可思。近之鄙薄師傅者來看。（卷八，頁一四，乙面）

雙行批：

可知宦囊羞澁與東拼西湊等樣，是特爲近日守錢虜而不使子弟讀書之輩一大哭。（同上）

甲戌本第十五回：不知何所向使，其名爲何。

夾批：

凡膏粱子弟齊來着眼。（卷一五，頁四，甲面）

同回：其中陰陽兩宅俱已預備妥貼。

雙行批：

大凡創業之人，無有不爲子孫深謀至細。今後輩仗一時之榮顯，猶自不足，另生枝葉，雖華麗過先，奈不常保，亦足可嘆，爭及先人之常保其朴哉。近世浮華子弟來着眼。（卷一五，頁六，甲面）

甲戌本第十六回：見不得寶玉二字。

眉批：

世人見寶玉而不動心者爲誰。（卷一六，頁一六，乙面）

對一般小說的批評

甲戌本第一回：歷代野史或訕謗君相，或貶人妻女。

夾批：

先批其大端。

甲戌本第二回：因當今隆恩盛德。

眉批：

可笑近時小說中，無故極力稱揚浪子淫女，臨收結時還必致感動朝廷，使君父同入其情慾之界，明遂其意，何無人心之至。不知被（彼）作者有何好處，有何謝報到朝廷廊廟之上；直將半生淫朽（汚）穢瀆睿聰，又苦拉君父作一干證護身符，強媒硬保，得遂其淫慾哉。（卷二，頁四，甲面）

甲戌本第三回：因見挨炕一溜三張椅子上，也搭着半舊的彈墨椅袱。

夾批：

此處則一色舊的，可知前正室中亦非家常之用度也。可笑近之小說中，不論何處則曰商彝周鼎，綉幙珠簾，孔雀屏，芙蓉褥等字眼。（卷三，頁一〇，甲面）

同回：黛玉道：只剛念了四書。

夾批：

好極，稗官喘用腹隱五車者來看。（卷三，頁一二，乙面）

同回：後人有西江月二詞批這寶玉極恰。

眉批：

二詞更妙。最可厭野史貌如潘安，才如子建等語。（卷三，頁一三，乙面）

同回：名喚鸚哥者與了黛玉外。

眉批：

妙極，此等名號方是賈母之文章。最厭近之小說中，不論何處，滿紙皆是紅娘小玉嫣紅香翠等俗字。（卷三，頁一六，甲面）

同回：這襲人亦有些癡處。

夾批：

只如此寫又好極。最厭近之小說中，滿紙千伶百俐，這妮子亦通文墨等語。（卷三，頁一六，乙面）

甲戌本第五回：只留下襲人媚人晴雯麝月四個丫環爲伴。

夾批：

看此四婢之名，則知歷來小說難與並肩。（卷五，頁三，乙面）

同回：「第一支紅樓夢引子」。

雙行批：

讀此幾句，翻厭近之傳奇中，必用開場付末等套，瘰癀太甚。（卷五，頁一二，甲面）

甲戌本第七回：送林姑娘兩支。

夾批：

妙文。今古小說中可有如此口吻者。（卷七，頁四，甲面）

甲戌本第八回：「寶釵告寶玉宜飲熱酒」一段。

雙行批：

知命知身，識理識性，博學不雜，庶可稱爲佳人。可笑別小說中，一首歪詩，幾句淫曲，便自（以）佳人相許，豈不醜殺。（卷八，頁七，乙面）

參考書目

《乾隆甲戌本脂硯齋重評石頭記》　胡適紀念館

古本《紅樓夢》（庚辰本）　聯亞出版社

原本《紅樓夢》（有正本）　學生書局

《乾隆抄本百廿回紅樓夢稿》　鼎文書局

大某山民評本《紅樓夢》　廣文書局

《紅樓夢》　文源書局

《紅樓夢敍錄》　田　于　地平線出版社

《紅樓夢研究》　李辰冬　正中書局

《紅樓夢新辨》　潘重規　文史哲出版社

《紅樓夢研究》（紅樓夢卷）　成偉出版社

《紅樓夢新證》　周汝昌

《紅樓夢新探》　趙岡、陳鍾毅　晨鐘出版社

《紅樓夢論集》　趙　岡　志文出版社

書名	作者	出版者
《紅樓夢考釋》	杜世傑	聯經出版社
《紅樓夢的兩個世界》	余英時	聯經出版社
《紅樓夢一家言》	高　陽	巨浪出版社
《紅樓夢研究彙編》	吳宏一編	中文大學研究所
《紅樓夢研究專刊》第二、五、十、十一輯		巴黎第七大學出版
《新編紅樓夢脂硯齋評語輯校》	陳慶浩	中文大學新亞書院
《曹雪芹與紅樓夢》	周汝昌等	
《有關曹雪芹十種》	吳恩裕	
《四書集註》	朱　熹	世界書局
《史記》		國史研究室
《漢書》		國史研究室
《三國志》		國史研究室
《舊唐書》		鼎文書局
《宋史》		鼎文書局
《中國戲曲發展史》		學藝出版社
《八旗通志初集》		學生書局

《莊子集成》 嚴靈峯編 藝文印書館

《景德傳燈錄》 道原 眞善美出版社

《中國禪宗祖師傳》 曾普信 華光書局

《六祖壇經箋注》 丁福保 廣芳書局

《夢溪筆談》 沈括 商務印書館

《欒城集》 蘇轍 商務印書館

《范石湖集》 范成大 河洛圖書出版社

《吳梅村詩箋注》 河洛圖書出版社

《四庫全書總目提要》 紀昀 商務印書館

《西堂雜俎》 尤侗 廣文書局

《古文析義》 林雲銘 泰盛書局

《胡適文存》 遠東圖書公司

《說庫》 新興書局

《唐人傳奇小說》 明倫書局

《佩文韵府》 新興書局

《本草綱目》 國立中國醫藥學院

《三字經百家姓註解》 新世紀出版社

《學術界》 龍門書局

《中華名畫輯覽》 河洛圖書出版社

《出版與研究》半月刊，第三期

滄海叢刊書目㈠

國學類

中國學術思想史論叢㈠～㈧	錢　　穆　著
現代中國學術論衡	錢　　穆　著
兩漢經學今古文平議	錢　　穆　著
宋代理學三書隨劄	錢　　穆　著

哲學類

國父道德言論類輯	陳立夫　著
文化哲學講錄㈠～㈤	鄔昆如　著
哲學與思想	王曉波　著
內心悅樂之源泉	吳經熊　著
知識、理性與生命	孫寶琛　著
語言哲學	劉福增　著
哲學演講錄	吳　　怡　著
後設倫理學之基本問題	黃慧英　著
日本近代哲學思想史	江日新　譯
比較哲學與文化㈠㈡	吳　　森　著
從西方哲學到禪佛教——哲學與宗教一集	傅偉勳　著
批判的繼承與創造的發展——哲學與宗教二集	傅偉勳　著
「文化中國」與中國文化——哲學與宗教三集	傅偉勳　著
從創造的詮釋學到大乘佛學——哲學與宗教四集	傅偉勳　著
中國哲學與懷德海	東海大學哲學研究所主編
人生十論	錢　　穆　著
湖上閒思錄	錢　　穆　著
晚學盲言(上)(下)	錢　　穆　著
愛的哲學	蘇昌美　著
是與非	張身華　譯
邁向未來的哲學思考	項退結　著
逍遙的莊子	吳　　怡　著
莊子新注（內篇）	陳冠學　著
莊子的生命哲學	葉海煙　著
墨子的哲學方法	鐘友聯　著

韓非子析論	謝雲飛 著
韓非子的哲學	王邦雄 著
法家哲學	姚蒸民 著
中國法家哲學	王讚源 著
二程學管見	張永儁 著
王陽明——中國十六世紀的唯心主義哲學家	張君勱原著、江日新中譯
王船山人性史哲學之研究	林安梧 著
西洋百位哲學家	鄔昆如 著
西洋哲學十二講	鄔昆如 著
希臘哲學趣談	鄔昆如 著
中世哲學趣談	鄔昆如 著
近代哲學趣談	鄔昆如 著
現代哲學趣談	鄔昆如 著
現代哲學述評㈠	傅佩榮編譯
中國十九世紀思想史(上)(下)	韋政通 著
存有・意識與實踐——熊十力《新唯識論》之詮釋與重建	林安梧 著
先秦諸子論叢	康端正 著
先秦諸子論叢(續編)	康端正 著
周易與儒道墨	張立文 著
孔學漫談	余家菊 著
中國近代哲學思想的展開	張立文 著

宗教類

天人之際	李杏邨 著
佛學研究	周中一 著
佛學思想新論	楊惠南 著
現代佛學原理	鄭金德 著
絕對與圓融——佛教思想論集	霍韜晦 著
佛學研究指南	關世謙 譯
當代學人談佛教	楊惠南編著
從傳統到現代——佛教倫理與現代社會	傅偉勳主編
簡明佛學概論	于凌波 著
修多羅頌歌	陳慧劍 著
禪話	周中一 著

自然科學類

異時空裡的知識追求
——科學史與科學哲學論文集　傅大為　著

社會科學類

中國古代游藝史
——樂舞百戲與社會生活之研究　李建民　著
憲法論叢　鄭彥棻　著
憲法論衡　荊知仁　著
國家論　薩孟武　譯
中國歷代政治得失　錢穆　著
先秦政治思想史　梁啓超原著、賈馥茗標點
當代中國與民主　周陽山　著
釣魚政治學　鄭赤琰　著
政治與文化　吳俊才　著
中國現代軍事史　劉馥著、梅寅生　譯
世界局勢與中國文化　錢穆　著
海峽兩岸社會之比較　蔡文輝　著
印度文化十八篇　糜文開　著
美國的公民教育　陳光輝　譯
美國社會與美國華僑　蔡文輝　著
文化與教育　錢穆　著
開放社會的教育　葉學志　著
經營力的時代　青野豐作著、白龍芽　譯
大衆傳播的挑戰　石永貴　著
傳播研究補白　彭家發　著
「時代」的經驗　汪琪、彭家發　著
書法心理學　高尚仁　著
清代科舉　劉兆璸　著
排外與中國政治　廖光生　著
中國文化路向問題的新檢討　勞思光　著
立足臺灣，關懷大陸　韋政通　著
開放的多元化社會　楊國樞　著
臺灣人口與社會發展　李文朗　著
日本社會的結構　福武直原著、王世雄　譯

財經文存	王作榮 著
財經時論	楊道淮 著

史地類

古史地理論叢	錢穆 著
歷史與文化論叢	錢穆 著
中國史學發微	錢穆 著
中國歷史研究法	錢穆 著
中國歷史精神	錢穆 著
憂患與史學	杜維運 著
與西方史家論中國史學	杜維運 著
清代史學與史家	杜維運 著
中西古代史學比較	杜維運 著
歷史與人物	吳相湘 著
共產國際與中國革命	郭恒鈺 著
抗日戰史論集	劉鳳翰 著
盧溝橋事變	李雲漢 著
歷史講演集	張玉法 著
老臺灣	陳冠學 著
臺灣史與臺灣人	王曉波 著
變調的馬賽曲	蔡百銓 譯
黃　帝	錢穆 著
孔子傳	錢穆 著
宋儒風範	董金裕 著
增訂弘一大師年譜	林子青 著
精忠岳飛傳	李安 著
唐玄奘三藏傳史彙編	釋光中 編
一顆永不殞落的巨星	釋光中 著
新亞遺鐸	錢穆 著
困勉強狷八十年	陶百川 著
我的創造・倡建與服務	陳立夫 著
我生之旅	方治 著

語文類

文學與音律	謝雲飛 著
中國文字學	潘重規 著

書名	作者
中國聲韻學	潘重規、陳紹棠　著
詩經研讀指導	裴普賢　著
莊子及其文學	黃錦鋐　著
離騷九歌九章淺釋	繆天華　著
陶淵明評論	李辰冬　著
鍾嶸詩歌美學	羅立乾　著
杜甫作品繫年	李辰冬　著
唐宋詩詞選——詩選之部	巴壺天　編
唐宋詩詞選——詞選之部	巴壺天　編
清眞詞研究	王支洪　著
苕華詞與人間詞話述評	王宗樂　著
元曲六大家	應裕康、王忠林　著
四說論叢	羅　盤　著
紅樓夢的文學價值	羅德湛　著
紅樓夢與中華文化	周汝昌　著
紅樓夢研究	王關仕　著
中國文學論叢	錢　穆　著
牛李黨爭與唐代文學	傅錫壬　著
迦陵談詩二集	葉嘉瑩　著
西洋兒童文學史	葉詠琍　著
一九八四	Georgf Orwell原著、劉紹銘　譯
文學原理	趙滋蕃　著
文學新論	李辰冬　著
分析文學	陳啓佑　著
解讀現代、後現代——文化空間與生活空間的思索	葉維廉　著
中西文學關係研究	王潤華　著
魯迅小說新論	王潤華　著
比較文學的墾拓在臺灣	古添洪、陳慧樺主編
從比較神話到文學	古添洪、陳慧樺主編
神話卽文學	陳炳良等譯
現代文學評論	亞　菁　著
現代散文新風貌	楊昌年　著
現代散文欣賞	鄭明娳　著
實用文纂	姜超嶽　著
增訂江皋集	吳俊升　著

孟武自選文集	薩 孟 武 著
藍天白雲集	梁 容 若 著
野草詞	韋 瀚 章 著
野草詞總集	韋 瀚 章 著
李韶歌詞集	李 韶 著
石頭的研究	戴 天 著
留不住的航渡	葉 維 廉 著
三十年詩	葉 維 廉 著
寫作是藝術	張 秀 亞 著
讀書與生活	琦 君 著
文開隨筆	糜 文 開 著
印度文學歷代名著選(上)(下)	糜 文 開編著
城市筆記	也 斯 著
歐羅巴的蘆笛	葉 維 廉 著
移向成熟的年齡——1987～1992詩	葉 維 廉 著
一個中國的海	葉 維 廉 著
尋索：藝術與人生	葉 維 廉 著
山外有山	李 英 豪 著
知識之劍	陳 鼎 環 著
還鄉夢的幻滅	賴 景 瑚 著
葫蘆・再見	鄭 明 娳 著
大地之歌	大地詩社 編
往日旋律	幼 柏 著
鼓瑟集	幼 柏 著
耕心散文集	耕 心 著
女兵自傳	謝 冰 瑩 著
抗戰日記	謝 冰 瑩 著
給青年朋友的信(上)(下)	謝 冰 瑩 著
冰瑩書柬	謝 冰 瑩 著
我在日本	謝 冰 瑩 著
大漢心聲	張 起 鈞 著
人生小語(一)～(四)	何 秀 煌 著
記憶裏有一個小窗	何 秀 煌 著
回首叫雲飛起	羊 令 野 著
康莊有待	向 陽 著
湍流偶拾	繆 天 華 著

文學之旅	蕭傳文 著
文學邊緣	周玉山 著
文學徘徊	周玉山 著
種子落地	葉海煙 著
向未來交卷	葉海煙 著
不拿耳朵當眼睛	王讚源 著
古厝懷思	張文貫 著
材與不材之間	王邦雄 著

美術類

音樂人生	黃友棣 著
樂圃長春	黃友棣 著
樂苑春回	黃友棣 著
樂風泱泱	黃友棣 著
樂境花開	黃友棣 著
音樂伴我遊	趙琴 著
談音論樂	林聲翕 著
戲劇編寫法	方寸 著
戲劇藝術之發展及其原理	趙如琳譯著
與當代藝術家的對話	葉維廉 著
藝術的興味	吳道文 著
根源之美	莊申 著
扇子與中國文化	莊申 著
水彩技巧與創作	劉其偉 著
繪畫隨筆	陳景容 著
素描的技法	陳景容 著
建築鋼屋架結構設計	王萬雄 著
建築基本畫	陳榮美、楊麗黛 著
中國的建築藝術	張紹載 著
室內環境設計	李琬琬 著
雕塑技法	何恆雄 著
生命的倒影	侯淑姿 著
文物之美——與專業攝影技術	林傑人 著